KB042611

권능의 반지

권능의 반지 7 완결

초판 1쇄 인쇄일 2016년 3월 24일 | **초판 1쇄 발행일** 2016년 3월 28일

지은이 김종혁 | **펴낸이** 곽중열 | **담당편집 팀장** 이범수
편집부 신연제 이윤아 김은경 홍현주

펴낸곳 (주)조은세상 | **출판등록** 제 2002-23호
주소 경기도 연천군 미산면 청정로 1355
TEL **편집부** 02)587-2966 | FAX 02)587-2922
e-mail bukdu@comics21c.co.kr

©김종혁 2015
ISBN 979-11-5832-455-1 | ISBN 979-11-5832-320-2(set) | 값 8,000원

권능의 반지

김종혁 현대판타지 장편소설

완 **7** 결

NEO MODERN FANTASY STORY

북두
(주)좋은세상

권능의 반지 5
NEO MODERN FANTASY STORY

권능의 반지 7

권능의 반지

152화 일그러진 꿈동산

NEO MODERN FANTASY STORY

다시 시계를 돌려 5분 전으로 돌려, 주거동 격벽 앞.

지훈이 정체 모를 폭탄들을 격벽 모서리를 따라 붙였다.

초록색 점토처럼 생겼으나 생각보다 점착력이 좋아 잘 붙었다. 이후 중앙에 뇌관을 푹 꽂은 뒤 멀리 벗어났다.

"지훈, 이게 잘하는 짓일까?"

칼콘은 불안한 듯 손가락을 꼼지락거렸다.

"잘하든 못하든 그게 뭔 상관이냐. 아무것도 안 하고 민우 뒤질 때까지 손가락만 빨고 있을 순 없잖아?"

"그래도 처음 보는 폭탄이고, 잘못 터지면 후폭풍이⋯."

"그만. 이럴 시간 없다. 터트릴 거야."

칼콘에게 일방적으로 통보하고는 마법사에게 명령했다.

"마법 써."

마법사 역시 불안한 표정이었으나 군말 없이 따랐다. 어차피 폭사해서 죽으나, 눈 돌아간 지훈한테 목이 돌아가 죽거나 그게 그거였다.

차이가 있다면 한 방에 고통 없이 폭사하느냐, 척추가 뒤틀리는 날카로운 고통을 느끼던가 정도겠지.

"Grace ei kaotanud laps hingata (숨 막히는 자들을 위한 은총)"

성경에나 나올법한 괴상한 주문이 끝나자 공간이 작게 일렁거렸다. 해당 마법은 일정 공간의 산소 농도를 급격하게 올려버리는 마법이었다.

"다 됐다입니다. 이제 기폭하면 된다입니다."

콜 사인은 떨어졌다.

이제 폭파 후 진입해서 모조리 제압하면 됐다.

"숫자 많을 거니까, 가기 전에 보조마법 건다. 기다려."

보통은 민첩한 움직임을 위해 잘 쓰지 않았지만, 이번만큼은 달랐다.

BSS 경비들의 소총은 폭발탄이었다.

이는 곧 피부에 들어가는 순간 받는 피해가 제곱이 된다는 뜻이었기에, 될 수 있으면 막아야 했다.

각자 돌 피부를 사용한 뒤, 칼콘에게는 위압감 마법을 부여했다. 이제 칼콘에게 집중포화가 될 터였다. 거기에 더해 마법사가 기타 여러 가지 마법을 덧붙였다.

"기폭 한다, 제대로 막아."

칼콘이 코너 너머에서 뿜어져 나올 화염을 대비하기 위해 방패를 바닥에 붙였다.

꾹!

콰아아아아아아 –

말로 할 수 없는 화마가 몰아쳤다.

모발이 모조리 발화하고, 눈 속에 있는 피까지 끓어오를 것 같은 끔찍한 화염 폭풍!

만약 돌 피부로 코팅하지 않았다면, 마법사가 조처를 해놓지 않았다면, 둘 다 불귀의 객이 될 뻔했다.

"들어가!"

화염 폭풍이 끝나자마자 바로 돌입했다.

선두 칼콘, 중간 지훈, 후미 마법사 순으로 서로의 등과 가슴을 붙이고 딱 달라붙었다.

타타타타타타탕!

아니나 다를까 경비들이 탄환을 쏟아냈다.

초속 50M짜리 강풍을 밀고 걷는 것 같은 착각!

조금이라도 힘을 빼면 당장에라도 쓰러질 것 같았지만, 셋이 힘을 합쳤기에 넘어지지 않을 수 있었다.

아주 느리게, 하지만 확실하게.

한 발자국씩 이동해 격벽 근처까지 간 뒤…

"수류탄 투척! 대가리 숙여!"

지훈이 옷에 매달아 놨던 수류탄을 집어 던졌다.

BOSA의 살인 기술이 그대로 들어간 물건이다. 마법 공학 수류탄만큼은 아니었지만, 인간의 기술로 만들 수 있는 물건 중에는 발군의 위력이리라.

푸쉬이이익 – 쾅!

주먹만 한 수류탄이 무슨 C4처럼 폭발했다.

그 과정에서 뭉쳐있던 연구원과 경비 여럿이 순식간에 육편으로 쓸려나갔다. 그 틈을 이용해 칼콘은 총만 내밀고 그대로 풀오토로 갈겼고, 지훈은…

'이능 발동, 가속.'

타타타타타탓!

아무리 강한 총기를 가지고 있다고 해봐야, 맞추지 못하면 전부 허사였다. 동체 시력으로는 허상밖에 좇을 수 없는 압도적인 속도. 그걸 바탕으로 종횡무진 전장을 누볐다.

하지만 그것도 잠시.

"unfold the electric shield! (전자기 장막 전개!)"

외침과 동시에 눈에 보일 정도로 강력한 전자 폭풍이 휘몰아쳤다.

파지지지지직!

이에 지훈은 속사로 응대했으나, 채 목적지에 닿기도 전에 탄환이 모조리 산화해 버렸다. 마법을 제외한 모든 원거리 무기를 무력화시키는 강력한 물리 방어막!

'빌어먹을!'

마법사가 마법을 부릴 줄 안다지만, 남은 경비는 아직 30명도 더 됐다. 모두 제압하기엔 무리. 방패 뒤로 되돌아와 전자기 폭풍이 멎을 때까지 기다릴 수밖에 없었다.

일방적인 공세가 계속됐다.

"도망쳐야 해! 더 이상은 방패가 버티질 못해!"

방패가 뚫리는 순간 끔찍한 화망에 연약한 육체가 그대로 노출됐다. 강력한 갑옷을 두르고 있다고 한들, 그것도 총알 한두 방 막아주는 게 다였다.

초음속으로 날아와 핀포인트로 꽂히는 탄환들을 절대 견딜 수 있을 리 만무했다.

'어떡하지? 도대체 어떻게 해야…!'

— 으아아아, 씨발! 개새끼들아, 죽어! 죽으라고!

그 순간 머릿속에 민우의 목소리가 울리는가 싶더니…

— 강력한 정신계 이능 감지!

— 저항 시도!

— 실패!

— 정신 오염에 주의하십시오!

세상이 분홍빛으로 물들었다.

⬥

동화 속으로 들어온 기분이었다.

알록달록한 꿈동산, 초등학교 5학년 여자아이가 볼 법한 만화처럼 온 세상이 아름답게 보였다.

'이게 뭔…?'

방패 밖을 쳐다보자, 작은 별들이 은하수처럼 쏟아졌다. 너무나도 아름다운 광경에 잠시 정신을 잃고 쳐다봤다.

인간의 상식으로는 절대 이해할 수 없는 비현실적인 광경. 하지만 끝과 끝은 통한다고 했던가?

시간이 지나자 상식 따윈 일그러진 아름다움에 묻혀 더는 제구실을 못 하게 되어 버렸다.

별빛이 머지않아 멈췄다.

더 보고 싶었다.

방패 밖으로 나갔다.

무지갯빛 분수가 어느 쿠키맨을 중심으로 펼쳐져 있었다.

아름다웠다.

그 모습이 남아있던 이성이 끊어져 버렸다.

마치 물가에 몸을 던지는 아이처럼 달려가 부딪쳤다. 짜릿한 쾌감이 스치는가 싶더니 분수 안으로 들어갈 수 있었다.

"하, 하하! 하하!"

웃고 있으니 어느 쿠키맨이 지훈을 향해 빨간색과 흰색이 섞인 줄무늬 막대 사탕을 겨눴다.

찌익– 퐁!

그 안에서 작은 초콜렛이 튀어나오더니 퍽 터졌다.

"오호라, 네놈이 날 쐈다 이거지!?"

손을 내려다봤다.

역시나 같은 사탕이 들려있었다.

너도 당해보라는 심보로 쿠키맨에게 겨눴고, 쐈다.

찌이이익– 퐁퐁퐁!

쿠키맨 눈이 만화마냥 X로 변하더니 몸이 터져나가며 분홍색 잼을 잔뜩 토해냈다.

"꼴 좋다, 망할 놈! 푸하하!"

다음 적수를 찾기 위해 눈을 돌리자, 쿠키맨들이 서로를 향해 서로 사탕을 겨누고 초콜렛을 쏴대고 있었다.

무지갯빛 분수 안에는 수없이 많은 쿠키맨들의 잔해와 함께 입에 넣으면 황홀할 것 같아 보이는 아름다운 잼들이 널려 있었다.

"나 빼놓고 즐기게 내버려 둘 순 없지!"

알록달록 꿈동산 속.

쿠키맨들과 섞여 과거 어렸을 적처럼 재밌게 놀았다.

쿠키맨들이 지훈에게 집중포화했다면 불가능했겠지만, 이상하게도 지훈에겐 관심 없이 서로 싸웠던 까닭에 손쉽게 모두 제압할 수 있었다.

어느덧 마지막으로 남은 쿠키맨까지 제압하고 난 뒤, 지훈은 멍하니 주변을 둘러봤다.

"뭐야, 벌써 끝이야?"

흥이 식었다.

뭐 할까 싶다가 손에 들린 사탕을 내려다봤다.

'이제 이건 질렸어.'

손에 들고 있던 줄무늬 사탕을 버리고는, 어깨에 메고 있던 맥주 모양 사탕을 집어 들었다.

맛있어 보였다.

'맛이나 한번 볼까.'

한번 슥 핥아보자 뇌가 녹아내릴 정도로 달콤한 감각이 전신을 휘감아 돌았다.

"오…?"

입안에 막대 사탕을 가득 머금고…

손을 움직…

움직…

움직…

"아…."

뭔가 이상했다. 노는데 정신이 팔려 뭔가 중요한 일을 잊어버린 것 같은 기분이 들었다.

내가 여길 어떻게 왔더라?

내가 뭐 하고 있었더라?

여긴 어디지?

사탕?

내가 사탕을 왜 들고 있지?

수없이 많은 질문에 머뭇거리기도 잠시.

'모르겠다, 그냥 맛있으면 됐지. 나중에 생각하자.'

사탕을 목젖까지 쑥 밀어 넣고, 손을 움직…

움직…

움직…

– 저항 시도!

– 성공, 정신계 이능에서 벗어납니다!

눈앞이 흐려졌다.

✥

시야가 회복된 후 처음으로 본 건 바로 총이었다.

AS VAL의 총열이 보였다. 이는 곧 총열을 입에 넣고 있다는 얘기였다.

'이게 뭔…?'

현재 아스발 안에 들어있는 탄환은 VGC탄.

저딴 걸 연약한 속살에 맞았다는 100% 관통이었다.

순식간에 뽑아내자 어지럼증과 함께 구토감이 몰려왔다.

입을 꾹 다물고 주변을 훑어보니 연구원과 경비 모두 쓰러져 있었다. 무질서하게 펼쳐져 있는 꼴이 서로 싸우다 죽은 것처럼 보였다.

상황파악을 하고 있자니 민우가 느릿느릿 걸어왔다.

"혀, 형님… 괜찮으… 껙!"

눈, 코, 귀 그리고 입.

민우는 얼굴에 있는 모든 구멍에서 피를 흘리고 있었다.

이능 폭주였다. 극한의 상황에서 아주 낮은 확률로 발생하는 현상으로, 극소수의 이능력자에게 나타났다.

"너 이 새끼야, 괜찮아!?"

세상이 빙빙 돌아 걷기 어려웠으나, 민우의 상태가 더 심각해 보였기에 애써 걸어가 붙잡았다.

"제가… 제가 해냈어요… 드디어 제가… 쿨럭."

민우가 말을 하다말고 피를 토해냈다.

내용을 통해 방금 봤던 게 민우의 이능이었음을 깨달았지만, 당장은 추궁보다 걱정이 앞섰다.

"알겠으니까, 일단 닥쳐 새끼야!"

"저는 더 이상… 짐이 아닌거죠? 그렇죠?"

민우의 눈에서 피와 눈물이 섞여 나왔다.

"한 번도 짐이라고 생각한 적 없었어, 이 병신아!"

"고맙습니다…."

민우는 안심했다는 듯 눈을 감았다.

표정이 더는 미련이 없다는 듯 티 없이 맑아, 순간적으로 덜컥 겁이나 민우의 가슴에 귀를 가져다 댔다.

다행히 심장 박동은 규칙적이었다.

아마 단순 기절이리라.

안심하고는 민우를 등에 업었다.

끈적한 피가 목에 잔뜩 묻었지만 개의치 않았다. 그저 귓가에 고른 숨소리가 들린다는 것에 안심했다.

다음으로 칼콘을 확인했다.

제 방패를 이빨로 물어뜯고 있었다.

섣불리 건드렸다간 덤벼들 것 같아서 너부러져 있던 이름 모를 인간의 손을 집어 던졌다.

퍽!

"크어어어!"

칼콘이 짐승처럼 포효하며 살기 가득한 눈으로 쳐다봤다.

"정신 차려, 이 새끼야!"

의수만 조심한다면 백병전은 호각.

신체 능력 강화를 언제든지 발동할 수 있게 준비했다.

"내가 누군지는 알고 그러냐?"

"몰라, 하지만 맛있어 보…."

말을 다 듣지도 않고 뛰쳐나가, 그대로 팔꿈치로 턱을 후려쳤다. 칼콘은 뻑 소리를 내며 바닥에 처박혔다.

"김지훈, 새끼야. 김지훈!"

이름에 반응했는지 칼콘이 잠시 멍한 표정을 지었다.

"고기… 어? 내 고기 어디갔… 지훈?"

"이제 정신이 좀 드냐?"

칼콘은 한동안 머리를 부여잡고는 토악질을 해댔다.

위액 범벅이 된 이름 모를 고기가 쏟아졌는데, 그걸 보자 형언할 수 없는 혐오감이 들었다.

"어지러워… 무슨 일이 일어났던 거야?"

"나도 잘 모르겠다. 하지만 민우가 한 것 같아."

"민우가?"

"그래."

단답하고는 마법사의 상태를 살폈다.

녀석은 제 손으로 목을 졸라 질식사한 상태였다.

'쉽게 끝났다면 쉽게 끝난 건가.'

정신 감응에 반쯤 미쳐버렸던 걸 제외하면 분명 손쉬운 승리였다. 저항력이 강한 지훈이 이 정도였다면 아마 경비와 연구원들은 엄청난 걸 봤으리라.

두 번 다시는 경험하고 싶지 않은 끔찍한 경험에 몸서리치기도 잠시. 지훈은 해야 할 일을 떠올렸다.

'자료를 찾아야 한다.'

제일 좋은 방법은 USB 같은 이동식 저장 매체에 저장된 자료를 찾는 것이었지만, 연구실 책임자가 사망한 상태에서는 불가능에 가까웠다.

– 전자 저장기기, 마법적 기록, 연구원 납치 혹은 뇌 적출

등 이느 빙법을 써서는 연구 자료를 획득해라.

반지 정보에는 분명 저렇게 적혀 있으니, 총 책임자 혹은 그에 준하는 인물의 머리만 찾으면 될 것 같았다.

시체 속을 뒤지기를 약 30분.

유독 하나만 명찰 색깔이 다른 한 시체를 발견했다.

주변 연구원에게 공격당했는지, 두 눈이 없는 상태였다. 아마 안구에서 난 출혈로 인해 쇼크사한 모양이었다.

'나이는 60대 후반인가.'

명찰을 확인하니 영어로 총 책임자라고 적혀있었다.

날카로운 도구가 없었기에 손으로 머리를 뽑아냈다. 손에 끔찍한 감촉이 전해지며 쑥 뽑혀 나왔다. 쓸 대 없이 딸려 나온 뼈는 발로 밟아 작살냈다.

가는 길에 문득 발에 어떤 시체가 걸렸다.

'전자기 필드를 만들어 냈던 녀석인가.'

무장을 보자 딱 봐도 마법사는 아니었다.

팔목에 투명한 플라스틱 보디에 이상한 보석이 박혀있는 하완 보호대를 차고 있었다. 혹시 몰랐기에 챙겼다.

필요한 물건은 전부 챙겼기에 비틀거리는 칼콘을 챙겨 격벽 밖으로 향했다.

목적지는 연구소 밖이었다.

권능의 반지

153화 생존 그리고 보상.

NEO MODERN FANTASY STORY

그 시각.

하즈무포카의 하수인들은 연구 3동 깊숙이 있는 메인프레임 앞에 서 있었다. 거인은 지루한지 벽에다 주먹질을 하고 있었고, 인섹토이드는 쉴 새 없이 더듬이를 움직였다.

"Kui lõpuks? Niipea kui võimalik. (언제 끝나? 빨리해.)"

"Peaaegu üle. (거의 다 끝났어.)"

쾅!

연구소 외벽이 거인의 입을 삼켰다.

정확하게 말하자면 거인의 주먹이 외벽을 뚫어버린 것이었지만, 워낙 상식 밖의 일이라 벽이 주먹을 삼킨 것처럼 보였다.

"See jutt on juba viies! (그 얘기만 벌써 5번째다!)"

" Vajadus tapse analüüsi ja kokkuvõtte informatsiooni. Ma ei saa sinna midagi parata. (정확성을 위해 분석과 요약이 필요해. 이번 정보는 중요한 거라고 얘기했잖아.)"

거인의 분노가 거친 날숨에 묻어나왔다.

"Ärge vinguma georiji, kui sa teaksid, mida missioon on esimene ahnus? (어린애처럼 칭얼거리지 마, 네 욕심보다 임무가 먼저라는 걸 알 텐데?)"

"Kasutajad suutsid tappa vaid eopeoteodo ring häireid. (방해만 없었어도 반지 사용자를 죽일 수 있었다.)"

인섹토이드가 쉬익쉬익 하고 바람 새는 소리를 냈다.

죽일 수 있다는 말에 웃음을 터트린 거였다.

"Kas tuleb ülestõusnud surra, miks sa ei klameruad surma? (죽어봐야 어차피 되살아 날 텐데, 왜 그렇게 죽음에 집착하지? 어차피 저 녀석이 그분과 함께 있는 이상 죽음에는 아무런 의미가 없을 뿐이거늘.)"

"Arvud, et võita olen liiga. (그 패배가 너무나도 수치스럽다.)"

"veidi. (기다려 봐.)"

인섹토이드는 더듬이를 만지작거렸다. 꼭 TV 안테나를 만지작거리는 것 같아 보였다.

어느 순간 잘 움직이던 더듬이가 움찔거렸다.

"Kus see on? (어디 있어?)"

"Ma minema. Tõenäoliselt ei ole isegi välja poiss lõpetada missiooni. (나가고 있네. 아마 녀석들도 임무를 끝낸 모양인가 봐.)"

거인이 그 말을 듣자마자 달릴 준비를 했다.

"Seal oleks kokku nii Achophumjah go, ma hakkan nagu alandust? (가서 만나봐야 아쵸프무자님과 같이 있을 텐데, 이번에도 창피를 당하고 싶은 거야?)"

아쵸프무자라는 말에 거인이 망설이다 결국 포기했다. 무슨 짓을 해도 이길 수 없는 상대임을 알기 때문이었다.

"Iteotdamyeon ainult jumaluse mulle…. (내게 더 강한 신격만 있었어도… 그딴 녀석 따위….)"

거인의 중얼거림에 인섹토이드의 머리가 획 돌아갔다.

곤충 인간이라는 종족 특성상 표정 변화는 전혀 없었지만, 더듬이가 위협스럽게 움직이는 게 꼭 화가 난 것 같았다.

"Pühaduseteotust! Miks me mõtleme üks selline pool mangeon on selline suurepärane kingitus! (신성 모독이다! 어찌 우리 같은 반쪽짜리가 완벽한 존재께 그런 망언을 한단 말인가!)"

인섹토이드는 말을 내뱉고도 화가 풀리질 않았는지, 여전히 더듬이를 날카롭게 움직였다. 그러자 입을 열지 않았음에도, 그 뜻이 모두 전해지기 시작했다.

– 아무리 지금 적으로 있다 한들, 우리가 모시는 그분과 아쵸프무자님은 같은 신격을 지니신 분이다! 너는 어찌 창조주 같은 분들께 반기를 들려 하는가!

이에 거인 역시 입으로 말하지 않고 생각으로 대신했다.

인섹토이드가 타인의 마음을 읽는 게 가능하다는 사실을 알기 때문이었다.

– 닥쳐, 너 같이 종 전체가 의식을 공유하게 만들어진 녀석은 절대로 이해하지 못할 열망이다. 게다가 네 녀석은 이미 포미시드에 한해 신격을 가지고 있지 않더냐?

– 내가 신격을 가지고 있어서 그분들을 감싼다고 생각하나? 오산이다. 애초에 우리 같은 만들어진 반쪽짜리 신이 위대한 분들을 어찌 이해하겠는가! 그저 응당 믿고 따라야 함이 당연하지 아니한가!

더 이상의 대화는 없었다.

쿵, 쿵, 쿵, 쿵.

훅!

거인이 쏜살같이 달려 주먹을 휘둘렀지만, 인섹토이드 바로 앞에서 멈췄다.

"Ma karvade eemaldamiseks kehast maksa olnud enam vastukaja. (더 지껄였다간 네 몸에서 머리를 떼어내주지. 반신은 몇 번이나 떼어내면 죽을지 궁금하네.)"

결국 인섹토이드도 포기했는지, 고개를 돌려 메인프레임에 집중했다. 거인은 씩씩거리며 분을 삭였지만, 돌발행동을 하거나 하진 않았다.

아무리 반감이 있다고 한들 할 수 있는 게 없음을 본인이 제일 잘 알기 때문이었다.

주거동을 지나, 경비동.

지옥도가 펼쳐져 있었다.

시야에 거대한 존재에게 저항도 못 하고 일방적으로 터져 죽은 시체들이 가득했다. 드문드문 거대한 개미 떼들이 보이긴 했지만, 해로워 보이진 않았기에 무시했다.

"이게 전부 다 그 녀석들 둘이서 한 걸까?"

칼콘이 방패를 질질 끌며 물었다.

맞는 말이었으나 굳이 대답하지는 않았다.

압도적인 무력이 아니던가.

녀석들은 이 화망을 뚫고도 아무런 상처 하나 없었다.

장비가 생긴 지금 맞붙어도 이길 수 있을지 불투명해졌다. 자존심에 커다란 흠이 남는 걸 느꼈지만 이를 꽉 물고 참았다.

'지금은 물러서지만, 언젠가는 내 손으로 꼭 죽여주마.'

어느 정도 걸으니 커다랗게 박살 난 출입구가 보였다.

차량 출입 및 외부 공격에 대비해 딱 봐도 매우 견고하게 만든 것처럼 보였으나, 지금은 그저 거대한 탄환에 관통된 고철 덩어리 그 이상 그 이하도 아니었다.

문 앞에 서서 아쵸프무자를 불렀다.

"네 말대로 자료를 가져왔다!"

폐허가 된 도시에 외로운 메아리만 홀로 울리길 잠시.

"어서 와."

화상으로 일그러진 왼쪽 얼굴.

그을음 냄새가 나는 목소리.

아쵸프무자였다.

그녀는 마치 격벽 옆에서 기다리고 있었던 양, 아주 자연스럽게 걸어서 나타났다.

처음 봤다면 놀랐을 광경이었지만, 거듭된 기행에 이미 지훈의 머릿속엔 짜증밖에 남질 않았다.

"피차 기분 좋은 사이 아닌데, 같잖은 인사 치워."

방사능과 마법 오염이 가득 찬 일본 개척지에 들어가서, 연구 자료를 가져와라.

말이 쉽지, 판타지로 따지면 싸움 좀 한다는 용병한테 '산에 사는 용이 공주를 납치해 갔으니 구해와라.' 하는 꼴이었다.

지훈이 그나마 이중 삼중으로 조심하는 성격에, 실력은 물론 운까지 겸비한 인물이니 살아남을 수 있었지 다른 사람이면 백에 오십은 죽었을 게 분명했다.

실제로 데려온 용병 5명 모두 죽지 않았던가.

"뭐 그렇다면야. 인사는 생략할게. 가져온 물건은 그거?"

아쵸프무자는 눈만 움직여 흉측한 머리를 쳐다봤다.

고개만 까닥여 긍정했다.

"이 안에 뇌가 들어있다. 알아서 뽑아가라."

툭 던지자 데굴데굴 굴러 아쵸프무자 발치까지 다가갔다.

"Gravity toetus. (역중력.)"

아쵸프무자는 마법을 이용해 머리를 잡더니 훑어봤다.

"이 정도면 문제없겠네. 수고했어. D pöökimise tookos. (차원 접붙이기, 공방.)"

영창이 끝나자 가까운 벽에 푸르스름한 원이 나타났다.

하수구에서 보상을 받을 때 들어갔던 포탈과 똑같이 생겼지만, 내용을 보니 목적지는 다른 것 같았다.

아쵸프무자는 손에 든 머리를 공방 안으로 밀었다. 그러자 마치 중력을 무시하곤 아주 부드러운 움직임으로 포탈 속으로 들어갔다.

물건 전달이 끝났기에 그저 쉬고 싶다는 생각만 가득했다.

'왜 안 꺼지고 계속 있는 거야.'

아쵸프무자가 사라지지 않자 불편해지기 시작했다.

꿈뻑, 꿈뻑, 꿈뻑.

눈만 깜빡이길 세 번.

결국 아쵸프무자가 먼저 입을 열었다.

"이번에는 받고 싶은 거 없어? 없으면 그냥 네가 원하는 대로 사라지고."

순간 머릿속에 떠오른 내용이 있었다.

─ 그 반지를 사용하는 것 외에 다른 보상을 원해?

─ 일 해주고 뭔가 받지 않으면 허전해서 말이지.

저번 임무는 거래였기에 칼콘에게 의수를 달아주는 것으로 끝났었지만, 본디 지훈은 의뢰 대가로 보상을 요구했다.

그 '보상'이라는 게 뭐가 나올지, 동료에게도 줄지 불투명했기에 '보상 없는 일'이라고 말했지만 분명 아쵸프무자는 그 어떤 형태로든 보상을 줬다.

'뭘 받지?'

필요한 물건은 산더미처럼 많았으나, 갑자기 생각하라고 하니 떠오르는 물건이 없었다.

"언제나 말했듯, 시간이 많지 않아. 빨리 선택해."

이에 칼콘이 슬쩍 끼어들었다.

"나도 괜찮아?"

아쵸프무자는 괜찮다고 답했다. 같이 고생한 만큼 동료는 모두 챙겨주려는 모양이었다.

"새로운 방패가 필요해. 이 녀석은 이미 걸레짝이 됐거든."

칼콘은 제 형태를 잃어버린 가시 방패를 가리켰다.

여기 오기 전까지만 해도 훌륭한 가시 벽이었거늘, 지금은 여기저기 구겨져 있었다. 꼭 거인이 씹다 뱉은 껌 같았다.

아쵸프무자는 칼콘의 능력치를 훑고는 방패를 하나 소환해 칼콘에게 건네줬다.

"오크들이 크고 우람한 물건을 좋아하던가? 이거 어때."

말과 달리 건네준 건 물건은 팔목에 끼는 작은 방패였다. 이에 칼콘은 사탕 대신 브로콜리를 받은 아이 같은 표정을 지었다.

"장난감이잖아…."

"따라 해 봐, Ma vannun Protector. (수호자의 맹세.)"

칼콘이 시키는 대로 따라 하자, 조그맣던 방패에서 순식간에 새하얀 금속들이 튀어나왔다. 그 모습이 꼭 튀어나왔다기보단, 마치 빛이 뿜어져 나온 것 같기도 했다.

크기는 칼콘의 몸을 완벽히 가릴 수 있음은 물론, 그 옆에 20cm는 됨직한 커다란 여유 공간까지 있었다.

"두 번째 사도가 썼던 물건이야."

아쵸프무자는 어딘가 씁쓸하면서도 그리운 표정을 지었지만, 칼콘은 그저 신이 나서 헤죽헤죽 웃기만 했다.

다음 차례는 지훈이었다.

"마법에 관련된 물건이 필요하다."

생각을 정리한 결과, 현재 제일 필요한 물건은 마력 제어 아티펙트였다.

새로 얻은 이능인 마력 부여와 주문 주입. 강력한 이능임에는 분명했지만, 아직은 그 적용 범위가 애매했다.

전문 분야가 나왔기 때문일까?

아쵸프무자가 씩 웃으며 물건을 하나 건넸다. 목걸이였다.

"뭐지?"

"설명하기엔 시간이 부족해. 그리고 내가 직접 해봐야 알아듣지도 못할 것 같고."

불친절한 태도는 이미 익숙해졌기에 그러려니 했다.

아쵸프무자는 다음으로 민우를 쳐다봤다.

"얘는 종족이 변했네?"

무슨 개소리냐는 표정으로 쳐다봤지만, 돌아오는 대답 없이 흥미롭다는 표정만 짓는 아쵸프무자였다.

"아직 변이 초기… 근데 폭주 때문에 변이 속도가 빨라진지라 몸이 못 따라가고 있네. 얘 이대로 두면 죽어."

죽을 거라는 말에 심장이 덜컥 내려앉았다. 하지만 아쵸프무자는 별일 아니라는 듯 손에 물약 한 병과 작은 펜던트를 소환했다.

"약은 일어나는 대로 먹이고, 펜던트는 항상 몸에 가지고 있으라고 해. 그렇지 않으면 툭 하면 폭주해서 주변 사람들이 고생할 거야."

폭주라는 말에 얼마 전에 봤던 일그러진 환상이 떠올랐다.

끔찍한 일에 어느 정도 저항력이 있음에도, 그 일그러진 분홍빛 세상에는 전혀 견딜 수가 없었다.

"그러지."

보상이 끝나자 아쵸프무자는 작게 속삭였다.

"그럼 1,128시간(약 48일) 뒤에 봐. 그리고 이건 일을 잘해준 것에 대한 추가 보상이야. Täpsustada üleminek. (지정 전이.)"

아쵸프무자의 실루엣이 서서히 녹아내림과 동시에, 일행의 몸 역시 서서히 옅어지기 시작했다.

권능의 반지

154화 항상 죽음을 염두에 두다

NEO MODERN FANTASY STORY

우웅 –

눈을 뜨자 익숙한 차량이 보였다.

일행이 타고 왔던 밴이었다.

예고도 없이 전이된 탓에 잠시 기분이 멍했다. 굳이 설명하자면 말을 하다 입에 뭔가 쑥 들어온 느낌이었다.

보통 저런 경우 혓바닥으로 내용물을 쓸어 확인부터 해야 옳았지만, 지훈은 그냥 날름 씹다 삼키고는 말았다.

비상식에 발을 걸쳐서 살다 보니 이젠 하나하나 파악하는 게 지치기도 했고, 정말 큰 일이 아니면 대부분 무덤덤해졌기 때문이다.

"우와, 지훈. 이거 봐! 우리 어떻게 나온 거야?"

반면 칼콘은 이해하지 못한 듯 연신 뭔가 물어봤다.

부상 및 피로 때문에 피곤이 몰려왔기에 간단히 무시하고는 민우를 건네줬다.

"힘 넘치면 이거나 업고 있어, 새끼야."

가시 방패가 워낙 무거웠기에 내버려 뒀던 지훈이었다.

지금은 그 무거운 D등급 쇳덩이 갖다 버리고 얇고 가벼운 놈으로 새로 장만했으니, 괜찮을 거라는 판단에서였다.

"근데 애 피 많이 흘렸네, 괜찮을까?"

타이어에 잠가뒀던 락을 풀고 있자니 뒤에서 염려 섞인 목소리가 들려왔다. 아쵸프무자의 말에 따르면 민우가 이능 폭주 현상을 일으킨 것 같았다.

종족이 변했다는 것과 몸이 따라가지 못한다는 내용이 뭘 말하는 건지는 아직 잘 몰랐다.

하지만 그냥 내버려 두면 목숨이 위험하다는 건 확실했기에, 일어나면 바로 포션을 먹여야겠다고 생각했다.

철컥.

타이어 락을 풀고 차 안에 올라탔다.

차 문도 잠가놓지 않았고 열쇠도 꽂아놓은 상태였기에 아무런 수고 없이 바로 탑승할 수 있었다.

운전석에 앉으려니 붙잡는 손길이 느껴졌다.

"운전할 수 있겠어? 지훈 엄청나게 피곤해 보이는데."

피곤하다 못해 금방이라도 쓰러질 것 같았다.

"조금만 쉬었다 가자."

칼콘은 지쳤다는 듯 어깨를 축 늘어뜨렸다. 그 모습을 보자 휴식에 대한 강렬한 욕구가 솟았으나 꾹 눌러 넣었다.

왜냐하면…

"잘 생각해라. 우리 지금 물이랑 식량 아무것도 없다."

연구소에서 나올 때 전투에 필요한 물건만 챙겨서 이동 용품을 전부 놓고 왔던 까닭이었다.

그 말은 곧 신 일본 개척지에 가는 24시간 내내 쫄쫄 굶어야 한다는 뜻이었다.

칼콘의 얼굴이 새하얗게 질렸다.

"어, 어… 빨리 가자. 이따가 내가 교체해 줄게."

"그래. 근데 담배 좀 있냐?"

운전하기 전에 담배가 생각났다.

이번에도 큰 부상이나 장애 없이 임무를 완료했다는 생각에 감정이 휘몰아쳤기 때문이었다.

칼콘은 오른쪽 팔목 보호대를 떼어냈다. 그러자 장갑 아래로 담배 몇 개비가 테이프에 붙어 있는 게 보였다.

"아니 도대체 담배를 왜 이딴 데다 넣어 놓냐?"

인간 기준으로는 이해할 수 없는 기행이었으나, 오크에게 있어서는 매우 일반적인 행동이었다.

현대적인 방어구(방탄복, 강화 의류 등)와 달리 갑옷에는 수납공간이 없이 때문이었다. 괜히 뭔가 넣을 수 있는 공간을 만들었다가 갈고리에 맞으면 위험했다.

이에 보통은 다리 각반 안쪽이나, 팔목 보호대 안쪽 같은 떼기 쉬운 갑옷 안에 몇 개비 붙여 놓았다.

생명이 오가는 전쟁터에서 군인이 받는 스트레스는 상상을 초월했다. 다들 그 스트레스를 견디기 위해 담배뿐만 아니라

초콜렛, 마약(각성류) 등 짧은 시간 안에 효과를 볼 수 있는 물건들을 많이 휴대했다.

그러다 전투가 소강상태에 들어가면 군인들은 생애 마지막 사치가 될 수도 있는 기호 물품을 소비하며 마음을 달랬다.

지금 팔목 보호대 안에 있는 담배가 그런 물건이었다.

마지막이 될지도 몰랐던 담배.

땀과 이름 모를 인간의 피 그리고 갑옷에서 묻어 나온 중금속이 스며들어 악취가 났지만 전부 무시했다.

그저 약을 먹는 환자처럼 담배에 불을 붙였을 뿐이었다.

"이리와. 힘들어서 마법 한 번만 쓸 거니까 같이 붙여. Ilutulestik.(불꽃.)"

화륵 —

손가락 끝에서 작은 불이 솟아났다. 이에 담배 문 주둥이 두 개가 분주히 움직이더니 쭈웁 공기를 빨아들였다.

파사사삭.

인간의 양담배가 아닌, 오크가 키우는 향이 아주 독한 연초가 필터도 없이 폐 안에 가득 들어왔다가 나갔다.

분명 건강이 나빠지고 있음에도 당장은 몸 안에 있는 것들이 씻겨져 나가는 상쾌함이 느껴졌다.

"뭐야, 이거 맨솔이야?"

"맨솔이 뭔지 모르겠지만, 시원하지?"

"오크 물건이라길래 걱정했는데, 쓸만하네."

솔직하게 감상을 털어놓자 칼콘이 으쓱거렸다.

"이런 말이 있지, '오크 물건중 으뜸은 바로 입에 들어가는 모든 물건이다.' 라고."

처음 듣는 말이었지만 흥을 깨고 싶지는 않았기에 그냥 픽 웃어넘기고는 말았다.

"푸-하."

깊은 한숨과 함께 연기를 토해내자, 몸 안에 있던 긴장이 하나도 빠짐없이 빠져나가며 노곤해졌다.

'이번에도 살아남았다….'

한숨을 쉬기 위해 담배를 피운 건지, 담배를 피우기 위해 한숨을 쉰 건지는 알 수 없었다. 그냥 담배 연기 섞인 한숨을 몇 번 내뱉자 속이 개운해졌다. 그게 다였다.

"슬슬 출발하자. 갈 길이 멀다."

한국 개척지까지 10일.

집으로 가기 위해선 다시 한 번 지루함을 견뎌야 했다.

⊕

일본 개척지.

끼니를 때우고 돌아오니 민우가 일어나 있었다.

평소 같았다면 '수고했다, 잘했어.' 하고 칭찬을 해줬겠지만, 이번에는 그럴 수 없었다.

－ 죽어, 전부 다 죽으라고. 씨발!

머릿속에 울린 목소리와 함께 정신이 뒤틀렸던 기억이 떠올랐기 때문이었다. 폭주 때문에 일어난 일이었으나, 자세한 상황을 모르는 입장에서는 경계부터 할 수밖에 없었다.

싸늘한 시선 두 쌍이 내리꽂히자 민우가 당황했다.

뭔가 잘못이라도 한 것 같은 기분에 일단 분위기를 누그러 뜨리려 입을 열었다.

"어… 안녕하세요?"

안녕하냐는 말에 지훈과 칼콘이 동시에 한숨을 내쉬었다.

민우는 속으로 '하, 한심해 보였나?' 싶었지만, 실상은 '다 행히 정상으로 돌아왔구나.' 하는 안도의 한숨이었다.

"그래, 안녕하다. 네 덕분이지."

평소에 워낙 많이 비꼬며 놀렸던 터라 민우가 퍽 혼란스러 운 표정을 지었다.

어떤 반응을 해야 할지 모르는 것 같았다.

"이번 임무의 영웅이 왜 벙찐 표정을 짓고 있어?"

"맞아. 뭐 좀 이상하긴 했지만… 너 없었으면 정말 힘든 싸 움이 됐을 거야. 심하면 죽었을지도 모르고."

영웅.

여태껏 찌질하다거나, 약하다는 소리만 들어왔던 민우에 게 있어서는 절대 듣지 못할 거라 생각했던 호칭.

동시에 믿고 의지하는 동료에게 인정받았다는 사실에 민우 의 눈에서 왈칵 눈물이 쏟아졌다.

"아, 아… 이게 왜 갑자기…."

여태껏 민우는 본인은 제값도 하지 못하는 주제에 정산금 의 1/N을 가져가서 항상 미안함을 느끼고 있었다.

정작 지훈, 칼콘, 가벡 그 누구도 민우가 짐이 된다고 생각 하지 않았으나, '전투력'만이 강함의 척도라 생각하는 민우

혼자 그렇게 열등감을 가졌다.

특히 지훈은 저 사실을 어렴풋이 깨닫고 있었다.

그래서 D등급이 시비를 걸었을 때도 편을 들어줬고, 뭔가 잘한 일이 있다면 콕 짚어서 칭찬함으로 자신감을 북돋워 주려고 했다.

반면 민우는 지훈의 저런 행동들을 '동정'으로 느꼈다.

얼마나 불쌍했으면 저렇게까지 해줄까.

그래서 항상 마음이 불편했지만, 이제는 아니었다.

힘을 보여줬고 짐이 아니라는 걸 증명했다.

'이제 모두 달라졌어. 난 짐이 아니야.'

실상 변한 건 민우의 마음가짐 그 하나밖에 없었으나, 본디 세상만사는 인간의 마음으로부터 출발한다는 말도 있듯, 어찌 보면 모두 달라졌다고 볼 수도 있었다.

아니, 적어도 민우의 시선에서는 모든 게 달라져 보였다.

"뭘 질질 짜, 인마. 정말 너 없으면 뒈질 뻔 했다니까?"

새하얀 거짓말.

만약 반지가 이능 저항을 조금이라도 더 늦게 성공했다면, 지금쯤 지훈의 뇌는 VGC 탄으로 걸레짝이 되어 있을 게 분명했다. 하지만 가끔은 묻고 가야 더 좋은 일도 있음을 지훈은 경험으로 너무나도 잘 알았다.

"보세요, 제가 이렇게 중요한 사람이라니까요?"

민우가 눈물 가득한 눈으로 픽 웃었다.

'얘는 뭐 한 번만 잘해주면 자신감이 하늘까지 솟냐.'

한마디 하려다 그냥 머리만 거세게 쓰다듬고 말았다.

"맞다, 너 일단 이거부터 마셔라."

포션을 건네줬다. 뭐냐고 되물었지만, 설명하기 애매해서 그냥 약이라고 일축했다. 목젖이 위아래로 흔들리는 걸 보고는 펜던트도 마저 건네줬다.

"이능 폭주 막아주는 물건이라니까, 항상 가지고 있어라. 그리고 너 개척지 돌아가면 나랑 같이 병원 좀 가자."

심각한 말에 민우의 표정이 급격히 어두워지기 시작했다.

"저한테… 뭔가 큰일이 난 걸까요?"

이능 폭주야 약 먹이고 제어장치 붙였으니 괜찮았지만, 문제는 아쵸프무자가 민우의 종족이 변했다고 말했다는 거였다.

DNA가 변하면서 약이나 마력에 알러지 반응이 생길 수 있었기에 반드시 정보를 파악해 둬야 했다.

물론 당장은 필요하지도 않거니와, 할 수도 없었으므로 구렁이 담 넘어가듯 쑥 넘어갔다.

"별거 아니니까 걱정하지 말고, 차에서 내리기나 해."

"어라? 어디 갈 곳 있나요?"

"밥, 새끼야. 밥."

지훈과 칼콘은 방금 먹고 왔지만, 민우는 거의 24시간 넘게 공복 상태. 뭔가 먹여야 했다. 게다가 피눈물이 흐른 그대로 피딱지도 얹어있어서 씻길 필요도 있었고 말이다.

한국 개척지에 귀환 후, 하루 푹 쉰 뒤 정산을 시작했다.

제일 먼저 디스톨팅 스톤을 처리했다.

원래대로라면 각성자 물품 거래소나 BOSA에 가야 했지만, 둘 다 영 마음에 들질 않았다.

전자는 세금 때문이었고, 후자는 얼마 전까지 치고받았던 녀석들과 거래를 한다는 사실이 께름칙했던 이유에서였다.

연구소에 있던 인간은 사실상 몰살당했기에 정보가 빠져나갔을 리는 없기에 원한다면 갈 수는 있었지만, 심적인 거부감이 심했다.

사람을 모르모트로 쓰는 미친 기업.

돈을 위해 과학에서 도덕성을 거세한 과학자 집단.

지훈은 저런 사안에 대해서는 굉장히 둔감했었으나, 본인이 직접 피해를 받으니 얘기가 180도 달라졌다. 보사와는 될 수 있으면 모든 접점을 끊어야겠다고 마음먹기도 잠시.

'시연이….'

복잡하게 얽힐 것 같아 적당히 생각을 끊어버렸다.

일단 지금은 정산을 마무리하는 게 먼저였다.

디스톨팅 스톤은 석중 할배에게 개당 1억으로 쳐서 정산했다.

"하이고, 우리 지후이 마이 컸다. 기다리면 암시장에다 팔아다 돈 더 준대도, 기래 그걸 못 기다리겠니?"

"거 이유 있어서 그런 거니 적당히 합시다."

아무리 석중이라도 현찰로 5억을 당장 마련하기에는 무리가 있었는지, 하루 정도 시간을 달라고 말했다.

맘 편하게 기다리고 있으니 다음날 발신자 번호 제한으로 문자가 한 통 찍혔다.

– 떡 배달 끝났습니다. 맛있게 드십쇼.

'쯧, 누가 할배 아니랄까 봐… 꼭 애들 시켜서 찍는 문자도 이렇게 노인 냄새 풀풀 나게끔 찍어야 하나.'

계좌를 확인하니 정확하게 5억 원이 찍혀있었다.

걸음을 옮겨 용병 길드로 향했다.

사실 5억 원 전부 먹어도 됐지만, 생각과 달리 용병들이 모두 죽어버렸기에 뒷맛이 씁쓸했다.

"무슨 일로 오셨습니까?"

"임무 완수했소만… 용병들은 모두 사망했소."

직원의 이마가 찌그러졌다가 원상태로 돌아왔다.

가끔 용병들 모집하고는 모조리 죽여서 장비만 뽑아가는 범죄가 벌어졌기에, 이런 경우 블랙리스트에 올렸다.

굉장히 유명한 얘기였기에 보통 임무 중 용병이 모두 사망한 경우 그냥 나 몰라라 하는 게 보통이었다.

"근데 어쩐 일로…"

"개인 정보. 유족한테 정산금 보내고 싶소."

용병은 사망이나 실종 시 의뢰인이 위로금 혹은 임무 완수 대금을 유족에게 건네주는 경우가 있었다.

약속했던 7%를 전부 유족들에게 전달했다.

돈으로 그들의 목숨을 산 것도, 마음에 있는 짐을 덜어내기 위한 도피성 선의도 아니었다.

　지훈은 연구소에 가기 위해 달콤한 조건으로 용병들을 모집했고, 이에 용병들은 기꺼이 제 목숨을 걸고 참가했다.

　정당한 거래였지만, 그래도 보내는 길 유족들에게 위로금이라도 건네줘야 하지 않을까 싶었을 뿐이었다.

　씁쓸함이 파도처럼 몰려왔다.

　[정산 결과]

　생략.

권능의 반지

155화 수호자와 증표

NEO MODERN FANTASY STORY

워낙 고생을 많이 한지라 며칠 정도 더 쉬었다.

부상과 정신적인 피로가 다 풀리자 일행은 아티펙트를 감정하기 위해 서구에 있는 감정소로 향했다.

먼저 도착했기에 적당히 핸드폰을 만지작거리니, 저 멀리서 나머지 셋이 걸어왔다.

"뭐 한다고 같이 와?"

민우와 가백은 같이 산다고 쳐도 칼콘은 아니다. 집이 아예 동구인지라 만나기도 어려운데 어쩌다 같이 왔을까?

"오래간만에 다 같이 운동 좀 했어."

가백은 칼콘과 한 판 붙었는지 팔에 멍이 들어있었다. 뭔가 싶어 자세히 보니 쇠사슬 자국이었다.

'이번에도 쇠사슬로 묶고 조졌군.'

칼콘은 전직 카즈가쉬 클랜의 방패병이었다. 그리고 그 방패병의 무장은 거대한 가시 방패와 모닝스타였다.

방패로 적의 공격을 모조리 막아내며 전진한 뒤 모닝스타를 이용해 적을 타격하거나, 움직임을 묶어 질질 끌어왔다.

그렇게 접근전이 시작되면 일방적인 폭행이 이어진다.

무기는 모닝스타에 묶여 쓸 수 없으며, 질질 끌려가면 가시 방패에 짓눌려 피떡이 됐다.

어쩔 수 없이 힘겨루기를 해야 했는데, 칼콘의 종족은 중형종 중 근력이 둘째가면 서러울 정도로 강한 오크였다.

'언제 봐도 더러울 정도로 강력한 근접전 능력이다.'

언젠가 한 번 당해봤기에 잘 알 수 있었다.

당시에는 단순 훈련이었기에 방패에 가시가 박혀있지 않았지만, 그럼에도 맞을 때마다 뼈마디가 흔들리는 기분이었다.

"민우는 뭐했냐? 주먹다짐하진 않았을 거 아냐."

해봐야 일방적으로 맞을 게 뻔하다.

"그냥 트레드밀 좀 뛰고 웨이트 했어요."

아마 장비 무게를 감당하기 위한 기초 체력 훈련이리라. 기특하다고 칭찬해 주고는 가게 안으로 들어갔다.

"아, 김지훈, 우민우 고객님. 어서 오세요."

주기적으로 등급 높은 아이템을 감정했기 때문일까?

점원이 일행을 알아보고 버선발로 뛰어와 인사했다.

부담스러웠기에 그런 거 하지 말라고 얘기한 뒤, 바로 매대로 향했다.

"감정 스크롤 4개 주쇼."

점원은 잠시 갸웃거리다 물었다.

"고등급 아티펙트는 스크롤보다 감정실에서 직접 하시는 쪽이 훨씬 좋습니다. 본사 DB(데이터베이스)와 연결돼서 번역의 질이 훨씬 더 좋거든요."

맞는 말이었고, 저게 당연한 절차였으나 무시했다.

어차피 고대종의 언어를 아는 지훈에게 있어서는 번역의 질 따위 알 바 아니다. 원문도 원어민처럼 읽는데 그깟 번역이 뭐가 대수란 말인가.

단지 원문이 많이 나오거나 마법 관련 아티펙트가 나오면 아이덴티티 측에서 들러붙었기에 귀찮았을 뿐이었다.

"됐고, 그냥 스크롤로 주쇼."

환율 적용, 개당 93만 원에 4개 구입했다.

감정을 위해 으슥한 곳을 찾았다. 잠시 둘러보니, 굳이 멀리 갈 것 없이 빌딩 사이에 있는 좁은 공간이 괜찮아 보였다.

안에는 딱 봐도 갓 성년이 되어 봄 직한 양아치 여럿이 모여앉아 까트를 피우고 있었다.

그 와중에 후광을 낀 인영 넷이 나타나자, 영 불편했는지 공격적인 언사를 보였다.

"아… 뭐야, 또. 뒤지기 싫으면 꺼져."

아마 후광 때문에 실루엣만 보인 모양이었다.

때리거나 욕할 것도 없이 가만히 쳐다보고 있으니, 양아치들이 웅성거리기 시작했다.

"오, 오빠… 오크랑 버그베어잖아… 그, 그냥 가자."

까트를 피던 한 여자가 움찔거렸다.

최근 들어서는 뒷골목에서 이종족이 인간 여자를 대상으로 무참한 짓을 벌이는 포르노가 나돌기도 했다. 실제로도 가끔 인간 거주지 내에서 사고를 치는 이종족이 있었다.

여자를 필두로 하나둘씩 자리를 떴다.

'확실히 얘네 끼고 다니면 편하네.'

정작 제일 위험한 인물은 지훈이었으나, 아무래도 외적인 임펙트가 약했기에 잦은 시비에 휘말렸다.

반면 가벡과 칼콘을 옆에 두면 굳이 말하거나 행동을 할 필요도 없이 다들 꼬리를 말고 도망쳤다.

그도 그럴 것이 전투 종족 자체가 워낙 호전적이고 제압해도 나중에 보복을 해오기에 귀찮은 일이 많았다.

술 먹다가 시비 붙은 거로 살인은 물론, 숫자를 앞세워 제압해도 추후 밤길에 '너는 내 명예를 더럽혔다!' 라며 암습을 걸어온다.

한 마디로 그냥 피하는 게 제일이었다.

압도적인 무력으로 짓누르면 모를까, 전투종족은 똥이었다. 그것도 아주 푸짐하고 묵직하기까지 한 더러운 똥.

"칼콘 물건 먼저 시작한다. 식별."

스크롤을 쫙 펴며 칼콘의 방패를 쳐다봤다.

허공에 정보가 떠올랐다.

[수호자]

종류 : 방패

등급 : A

재질 : 칼시콥신의 비늘, 뼈, 순막 그리고 영혼.

나는 계약에 따라 죽어서도 너와 함께하겠다.

우리는 실패했고, 또한 농락당했다. 하즈무포카가 약속했던 낙원은 그 어디에 없었다. 이에 나는 분노하고, 또 분노했다.

그럼에도 내가 할 수 있는 건 없었다.

지고의 세월을 견뎌 마법을 깨닫고,

지고의 세월을 견뎌 현자의 칭호를 얻었으며,

지고의 세월을 견뎌 일족의 수호자가 되었으나…

모두 허사였다.

우리 일족이 하즈무포카에게 실패작이라는 이유로 버려졌듯, 나 역시 똑같은 실패작이었을 뿐이었다.

무슨 짓을 해도 신의 권능을 가진 그를 이길 수는 없었다.

네가 신들의 싸움에 이용되는 장기 말이라도 상관없다.

하즈무포카의 계획에 아주 작은 틈이라도 만들 수 있다면, 아주 조금이라도 상처를 낼 수 있다면 그것으로 만족하겠다.

까닭에 나는 너와 계약했고, 나의 목숨을 바치겠다.

이 방패의 고정쇠는 나의 눈을 덮은 순막으로 만들었고,

이 방패의 발동 매개체는 나의 비늘로 만들었으며,

이 방패의 발현체는 나의 뼈를 깎아 만들었다.

나는 오로지 우리 일족의 구원을 위해, 하즈무포카의 몰락을

위해 눈을 뽑는 고통을, 비늘을 뜯는 고통을, 뼈를 깎는 고통을 견뎠다.

그 고통에 걸맞은 성공이 있기를 염원하겠다.

가벡과 민우는 저 내용을 보더니 얼굴을 찌푸렸다.

모든 내용이 고대어로 나왔으니 당연한 결과였다. 그저 칼콘과 지훈만이 모든 내용을 알아볼 수 있었다.

"사연이 많은 물건이네."

"아아."

이 방패는 업을 짊어지는 자처럼, 몰락한 일족의 순례자의 영혼이 담긴 물건이었다.

칼콘은 양손으로 방패를 꽉 쥠으로써 죽어서도 투사로 남은 존재에게 경의를 표했다.

"마음에 드는 모양이지?"

"한 종족의 존엄이자, 한 시대를 평정한 영웅의 기백이 담긴 유물이잖아. 정말 소중한 물건이라고 생각해."

그런 존재에게 이런 아이템을 받아 낸 '두 번째 반지 사용자'에 대한 궁금증이 잠시 솟았다.

- 선임자들은 내가 직접 선택했어. 흔들리지 않는 신념을 지니고 있음은 물론, 그 신념을 굽히지 않을 수 있는 무력까지 가진 존재들. 하지만 넌 그들과 달랐지.

'아쵸프무자는 나를 보고 독특하다고 말했었다.'

이전 사용자들을 전부 아쵸프무자가 직접 식별, 선택했다면 지훈은 본인이 직접 반지 그리고 아쵸프무자를 선택했다.

선임자이자, 이전 반지 사용자들은 아쵸프무자가 직접 선택한 만큼, 엄청난 무력을 지닌 사람이었을 게 분명했다.

'하지만 모두 실패했고, 죽었다.'

정보를 얻어 갈수록, 아쵸프무자의 계획에 가까워질수록 점점 더 임무가 버거워지기 시작했다.

특히 그중에서도 하즈무포카의 방해가 문제였다.

단순 임무만 해결하는 것도 힘든데 엄청나게 강력한 방해꾼까지 낀다? 악몽이었다.

'하지만 아쵸프무자도 생각이 없지는 않을 거다. 여러 번 되풀이하면서까지 이루려고 했던 업적이다.'

애써 불안감을 떨쳐냈다. 실제로도 의뢰를 해결할 때마다 엄청난 장비들을 제공하지 않았던가?

일단 지금 할 일은 고민하는 게 아닌 힘을 기르는 거였다.

"식별."

스크롤을 쫙 펴며 목걸이에 집중했다.

세공 없는 얇은 사슬 목걸이에 좌측 상단이 기묘하게 일그러진 불꽃 펜던트가 달려있었다. 그 모습이 꼭 아쵸프무자를 닮은 것 같았다.

[아쵸프무자의 증표]

종류 : 목걸이

등급 : A+ 등급

재질 : 마력으로 구성된 물품 (아쵸프무자에 준하는 신격을 가진 존재 혹은 강력한 마법사가 간섭 시 파괴될 수 있다.)

마력 + 20

주문 변형 사용 가능.

기도 시 신탁이 내려온다.

– 내가 너를 지켜보고 있음을 알라. –

퍽 짧고 간단한 설명이 아닐 수 없었다. 허례를 좋아하지 않는 자유로운 성격이 그대로 설명에 묻어났다.

'진짜로 신이었나.'

사실 정황상 충분히 알 수 있는 사실이었지만 본인이 신에게 놀아나고 있다는 생각이 들어 부정했었다.

하지만 이젠 빼도 박도 못하는 증거가 있으니 그럴 수도 없었다. 지금 손에 들고 있는 물품은 분명 아끼는 신도 혹은 사도에게 줬던 물품이리라.

그만큼 아쵸프무자가 지훈을 신뢰하기 시작했다는 증거였으나, 딱히 기쁘다거나 만족감이 있지는 않았다.

첫 만남부터 서로 죽고 죽였던 사이가 아니던가?

지훈에게 있어서 아쵸프무자는 그저 반지 사용 대가로 일을 처리해 주는 존재 그 이상 그 이하도 아니었다.

굳이 비유하자면 세입자와 집주인 같은 관계였다.

'어지간히 엄청난 물건이군.'

마력 +20이면 장착하는 순간 등급이 2개나 올라간다는 얘기였다. 뿐만 아니라 '주문 변형'이라는 것도 신경 쓰였다.

아무런 설명이 없어 아직은 알 수 없었지만 적어도 이 물건에 달려있다면 쓸모없는 능력은 아니었다.

확인은 나중에 하기로 하고 민우의 브로치를 식별했다.

"식별."

[감정 실패]

감정 실패가 뜨는 경우는 크게 2가지로 볼 수 있다.

권능의 반지처럼 엄청난 물건이거나,

아니면 아예 아티펙트가 아니거나.

기타 스크롤 훼손 등의 문제도 있을 수 있었지만 열에 아홉

반은 분명 아티펙트가 아닌 경우였다.

"이건 아티펙트 아닌데?"

마법 물품일까 싶었다.

'마력 감지 안경으로 한 번 살펴보면 되겠네.'

어디다가 뒀는지 기억을 훑다가 덜컥 멈췄다.

현재 마력 감지 안경은 연구 1동 창고에 있었다.

칼콘과 지훈은 각각 창고에 가서 장비를 챙겼으니 괜찮았

지만, 민우는 살려오는 것도 힘들었기에 아예 장비 찾을 생각

을 안 했던 것.

다시 가서 되찾아 올 수 있는 것도 아니었기에 깔끔하게 포

기하는 수밖에 없었다.

'이런 썅…'

굉장히 쓸만한 물건이었기에 가슴이 쓰렸다.

그래도 되찾으러 갔다가 괜히 하즈무포카의 하수인을 만나는 것보단 나았을 거라 자위했다.

"음… 그럼 이건 어떤 물건인지 모른다는 말이군요."

민우는 머리를 긁적이며 끙 소리를 냈다.

본인의 생명을 연장해 줄지도 모르는 물건이 뭔지도 모르는 꼴이니 당연했다.

"어쩔 수 없지 뭐. 힘내 임마."

식별이 끝났기에 대로로 이동하며 가벼운 잡담을 나눴다. 누구 장비가 좋네 마네하고 있자니 가벡이 입을 열었다.

"그게 전부 이번 보상으로 받은 물건인가."

"응, 아쵸프무자가 직접 줬어."

가벡은 아쉽다는 듯 한숨을 내뱉었다.

"분명 보상을 줄 수 없다고 말하지 않았나."

말했다. 그 이유로 가벡은 이번 임무에 불참했다.

"왜, 보상이 있다면 오려고?"

"당연하다. 그런 물건을 준다면 열 번도 더 가주지!"

야만 부족으로 지냈던 가벡인지라, A등급 아티펙트는 살면서 단 한 번도 보지 못했으리라.

도시에 사는 지훈도 TV로만 봤던 물건이니 오죽했을까.

지훈은 가벡의 기회주의자 같은 모습을 보며 이죽거렸다.

돈 안 주는데 왜 목숨 안 거냐고 뭐라고 할 수는 없지만, 기분이 상하는 건 어쩔 수 없었다. 나 몰라라 할 땐 언제고 이제 와서 보상 못 받았다고 후회한단 말인가?

"쌤통이네 새끼야, 쌤통."

가벽도 본인의 선택으로 일어난 일임을 알았기에 부들부들 떨기만 할 뿐 아무런 말도 하질 않았다.

권능의 반지

156화 생각지 못한 위기

NEO MODERN FANTASY STORY

대학 병원.

민우가 알몸에 환자복만 걸친 채 한숨을 내뱉었다.

"아, 형님. 진짜 이럴 필요…"

"있어. 너 그러다 진짜 훅 간다."

민우 본인은 전혀 모르겠지만, 지훈과 칼콘은 연구소에서 있었던 일을 절대 잊을 수 없었다.

그만큼 충격적인 능력이었고, 뭐든 간에 큰 변화에는 강력한 반작용이 생기는 법이었다.

지훈이 신진대사 때문에 식사량이 증가하거나, 장기가 망가지는 부작용이 있다면 민우의 영우는 바로 종족 변화였다.

일반인의 몸으로 FS 유적에 있던 만년도 더 된 물건을 집어먹으니 DNA가 재배열 됐던 것이었다.

물론 지훈과 가벡은 각성자였던 까닭에 전혀 문제가 없었으므로, 종족 변이에 대한 실마리조차 잡지 못하고 있었다.

　　"근데 도대체 왜 변하게 된 걸까요?"

　　민우는 제 몸을 내려다보며 생각에 잠겼다.

　　아무리 봐도 인간이었다. 부드러운 피부에, 바늘로 콕 찌르면 피도 나왔고, 체온도 정상이었다.

　　근데 인간은 아니다.

　　텔레파시도 할 수 없고, 투시도 할 수 없으며, 사람을 일그러진 꿈동산으로 데려갈 수도 없다.

　　'기분이 이상하네. 내가 인간이 아니라니.'

　　엄밀히 따지면 인간이 아니라고 한들, 외모가 인간이고 본인이 인간으로서의 정체성을 가지고 있다면, 그건 인간일까?

　　인간은 사회적 동물이었다.

　　사회가 없으면 인간의 정체성 역시 형성되지도, 발달하지도 않는다는 가설도 있듯 사람은 그 정체성을 타인과의 교류로 형성한다.

　　'난 인간이야. 괴물도, 이종족도 아닌 인간.'

　　민우는 그렇게 생각하며 이를 꽉 깨물었다.

　　"어디서 뭐 이상한 징조 같은 거 없었어?"

　　"당연히 없죠, 아무것도 없… 잠깐만요, 보사에서 전화 왔었어요. 몸에 이상 없냐고."

　　보사라는 말에 지훈과 칼콘의 얼굴이 삽시간이 똥 씹은 것마냥 접혔다.

　　"보사? 너 뭐 했길래 거기서 전화가 와?"

병문안 올 때 따라왔던 지현이 끼어들었다.

원래는 집에만 있는 걸 좋아했지만, 아무래도 둘 사이에 미묘한 기류가 흘렀기에 살펴보러 온 듯싶었다.

"FS 유적 다녀오고 나서였어요. 보사에 가면 답을 알 수 있을까요?"

민우는 허락을 구하듯 지훈과 칼콘을 번갈아 봤다.

마음에 들지 않는 얘기였으나, 본인의 몸 상태를 확인하고 싶다는 데 말릴 수도 없는 노릇이었다.

"가고 싶으면 가. 어차피 녀석들이 알고 있었으면 러시아 개척지 들어가는 순간 일 터졌어. 아마 모를 거다."

지현이 있었기에 단어를 에둘러 말했다.

"그럼 나중에 혼자 가서 확인해 볼게요."

결정에 존중해주는 의미로 고개를 끄덕였다.

병문안 선물로 가져온 닭튀김을 뜯어 먹고 있자니 병실 문이 열리며 의사가 들어왔다.

민우가 물었다.

"어떻게 되는 건가요?"

"이런 경우는 거의 겪어 본 적이 없는지라, 섣불리 행동할 수가 없습니다. 약을 썼다가 부작용이 나올 수도 있고요."

절레절레 젓는 고개가 일행의 마음을 무겁게 짓눌렀다.

"종족이 변했다고 하는데 정확히 뭐가 변하는 건가요?"

"DNA가 변했을 정도면 이미 변이가 나타나야 했을 텐데, 아무런 이상이 없는 거로 봐서 외적인 변화는 거의 없을 것 같습니다. 대신…."

NEO MODERN FANTASY STORY… 53

의사는 꼬리를 흐리며 눈치를 봤다.

지훈이 '대신 뭐?' 하고 꼬리를 물자 그제야 말을 이었다.

"환자분은 앞으로… 성 기능을… 할 수가 없습니다."

"에? 뭐요?"

어이가 없어져 되묻자, 의사는 결심을 굳히고 대답했다.

"고자가 됐다, 이 말입니다."

"그게 무슨 소리예요, 의사 선생님! 제가 고자라뇨!"

고자가 됐다는 사실을 믿을 수 없었다.

그도 그럴 게, 민우는 병원에 입원하기 전날 이미 한 번 뽑고(?) 왔기 때문이었다.

제 기능을 모조리 하고, 뽑은 물건(??)의 양, 색깔, 냄새 전혀 문제가 없는데 어찌 고자가 됐단 말인가?

민우가 헛소리하지 말라는 표정을 짓자, 의사는 일행을 쳐다봤다. 그중에서도 특히 지현을 오래 봤다.

"제 보호자니까 그냥 말씀하세요."

"쉽게 말씀드리겠습니다. 환자분은 사정은 할 수는 있지만, 수정이 되질 않습니다. 곧 아이를 만들 수 없다는 말입니다."

병실 안에 침묵이 감돌자 의사가 자리를 떴다.

당황스러운 상황에 그 누구도 뭘 어떻게 해야 할지 모르고 굳어있는 와중에, 칼콘이 애써 미소 지으며 입을 열었다.

"하, 하하하… 민우야. 좋게 생각해. 콘돔도 필요 없고, 원치 않는 임신 걱정도 없잖아! 힘차고 강한 교미! 안전하고 안심할 수 있는 교미! 얼마나 좋아!"

농 섞인 위로였지만, 안타깝게도 제 기능을 하질 못했다.

인간과 오크의 문화가 퍽 다른 까닭에 도리어 분위기만 더 얼어붙었을 뿐이었다.

이에 지현이 슬쩍 거들었다.

집게손가락으로 머리를 빙빙 꼬는 게 부끄러운 듯싶었다.

"그, 그래. 남자는 콘돔 안 끼고 하는 게 그렇게 좋다며. 나도 안 끼고 하는 게 더 좋고."

민우는 영혼이 빠져나간 듯 새하얀 웃음을 흘렸다.

"하, 하하하… 하… 섹스… 잘 됐네… 그래…"

가벡이 말없이 민우의 어깨를 두드렸다.

"내가 씨 없는 수박을 먹어봤는데, 정말 맛있더군. 너도 맛이 좋아졌을 거다."

별 괴상망측한 개소리를 지껄이는 녀석에게 따끔한 눈총을 쏘아줬다. 정작 본인은 뭐가 잘못됐는지도 모르는 것 같았다.

혼자 있을 시간이 필요해 보였기에 마지막 인사를 했다.

"긍정적으로 생각하자, 민우야. 이능 얻었잖아. 변한 건 어쩔 수 없으니까, 최대한 빨리 적응하는 게 좋다."

현재 민우가 가진 이능은 투시와 정신 감응.

인간 중 그 누구도 가질 수 없는 강력한 이능이었다.

"그래요. 투시랑 정신감응. 둘 다 정말 쓸만한 이능이죠."

민우는 애써 웃고는 일행을 슥 훑어봤다. 그리고 마지막엔 지현을 굉장히 오랫동안 쳐다봤다.

10초,

20초,

30초.

"야, 야, 잠깐만. 너 뭘 보고 있는 거야!"

기분이 이상해져서 민우의 고개를 강제로 돌렸다.

"아, 아뇨. 그게 아니라…."

좋아하는 여자와 잠자리를 가져도 아이를 얻을 수 없다.

민우는 그 사실이 서글퍼서 생각에 잠긴 거였거늘, 이상한 오해를 사버렸다.

"내 동생은 안 된다. 여기 간호사들 많아. 걔네로 해."

민우는 그냥 설명하지 않고 웃어넘겼다.

'그래, 차라리 동정 섞인 시선보다 이게 좋네.'

✦

지현은 민우가 걱정된다며 병실에서 자고 간다고 했다. 둘 사이에 미묘한 공기가 흐르던 걸 알았기에 그냥 내버려 뒀다.

아무리 여동생을 반쯤은 키웠다고 한들, 어디까지나 남매였지 소유물이 아니었다.

범죄나 기행이 아니라면 말릴 수도 필요도 없었다.

성인이 된 이상 본인의 행동에는 본인이 책임져야 했다.

✦

근 한 달 만에 봤기에 시연은 시간 욕심을 많이 냈다.

"조금만 더 있자. 응?"

출근도 하지 않고 시연의 집에서 일주일이나 같이 있었음에도, 여전히 부족했던 걸까. 아니면 그간 못 봤던 걸 전부 채우고 싶은 욕망일까?

어찌 됐건 지훈 역시 시연이 그리웠기에 함께 보냈다.

정말 즐거웠고, 행복한 시간이었음에도 이상하게 머리를 떠나지 않는 의심이 있었다.

과연 시연이 비인간적인 연구를 하지 않았을까?

보사 연구원. 그것도 능력이 굉장히 좋은 연구원이다.

회사도 직급이 높아지면 어쩔 수 없이 현실과 타협해 옳지 않은 일에 손을 대야 할 경우가 생기듯, 능력 좋은 연구원이라면 분명 몇 번 정도 유혹이 있을 터였다.

칵톨레프를 조종했던 것처럼 인간을 조종하고,

과학 발전이라는 명목하에 인간을 모르모트로 쓰며,

도덕성 따윈 개나 줘버린 연구를 아무렇지도 않게…

'씨발, 진짜 미쳐 버리겠네.'

잡생각이 너무 많았던 까닭일까?

근래에 들어 관계 중 사정을 하지 못했다.

미친 듯이 노력해도 못했다. 의심, 공포, 혼란 등이 뒤섞인 감정들이 관계 도중에도 떠나질 못했기 때문이었다.

시연에게는 단순히 생각이 많아서라고 둘러댔다.

– 너 사람 가지고 연구한 적 있어?

– 너 하면 안 될 짓 한 적 있어?

– 너 깨끗한 연구만 했어?

– 너….

머리에 떠오르는 질문은 많았지만, 그중 단 하나도 꺼내놓질 못했다. 인간관계에서 의심은 치명적인 독이었다.

품고만 있어도 관계에 금이 쩍쩍 가지만, 그걸 꺼냈을 경우는 관계를 깰 각오를 해야했다.

묻는 건 쉬웠지만 뒷감당할 엄두가 나질 않았다.

'했으면 어쩔 건데?'

헤어질 건가?

아니, 절대 그럴 수 없다.

지훈에게 있어 시연은 생과 사를 오가는 전장에서 얻은 큰 스트레스를 치료할 수 있는 유일한 안식처이자, 사랑하는 사람이었으며, 앞으로의 미래를 함께할 배우자였다.

"뭘 그렇게 생각해?"

"아냐."

"아니긴 뭐가 아니야. 자기가 뭐가 좋다고 식기 세척기 광고를 그렇게 골똘히 쳐다봐?"

– 사실 네가, 내가 당했던 끔찍한 연구 같은 걸 했을까 생각했어. 각성자를 큰 믹서기에 갈아서 그 추출물을 사람한테 주사하면 티어가 올라. 참 효율적이지만, 비인간적이지. 했어?

말이 목 바로 아래까지 올라왔다 내려갔다.

"그냥. 지현이 설거지하는 거 힘들까 싶어서."

거짓말이었다. 그것도 매우 서투른 거짓말.

하지만 시연은 제 남자친구가 자기에게 거짓말할 거라곤 생각조차 하지 않았기에, 환한 미소를 지었다.

"우리 자기 착하네."

시연의 손이 머리를 쓰다듬었다.

그 손이 너무나도 따뜻해서 도리어 심장이 아려왔다.

'나는 너한테 차가운 의심을 품고 있는데, 너는 어떻게 그렇게 나한테 따뜻한 거야….'

갑자기 자기 자신이 한심해졌다.

만약 시연이 그런 연구를 했다고 치자.

그래서 어떻게 할 텐가?

사실 대답은 정해져 있었다.

그래도 좋다.

그럼에도 좋다.

참을 수 없을 정도로 좋다.

이기적이라 해도, 이중잣대라 해도 어쩔 수 없었다.

좋아하는 사람인데, 마음이 그녀를 원하는데 어쩌겠는가.

인정하는 순간 마음속에 미풍이 불었다.

차가운 가슴을, 족쇄를 전부 녹여버리는 미풍이었다.

시연에게 다가가 뒤에서 껴안았다.

"에이~ 나 쿠키 굽고 있잖아. 이따가 침대에서 안아 줘."

"조금만, 조금만 이대로 있자…."

꾹 감은 눈 사이로 작은 눈물이 한 방울 흘렀다.

죽음의 공포에서도, 시궁창 절망 속에서도 흐르지 않았던 눈물이었거늘 시연에게 관련된 일이면 너무나도 쉽게 흘러버렸다. 그만큼 지훈에게 있어 시연은 소중한 존재였다.

5분 정도 말없이 꽉 안고 있다가 떨어졌다.

"사랑해."

"응~ 나도 사랑해. 뽀뽀!"

아무것도 모르는 시연이 웃으며 가볍게 입을 맞췄다. 그 미소에 전염되기라도 한 듯, 지훈의 얼굴에도 미소가 흘렀다.

서로 쳐다만 보며 웃고 있자니 시연이 얼굴을 붉히며 몸을 배배 꼬며 물었다.

"있잖아… 할래?"

대답할 것도 없이 바로 침대로 향했다.

사정했다.

미안한 마음에 응어리진 눈물 대신 토해내듯, 가득, 몇 번이나 사정했다. 관계가 끝나고 서로 꽉 끌어안고 있다가, 문득 시연이 물었다.

"뭐가 그렇게 복잡했어?"

"사실 고민이라는 게 다 그렇잖아. 일어나지도 않을 일, 사소한 일. 그런 거였어."

"응. 해결돼서 다행이다."

시연의 품으로 파고들어 가슴에 얼굴을 붙였다.

심장 소리가 들렸다. 마음이 안정됐다.

관계가 끝난 뒤 시연이 오븐을 열며 투덜거렸다.

"따뜻할 때 주려고 했는데, 아쉽다."

"괜찮아. 원래 쿠키는 차가울 때 먹어도 맛있잖아."

"자, 기대하시라~ 두구두구두구! 개봉!"

시연이 긴 채 쿠키를 오븐 플레이트를 꺼냈다.

사람 모양 과자였다.

사람 모양 과자.

과자는 쿠키.

사람은 맨.

쿠키맨.

끔찍했던 기억이 순식간에 뇌를 점령했다.

– 하하하하, 죽어 임마! 죽으라고!

지훈의 눈동자가 등불 앞에 놓은 촛불마냥 흔들리는 것도 모른 채, 시연은 보란 듯이 과자의 팔을 뜯어냈다.

우직!

쿠키맨의 팔에서 진득한 딸기잼이 흘러나왔다.

"이거 봐라~ 안에 쨈도 들어있다?"

더는 참을 수 없었다. 너무나도 큰 어지럼증에 속에 있던 물건들을 모조리 게워냈다.

"꺼, 꺽! 거걱! 꺽…"

시연이 깜짝 놀라 플레이트를 떨어뜨리자, 쿠키맨들이 박살 나서 사방으로 흩…

저 장면까지 봤다간 정말 미쳐버릴 것 같았다.

눈을 감고, 그저 뇌에서 강제로 기억을 끄집어내고 싶은 욕망을 토악질로 표출했다.

단순 충격에 의한 쇼크였기에 금방 진정할 수 있었다.

시연은 어디 아픈 거 아니냐며 울음을 터트렸지만, 별거 아니라고 금방 다독였다.

'내가 미쳐가는구나, 미쳐가… 씨발….'

정신이 썩어가고 있다는 증거였다.

정신과를 찾거나 기억 제거 시술이라도 받아야 할까 하는 고민이 스쳤지만, 금방 잊어버렸다.

여태까지 볼꼴 못 볼꼴 다 보고 살아왔다. 이런 적은 과거 뒷골목 시절에도 여러 번 있었고, 그때마다 지훈은 전부 이겨 냈고, 살아남았다.

이번에도 분명 이겨낼 거게 분명했다.

아마도.

◈

비슷한 시각, 파이로의 은신처.

파이로는 복수심에 점점 더 미쳐가고 있었다.

'아직까지도 그 녀석이 누군지 모른다고? 개소리!'

콰앙!

'병신같은 스토커 새끼가 분명 정보를 알고 있음에도 모르는 척 하는 게 분명하다.'

주먹을 쥐었다 폈다 할 때마다 푸른 불꽃이 피어났다 사라졌다 반복했다.

'뭔가를 태우고 싶다.'

당장에라도 누군가 문을 열고 들어오면 태워죽이고 싶었지만, 이 은신처를 아는 사람은 아무도 없었다.

화만 삭이고 있자니 문득 은신처 문이 열렸다.

"죽고 싶냐? 누구….."

파이로의 외침이 채 끝나기도 전에 그의 머릿속으로 익숙한 얼굴과 함께 투영됐다.

바로 김지훈이었다.

– 나는 우리가 같은 적을 가지고 있다고 생각한다.

"너는 누구지?"

파이로가 눈을 들어 쳐다봤다.

거기엔 인간보다는, 인간의 껍질을 쓴 무언가라고 하는 게
어울리는 존재. 하즈무포카의 거인 하수인이었다.

– 그건 알 거 없다. 단지 네게 복수를 할 기회를 주고 싶을
뿐이다.

하즈무포카의 하수인은 말이 끝나자마자 종이 한 장을 툭
던지고는 사라졌다. 파이로는 그 종이를 집어 들고는 광기가
가득한 웃음을 흘렸다.

"하하, 크히히… 푸히히히힉!"

그 내용엔 지훈과 그 주변인의 정보가 적혀있었다.

권능의 반지

157화 악몽 그리고 회귀

NEO MODERN FANTASY STORY

의외로 쉽게 깨지는 게 있다.

바로 평화다. 평화를 얻는 데에는 수없이 많은 위기와 목숨을 잃을 위기가 필요했지만, 그 반대는 너무나도 쉬웠다.

총알 한 발, 기름 그리고 화약 덩어리.

현 개척지 물가로 따지자면, 일반 탄환 한 발에 1,500원, 기름 1L에 15,000원, 그리고 수제 폭탄은 10만 원 이면 됐다.

10만 원.

이동 중 휴게소에서 먹는 밥 한 끼 가격.

시궁창 인생에서 벗어나기 위해 몇 번이나 목숨 걸고 도박질 하며 쌓은 평화를 작살내는 가격치고는 너무나도 쌌다.

이는 끔찍한 아이러니임과 동시에… 누군가에게는 둘도 없는 축복이었다.

'사람 하나를 절망의 구렁텅이로 밀어 넣는데 겨우 10만 원이라니. 효율이 너-어-무 좋잖아!'

그리고 그 누군가는 바로 파이로였다.

찌걱, 찌걱, 찌걱, 찌걱.

현재 그는 은신처에 박혀 폭탄을 만드는 중이었다.

그 어느 때보다 섬세하게, 그 어느 때보다도 집중해서. 그저 단 한 명에게 씻을 수 없는 깊은 상처를 남겨주기 위한 걸작품을 만들었다.

'클 필요도 없지. 사람 머리 정도면 충분해.'

IED(급조 폭발물)란 TNT나 기존 화약과는 궤를 달리하는 물건으로 화염병부터 플라스틱 폭탄까지 그 종류가 다양했다.

이에 파이로는 어떻게 죽여야 제일 고통스러울까 고민하다가, 큰 맘 먹고 제일 좋아하는 녀석으로 준비했다.

소위 폭탄 나무로 부르는 위험한 식물의 추출물이었다.

소량으로도 건물 하나를 날려버릴 수 있을 정도로 강력한 폭발물이었기에, 국가에서도 강력한 제재를 거는 물품이었다.

하지만 언더 다크 소속인 파이로에게는 그저 구하기 까다롭고, 꽤 비싼 재료 그 이상 그 이하도 아니었다.

평소 자잘한 임무에는 C4를 베이스로 한 IED를 만들었지만, 이번만큼은 아니었다.

"그 녀석에겐 이 정도도 부족해."

마음 같아선 소형 핵을 쓰고 싶었으나, 안타깝게도 그건 파이로도 단 하나밖에 없던 터라 쉽게 사용할 수 없었다.

게다가 핵은 정치, 외교적으로 굉장히 민감한 물건. 잘못 썼다간 언더 다크에서 축출당할 수도 있었다.

결국, 파이로는 현실과 타협해서 BREE(Bomb와 Tree의 합성어. 폭탄 나무 추출액)로 만족하기로 했다.

낡은 수은등 아래에서 손만 바쁘게 움직이길 몇 시간. 파이로는 총 다섯 덩이의 BREE를 만들어 냈다.

"심장 깊숙이 넣어서 터트려 주마, 낄낄낄…!"

섬뜩한 웃음소리가 울리다 뚝 끊어졌다.

파이로가 폭탄을 챙겨 밖으로 향했다.

✣

파이로.

언더 다크의 광인이자 폭파광.

본래 거의 성격이었다면, 정면으로 들어가 적의 면전에서 바로 폭탄을 터트렸겠지만, 이번만큼은 그러지 않았다.

'절망하고 좌절해라. 죽고 싶을 정도로 고통스럽게 해주마.'

피눈물을 흘리며 비명을 질러 댈 지훈을 생각하니, 파이로는 몸을 추스를 수 없을 정도로 흥분됐다.

'참 아름다운 비명이었지.'

지훈이 칼콘을 잃고 질렀던 비명은 그 무엇과도 바꿀 수 없는 천상의 선율이었다. 하지만 이번엔 그것과는 비교도 못 할 정도로 좋은 소리를 뽑아내리라고 파이로는 마음먹었다.

'여기가 한국 개척지인가.'

동구 터미널에서 나온 파이로는 주변을 둘러봤다.

'쇠똥 같군.'

미국에서 태어났고, 미국 개척지에서 성장한 파이로에게 있어서 한국 개척지는 오지처럼 보였다.

- 오, 외국인이다.

- 흑형이네! 간지 작살.

지나가던 남자 둘이 파이로를 보며 중얼거렸다.

알 수 없는 언어였기에 내용은 알지 못했음에도, 파이로는 짙은 불쾌감을 느꼈다.

'더러운 노란 원숭이 새끼들.'

원래도 인종 차별이 굉장히 심한 파이로였지만, 저번에 지훈에게 당하고 나선 그 정도가 훨씬 더 심해졌다.

당장에라도 둘을 태워버리고 싶은 충동에 휩싸였지만, 애써 참아냈다. 들어오자마자 사고를 쳤다간 방해꾼이 붙을 수도 있었다.

야구 모자를 푹 눌러쓰고는 새로운 안전가옥으로 향했다.

언더 다크 절차대로였다면 한국 개척지 관리자인 스토커(시체 구덩이 주인)에게 얘기해야 했지만, 그러지 않았다.

'그 호모 새끼도 믿을 수 없다. 정보를 숨기고 있어.'

스토커가 파이로를 싫어한다거나 하는 건 아니었다. 단지 스토커가 지훈에게 호감을 느끼고 있을 뿐이었다.

정보를 전해주면 당연히 죽이러 갈 텐데, 어찌 좋아하는 사람을 위험에 처하게 내버려 둔단 말인가?

덤으로 파이로가 한국 개척지에서 사고를 치면 그 뒷수습은 스토커가 해야 했던 이유도 있었다.

은신처에 들어간 파이로는 정보를 수집하기 시작했다.

정체불명의 쪽지가 정확한 정보인지 확인하는 것은 물론, 지훈 및 그 동료들의 행동 패턴도 분석했다.

은밀하고, 조심스럽게.

지훈은 물론이오, 언더 다크, 뒷골목의 여러 눈들에게도 들키지 않게끔 하나하나 정성스럽게 조사했다.

그 결과…

삑!

- 오빠, 민우씨는 좀 괜찮대?

- 민우씨는 무슨, 씨발. 둘이 사귀냐?

- 그냥 물어본 거 갖고 뭔 개소리야.

스피커에서 지훈과 지현의 목소리가 들려왔다. 도청이었다.

CCTV까지 설치했다면 더 좋았겠지만, 지훈이 워낙 뒷골목 쪽에 빠삭했기에 무리는 하지 않았다.

삑, 삐비빅.

다음에는 시연, 칼콘, 민우와 가벡 순서였다.

이쪽은 아예 카메라까지 달려있었다.

"크크큭, 재미있네. 재미있어."

파이로는 그들의 모습을 모조리 훑어봤다.

평소대로 활동하는 모습이 그저 우습기만 했다.

'집 안에 폭탄이 들어있다는 걸 알면 기절초풍하겠지.'

이미 파이로는 네 장소 모두 폭탄을 매설해 놓은 상태였다.

시연에게는 택배로 위장해서 직접 보냈고, 칼콘은 개인 주택인지라 LPG 가스통 아래에 파묻었으며, 민우와 가벡 그리고 지훈의 집은 아예 건물이 통째로 내려앉게끔 해놨다.

"그 사실을 알면 어떤 반응을 보일까?"

파이로가 미친 사람처럼 온몸을 부들부들 떨며 전율했다.

⊕

훅, 훅, 훅.

판크라테온 체육관.

지훈은 현재 기초 체력을 위해 줄넘기를 뛰고 있었다.

각성하면서 육체 능력이 향상되긴 했으나, 워낙 빠르게 움직였던 까닭에 항상 관리를 해줘야 했기 때문이었다.

2단 넘기로 2,000개.

그것도 줄이 눈에 보이지 않을 쾌속으로 했다.

"후 – !"

줄넘기를 끝내고 바닥에 착지하자, 트램펄린에서 갓 내려오기라도 한 듯 몸이 붕 떠 있는 것 같은 착각이 들었다.

'오늘은 그만할까.'

짐을 챙겨 나갈 채비를 마쳤다.

'할 게 너무 많다.'

체력 단련, 사격도 힘든데 이제는 마법까지 배워야 했다.

벤츠에 올라 출발하려는 순간 파멸의 전조가 시작됐다.

뚜르르르– 뚜르르르–

아무 생각 없이 받았다.

그러지 말았어야 했다.

"여보세요?"

"잘 지냈나?"

갑자기 툭 튀어나온 영어에 기분이 내려앉았다.

지인 중 영어를 아는 사람은 민우 하나밖에 없는데, 목소리를 봤을 때 민우도 아니었다.

'억양이 독특하다. 꼭 흑인….'

사고가 멈췄다.

딱 하나 생각나는 흑인이 있었다.

칼콘의 팔과 다리를 날린 범인이자, 화염계 이능력자.

"이 개새끼가…!"

손에 힘이 들어가자 휴대폰 외곽이 조금 찌그러졌다.

"진정해, 너한테 중요한 사실을 알려주려고 전화 한 거야."

"무슨 말을 하고 싶은 거지?"

말은 그렇게 하면서도, 나중에 발신 위치 뽑아내서 반드시 모가지를 비틀어 주리라고 생각했다.

"백시연. 좋아하지?"

심장이 덜컥 내려앉았다.

"마지막이 될지도 몰라. 지금 전화해서 목소리 들어."

"야 이 개새끼야! 시연이 손끝이라도 건드리면…!"

돌아오는 대답은 없었다.

그저 통화가 끊기는 기계음만 났을 뿐이었다.

떨리는 손으로 급히 시연에게 전화를 걸었다.

뚜르르– 뚜르…

"여보세요?

목소리를 듣자 조금 마음이 나아졌다.

"너, 너 어디야!"

"집인데?"

"너 당장 집에서 나와! 나와서 사람 많은 장소, 서구역! 그래 서구역 바로 앞에 서 있어! 길가에! 금방 데리러 갈께!"

시연이 당황한 듯 움츠러들었다.

"자기 왜 그래…? 무슨 일 있어?"

"나중에 설명해 줄게! 지금 당장 나와!"

"아, 알겠어."

시연이 분주하게 움직이는 소리가 들렸다.

그러다 문득…

콰– 뚜우, 뚜우, 뚜우…

뭔가 터지는 소리와 함께 전화가 끊어졌다.

"아…? 아…."

상황을 파악할 수 없었다.

아니, 파악하기 싫었다.

❖

파이로는 멀찍이서 벤츠를 지켜봤다.

그 안에는 지훈의 실루엣이 머리를 부여잡고 있었다.

"크히히힉, 고통스럽지? 그래, 고통스러울 거야. 하지만 말이야… 이제 시작이야."

파이로가 핸드폰을 열었다.

◈

우ㅇㅇㅇㅇ응- 우ㅇㅇㅇㅇ응-

핸드폰이 울렸다. 받았다.

"얘기는 잘했어?"

"…이러고도 살아 나갈 수 있을 것 같냐?"

까드드득.

이가 갈리고, 볼에는 눈물이 흘렀다.

"절대로 쉽게 죽이지 않겠다…."

"워, 워. 진정해 친구. 이건 프롤로그야, 본편은 아직 시작도 안 했어. 맞춰 봐. 다음은 어딜 것 같아?"

아무 생각도 나질 않았다.

그저 전화를 끊고 지현에게 전화를 걸었다.

"어, 왜."

"너 어디야!"

"집. 왜."

"씨발년아, 당장 집에서 나와!"

지현은 상황을 파악하지 못하고 짜증을 부렸다.

"아, 뭔데 전화하자마자 욕질인데!"

"집에 폭탄…."

콰– 뚝.

부정했다.

전파가 끊긴 거겠지.

다시 전화했지만…

– 핸드폰이 꺼져있어, 소리샘으로…

"으아아아아아아아아!"

울부짖고 있자니, 저 멀리서 작은 폭음과 함께 옅은 진동이 느껴졌다. 뭔가 싶어서 고개를 돌려보니, 하늘에서 짙은 회색 연기가 올라오고 있었다.

민우의 집이 있는 방향이었다.

멍한 표정으로 차에서 내렸다.

마지막 희망을 붙들고 칼콘에게 전화했다.

연결되지 않는다는 소리만 들렸다.

다리에 힘이 풀려 주저앉았다.

아무런 생각도 나질 않았다.

그저 멍 하는 사이에 뭔가 날아왔고, 눈앞에 그 물체가 보인 순간…

– 이능 발동, 점화.

퍼–

폭탄이 터졌다.

아니, 터졌어야 했다.

원래 터져나가야 할 폭탄은 공중에서 멈춘 채 금방이라도 터질 듯 정지된 불꽃에 휩싸여 있었다.

고개를 느릿하게 들어 쳐다봤다.

'주마등인가?'

아니었다.

과거 따윈 보이지도 않았다.

그저 모든 게 꿈일 거라는 생각만 들었다.

'만약 꿈이라면 정말 개 좆 같은 꿈이네.'

한숨을 푹 쉬고는 눈을 꾹 감았다가 떴다. 이 끔찍한 악몽에서 깨어나고 싶었지만, 안타깝게도 그럴 수 없었다.

단지 다시 눈을 떴을 땐…

"괜찮아?"

그을음 냄새를 풍기는 아쵸프무자가 보였다.

"네가 그런 건가?"

"시간을 멈춰뒀어. 아마 이걸 풀면 넌 죽을 거야."

그깟 폭탄이라고 생각할 수도 있었지만, 저건 파이로가 직접 만든 BREE였다. C4를 조금 섞었다지만, 저 물건 하나로 아파트를 무너뜨릴 정도였다.

아마 터지는 순간 온몸이 짓이겨지겠지.

"다들… 죽은 건가?"

부정을 바라며 물었지만, 기대는 빗나갔다.

"아마도. 확실한 건 칼콘은 죽었어."

한숨과 함께 '씨발…' 이라고 중얼거렸다.

정말 열심히 달려왔다.

수없이 많은 전장을 지나쳤고, 그때마다 목숨을 건 외줄타기를 하며 끝끝내 살아남았다.

근데 그 끝이 이거라고?

"운명의 신이 있다면… 그 새끼는 존나 쓰레기 같은 변태 새끼일 거다. 그래, 너도 그 빌어쳐먹을 신 나부랭이던가?"

아쵸프무자는 부정하지 않았다.

"그래, 맞아."

"발정 난 개 좆물만도 새끼. 너는 이게 재밌나? 그냥 위에서 모든 걸 지켜보기만 하면서 팝콘이나 뜯고 있는 게?"

욕을 들었음에도 아쵸프무자의 표정은 변하지 않았다.

"즐겁지는 않아."

"좆까."

"만약에 내가 널 과거로 보내줄 수 있다면?"

분노, 증오, 좌절로 점철됐던 사고가 멈추고, '과거'라는 단 한 단어에 집중됐다.

"무슨… 소리를 하는 거지?"

"보내줄게. 과거로. 이 모든 참변을 막을 기회를 줄게."

솔깃한 제안이었으나, 동시에 이해할 수 없기도 했다. 공짜는 없듯, 분명 그에 준하는 무언가를 받으려고 하겠지.

대가가 뭐든, 심지어 영혼이라도 줄 수 있었지만…

그 전에 궁금증이 앞섰다.

"무슨 변덕이지?"

여태까지 죽을 위기는 수없이 많았는데, 도대체 왜 이번 한 번만 되돌려 준다는 것이었을까.

"넌 자각하지 못하겠지만, 이미 12,549번 만큼 죽었어. 전부 다 내가 시간을 되돌렸을 뿐이지."

만 이천 오백 사십 구 번.

어이가 없을 정도로 많이 죽었다. 하긴 그 위험을 모두 운으로 뛰어넘었다는 것 자체가 말이 되질 않긴 했다.

"그래서, 이번에도 돌려주겠다는 말인가?"

"그래. 하지만 이번에는 조금 달라."

원래대로였다면 아쵸프무자는 지훈이 사망한 순간 다른 시간으로 이동해 다시 한 번 지켜봤을 터였다.

통보도 없고, 후처리도 없었다.

제멋대로 시간을 돌려버렸다.

"하즈무포카의 개가 인과율에 개입했어. 그것도 벌써 두 번째야. 명백한 규정 위반이지. 그래서 앞으론 네가 죽을 때마나 네 기억을 모두 가진 채 과거로 가게끔 만들 거야."

"과거… 그 과거에는 모두 살아있는 건가?"

아쵸프무자는 조용히 고개를 끄덕였다.

"시연, 크라카투스, 지현, 민우, 가백. 모두 살아있어."

"네가 원하는 조건은 뭐지?"

아쵸프무자는 재미있다는 듯 웃었다.

"신은 인간과 거래하지 않아. 인간의 잣대로도 판단할 수 없는 존재지. 하지만 다들 신을 경배할 뿐, 그 누구도 거래대상으로 보지 않기도 해. 그런 의미에서 넌 참 재미있어."

"닥치고 조건이나 얘기해라."

"하즈무포카가 밉니?"

이번 일의 원흉이자, 모든 일의 걸림돌.

사실 이전에는 그딴 거 상관없이 그저 귀찮은 장애물 정도로만 생각했지만, 이제는 아니었다.

가족을, 배우자를, 동료를 건든 순간 모든 게 변했다.

"증오한다. 이 세상 그 누구보다도."

"그걸로 됐어. 네 식대로 얘기하면 거래 성사지. 이 시간대에서 마지막으로 남길 말 있어?"

"오늘이 몇 월 며칠이지?"

날짜를 가슴 속 깊이 새겨들었다.

더 이상 미련은 없었다.

"그럼 가자. 맞다. 좀 많이 아플 수도 있어."

묻기도 전에 시간 정지가 풀렸고…

쾅!

⨀

"흐어어어어!"

온몸이 터져나가는 지독한 악몽을 꿨다.

식은땀을 닦고 있자니, 허공에 글자가 나타났다.

– Ma tulin tagasi. (돌아왔어.)

그 순간 모든 걸 깨닫고, 바로 시연의 집으로 달렸다.

차나 택시를 타야겠다는 생각 따윈 하지도 못했다. 그저 미친 듯이 달려, 시연의 집 초인종을 눌렀다.

띵동–

대답이 없다.

띵동, 띵동, 띵동, 띵동, 띵동, 띵동…

미친 듯이 연타했다.

10분쯤 지나자 시연이 잠옷 차림으로 문을 열었다.

"무슨 일이야? 새벽에 초인종 그렇게 누르면 무서워."

살아있다.

시연이 살아있었다!

와락 끌어안았다. 살아있다는 걸 몇 번이나 확인하고 싶어서, 몇 시간이나 그렇게 있었다.

안도감이 들자 그 다음에는 분노가 찾아왔다.

'하즈무포카, 화염계 흑인… 둘 다 내 손으로 죽여주마.'

무슨 수를 쓰든 상관없었다.

다짐은 확고했고, 그 다짐은 곧 행동을 불러왔다.

권능의 반지

158화 네가 누군지 모르겠지만

끔찍한 사건까지 일주일이 남았다.

지훈은 상황이 파악되자마자 바로 행동을 개시했다.

시연이나 지현에게는 아무런 말도 하지 않았다.

둘은 어디까지나 양지에 사는 사람이었고, 걸음 하나에 생과 사가 갈리는 음지에는 전혀 어울리지 않았다.

그래야만 했고, 또한 그렇게 만들어야 했다.

'내 소중한 사람은 건드리지 말았어야 했다.'

까드드득!

이빨과 이빨이 어긋나 섬뜩한 선율을 내뱉었다.

그 안에 들어있는 감정은 오로지 분노와 증오밖에 없었다.

제일 먼저 칼콘을 불러냈다. 올 때 무장을 하라고 전했던 까닭에, 온몸에 갑옷을 입은 상태였다.

"지훈, 갑자기 무슨 일이야? 누구 죽여야 할 사람 있어?"

누구 죽여야 할 사람이 있어?

이유 없이 칼콘을 불렀을 때 묻는 말이었다.

과거에는 실제로 누군가를 죽여야 할 때는 이유를 말하지 않았기에, 그랬지만… 헌팅을 시작하면서부터 몇 번 듣지 못한 말이었다.

"그래."

짧게 긍정하자, 칼콘이 고개를 끄덕였다.

이유 따위 묻지 않았다. 그저 지훈이 죽인다고 말하면 그를 도와줄 뿐인 칼콘이었다.

"요즘 잘 지내냐?"

"응. 푹 쉬면서 마음을 정리하고 있었어. 체력 단련도 열심히 하고, 여자도 잔뜩 안았지."

아마 내색은 않더라도, 칼콘도 정신 감응 후유증으로 많이 고생한 모양이었다.

뭘 봤든 간에 상관없었다.

현실과 이상이 어그러지는 경험을 한 이상, 현실감각이 옅어졌을 게 분명했다. 지금 보고 있는 게 현실이라고, 꿈이 아니라고 느끼기 위해 온갖 자극적인 경험을 찾았으리라.

"너무 민우 미워하지 마라. 걔도 원해서 한 건 아니잖냐."

"응, 이해해. 녀석도 이제 멋진 전사가 됐네."

어깨를 다독이며 담배를 권했다. 칼콘이 손을 흔들어 거절하고는, 품에서 연초를 꺼냈다. 예의 그 물건이었다.

"줄까?"

담배를 내려다봤다. 분명 인간의 몸을 생각해 적당한 수준의 니코틴과 타르를 제공하는 좋은 물건이었으나…

지금 당장은 그딴 것 상관없이 강한 녀석이 필요했다.

화륵.

둘 다 말없이 연초만 태우기도 잠시.

"미래에 다녀왔다."

겪었던 일을 조심스럽게 풀어냈다.

다른 사람이었다면 '에이, 거짓말이죠? 농담도 참.' 하고 넘어갔을 얘기였지만, 칼콘은 가만히 듣고만 있었다.

"어떻게?"

"정확하게는 아쵸프무자가 과거로 돌려줬다."

아쵸프무자이자, 반지 제작자.

칼콘도 아는 이름이었기에 납득하는 듯했다.

사람을 각성시켜 주는 반지를 만든 존재인데, 그 정도는 못할까 싶었던 모양이다.

"가 봤던 미래는 어땠어?"

콰― 앙.

머릿속에 커다란 폭음이 재생됐다. 짜증이 밀려왔기에, 한동안 연초 연기와 함께 한숨만 내뱉었다.

"죽었다. 너, 나 그리고 민우, 가벡 심지어 내 동생과 시연이까지 죽었어."

칼콘이 제 손으로 얼굴을 슥 쓸었다.

손이 지나가자 평소의 부드러운 칼콘은 어디 갔는지 사라지고, 살인귀의 모습이 나타났다.

"스읍- 하아. 스읍- 누구? 어떤 새끼?"

"네 왼쪽 팔과 왼쪽 다리를 날려 먹은 흑인."

칼콘은 제 오른손을 매만지고는 이빨을 앞뒤로 갈았다.

까각, 까각!

"정말 좋은 팔이긴 한데 말이야… 가끔 이게 내 팔이 아닌 것 같다는 생각을 지울 수가 없어. 이 손으로 밥을 먹어도, 여자를 안아도, 방패를 들어도 말이야. 언제라도 떨어져 나갈 것 같아서 아직도 힘들어."

일종의 환통이었다. 분명 팔이 붙어 있음에도 칼콘은 간혹 가다 절단됐던 부분이 끔찍하게 아파 왔다.

"그 녀석 어디 있어?"

"나도 아직 모른다. 이제부터 찾아야지."

"찾아서 어떡할 거야?"

"…죽일 거다. 고통스럽게. 이 세상을 저주할 만큼."

"도와줄게. 아니, 도와주게 해 줘."

말은 짧아도 그 안에 있는 뜻은 무거웠다. 서로 눈을 마주쳐 그 무거운 뜻을 파악한 뒤, 자리에서 일어났다.

"가자. 그 녀석이 어떤 녀석을 아는 사람을 안다."

언젠가, 흑인의 정보를 물었을 때 석중이 말했었다.

– 그거랑 비슷한 아 중에, 내 아는 쓰애끼가 있긴 하디.

당시에는 무슨 이유에서든 대답해 주지 않았지만, 지금은 무조건 그 대답을 들어야만 했다.

오래간만에 석중의 가게를 찾았다. 평소 가벼운 차림이 아닌, 갑옷에 총까지 전부 든 상태였기 때문일까?

가게로 가는 길목마다 방해꾼이 나타났다.

"뒈지기 싫으면 비켜. 지금 기분 안 좋다."

방해꾼. 아니 정확하게는 석중의 부하가 눈을 아래로 깔고 대답조차 하지 않았다.

침묵 속 날카로운 대치가 이어지자 칼콘이 쳐다봤다.

이를 드러내며 고개만 살짝 왼쪽으로 기울였다.

– 죽여?

몸에 비틀린 살기가 가득 뿜어져 나왔기에, 굳이 말을 꺼내지 않아도 알 수 있었다. 방패를 쓸 것도 없이 왼손을 내지르기만 해도 비각성자는 몸이 관통될 게 분명했다.

손만 들어 제지하고는 말을 걸었다.

"이유가 뭐냐."

"형님, 여기는 무장한 사람이 들어갈 수 없습니다. 암묵적으로 합의 된 내용입니다. 아시지 않습니까."

지금 지훈이 하는 행동은 무력시위였다.

알려주기 싫어?

마음대로 해, 알려주지 않고는 못 배기고 해줄 테니까.

그저 무장한 채로 찾아갔을 뿐인데도, 수완 좋은 석중은 저 내용을 전부 다 알아챈 모양이었다.

아마 전부는 아니더라도 어렴풋이 알고 있으리라.

"개 좆같은 새끼가 어디라고 입에서 똥을 내뱉어. 혓바닥 길다고 아무 말이나 찍찍 내뱉으면 그게 다 말인 줄 아냐?"

"아닙니다."

"만나러 간다. 비켜."

"죄송합니다."

방해꾼이 고개를 숙였으나, 비켜주진 않았다.

미친 사냥개. 뒷골목에서 소문이 자자한 해결사였으나, 저 방해꾼에게 실제로 돈을 쥐여주는 사람은 석중이었다.

죽더라도 가족을 챙겨준다는 확신이 있으니 이렇게 강하게 길을 막고 있는 거리라.

"그래, 네 입장 질 알겠다. 너도 명분이 필요하다, 이거지? 내가 하나 제대로 만들어 줄게, 이 개새끼야!"

빡!

아스발 개머리판으로 후려치자, 방해꾼이 쓰러졌다. 어느 정도 힘을 줘서 때렸기에 골절된 듯 바닥에서 끙끙거렸다.

지훈은 그런 녀석을 한 번 더 걷어찼다.

"이해해라, 개인적인 감정은 아니다. 너도 아시지 않습니까, 이 씨발놈아."

이후 주변 건물들을 슥 훑어보며 소리쳤다.

"할배! 나요, 김지후이. 우리 사이에 괜히 피 보지 말고, 직접 나와서 얘기 하입시다. 내 할배 조지러 온 게 아이고, 뭐 알고 싶은 게 있어서 온 거요! 엉!?"

돌아오는 대답은 없었다. 하지만 들었을 게 분명했기에 바로 걸음을 옮겼다.

이번에는 4인으로 이뤄진 방해꾼들이, 진압 방패로 길을 막고 서있었다. 지나갈 틈 따위 없었다.

"거 씨발. 존나 귀찮게 구네, 진짜. 칼콘, 뚫어."

굳이 몸에 흙 묻힐 거 없이 칼콘을 보냈다.

"후읍- 하!"

숨을 들이마시기도 잠시.

쿵쿵쿵쿵!

멧돼지같이 돌진해서 그대로 들이받았다.

콰앙!

진압 방패벽이 순식간에 무너졌고, 쓰러진 녀석들은 저항했으나 칼콘의 주먹에 무참히 쓰러졌다.

그렇게 다섯 번이나 뚫자 가게 앞에 도착할 수 있었다.

석중도 남은 애들 전부 반병신 만들어 놓고 싶진 않았는지, 더는 막아서는 사람은 없었다.

뚜벅, 뚜벅, 뚜벅.

퀴퀴한 곰팡내와 비릿한 C4 화약 냄새 그리고 언제 말라붙었는지 모를 핏자국들이 가득했다.

끼이이익.

녹슨 문을 열자 카운터 뒤로 석중의 얼굴이 보였다.

"왔니, 벌그지 쓰애끼야."

"거 마중은 계집으로 해야지, 좆 달린 애들은 뭐하러 보냈수? 내 후장에 박는 취미는 없어서 전부 거절했는데, 거 무례는 아니었으면 좋겠네."

대놓고 비꽜지만 석중은 픽 웃을 뿐이었다.

"그래? 거 미안하게 됐디. 다음에는 내 예쁘장한 계집아 여 럿 준비해 놓을 테니, 마음껏 씹고 뜯고 즐기라."

인사가 지나가자 둘 다 섣불리 말을 꺼내지 않았다. 그저 석중은 카운터 아래로 C4 격발 스위치만 꽉 쥐고 있었다.

"거 좆같은 C4부터 치우쇼."

뻐억!

이에 지훈은 화가 나서 C4에 주먹을 박아넣었다.

점토 덩어리에 주먹 흔적 남듯, 폭탄 중앙에 커다란 구멍이 뚫려 버렸다.

"내가 방금 폭탄에 뒈지고 와서, 이제 폭탄이라면 지긋지 긋하거든? 그러니 애들 장난은 그만합시다, 할배."

일반인이라면 당장에라도 오줌을 지릴 살기였으나, 석중 역시 오랜 시간 뒷골목에서 살아남았기에 그저 웃기만 했다.

"그래. 뭐가 알고 싶니?"

"화염계 능력자 흑인. 그 새끼 대가리 따야 하니까, 지금 당장 정보 내놓으쇼."

석중은 흑인이라는 말에 입을 꾹 다물었다.

"병시 쓰애끼가… 각성 좀 했다고, 눈에 뵈는 게 없구나. 니 지금 어디다 좆대갸리 들이미는지는 알고 그러는 기야?"

"짧게 말하지. 그 새끼가 내 여자친구를 죽였소."

지금은 되살아났지만, 분명 미래에 죽였었다.

배우자가 죽었다는 뜻이 뭔지 알았기에, 석중 역시 잠시 고 민하듯 침묵성을 흘렸다. 그럼에도 뜻은 변하지 않았는지, 여 전히 철벽같은 태도를 고수했다.

"딴 여자 안고 잊으라. 그래도 안 된다."

"할배, 내 여기서 그 유리 뚫는 데 1초면 충분하오. 폭탄 터지는 게 먼저일지, 유리 깨지는 게 먼저일지 나랑 쇼부 한 판 보고 싶은 거요?"

1초?

아니 그보다 짧은 시간 안에도 뚫을 자신이 있었다.

"우리 이런 사이 아니잖소. 내 죽어가는 거 할배가 다 키워 줬고, 살려놓은 거 정말 고맙게 생각하고 있소. 싸우지 맙시다. 내가 원하는 건 그 새끼 정보 딱 하나요."

"내는 니가 내한테 위협을 하는 것에 화가 난 게 아니디."

"그럼 도대체 왜 그러쇼? 뭐가 문젠데?"

"내 아들 같은 벌그지가, 뒈지러 가는 게 싫디. 니 내가 알 려주면 바로 가서 쑤실 거 아이니? 맞디. 맞을거디. 내 니를 한두 번 봤니."

잠시 할 말을 잃었다. 아들 같은 녀석이라니.

석중 역시 사랑을 주는 정상적인 방법을 몰랐기에, 자기만의 방법으로 일그러진 사랑을 준 것이리라.

그 어느 누가 제 아들 같은 놈이 사지로 간다는 데 좋아라 쌍수들고 환영하겠는가.

"내 이제 B등급이고, 조금 있으면 A등급이오. 걱정마쇼."

그 말을 시작으로 갑론을박하길 몇 분.

아들 이기는 부모 없다는 듯, 결국 석중이 백기를 들었다.

"여서 할 얘기는 아니디. 밖에서 기다리라."

"내 인내심도 점점 더 바닥을 들어내고 있으니, 빨리 오는 게 좋을 거요. 아버지."

아버지라는 말에 석중이 일순간 인자한 미소를 지었다. 하지만 말 그대로 순간이었기에, 금방 사라져 버렸다.

"그래. 이 거지발싸개야."

입구에서 기다리고 있자니, 옆 건물 입구에서 웬 MES가 장갑이 잔뜩 달린 이동식 무언가를 끌고 나왔다.

뭔가 싶어 쳐다보고 있자니, 장갑이 열리며 석중이 모습을 드러냈다. 휠체어에 앉아 있었는데, 다리가 얇아서 툭 치면 금방이라도 부러질 듯 위태로워 보였다.

"…할배, 언제부터 그렇게 된 거요?"

"니는 알 거 없다. 산책이나 하자. 와서 의자나 밀라."

석중은 MES를 물리고는 지훈에게 휠체어를 밀게 했다.

끼릭끼릭,

뚜벅뚜벅.

아무도 없는 뒷골목에 지훈과 칼콘의 발걸음 소리와 석중의 휠체어 소리만 울렸다.

"양지 가이 좀 어떻게 살만하드나."

"거 씨발 다 똑같지. 목숨 걸고 도박질 하는 새끼들 인생이 나아질 게 뭐 있소? 정신과나 다닐까 생각 중이오."

"푸하하하, 쓰애끼. 팔자 폈구나. 뇌병원이라이."

예전에는 사람 죽이고도 술만 퍼먹었을 뿐, 병원은 꿈도 꾸지 못했었다.

"거 시궁창은 좀 어떻소?"

"매일 똑같지. 니 보내고 나이 내 얕보고 덤벼든 놈들이 조금 있었디. 기래서 전부 손모가지 날려줘뿟디. 거 싹수없는 놈들은 좆이랑 머리도 날리뿟지."

과거 석중이 했던 '나는 돈 없어서 각성자 못 다룬다.'는 지훈을 보내주기 위한 거짓말이었다. 실상은 암암리에 조직을 운영함은 물론, MES까지 보유하고 있는 큰손이었다.

"그래, 그 깜둥이가 눈지 알고 싶나."

"말해보쇼."

"파이로, A등급 각성자. 이능은 화염 투사, 위기 대비, 발화 이렇게 세 개디. 전부 다 B등급은 되는 것 같고, 부 무장으로 IED를 들고 다닌디."

전부 다 알고 있는 정보였다.

단지 A등급이라는 사실이 조금 신선했을 뿐이었다.

"그래서, 그 새끼 지금 어디 있소?"

"내는 거기까지는 모른디. 시체구덩이로 가보라."

뜬금없는 이름이 튀어나왔다.

"설마…."

"그래, 그 쓰애끼 언더 다크 놈이다. 그것도 높은 놈."

왜 그렇게 정보를 숨겼는지 이해가 되는 대목이었다.

대놓고 정보를 누출했다간 지훈은 물론이오, 석중까지 위험해 질 수 있었기에 함구했으리라.

"할배, 고맙소."

석중은 아무 말 없이 피식 웃었다.

"됐디. 늙은이 헛소리 들어 줬으이 오레 내가 고맙지. 이제가 보라, 니 할 일 많아 보이는데 늙은이가 잡으면 안 된디."

보기 드문 석중의 배려에 고개를 끄덕였다.

"그럼 나중에 봅시다."

지훈은 석중을 내버려 두고는 바로 시체구덩이로 향했다.

뒷골목에 홀로 남겨져서 돌아갈 수 있을까 싶었지만, 지훈 일행이 사라지자마자 바로 골목골목에서 사람이 튀어나와 석중을 호위했다.

석중은 멀어져가는 지훈의 뒷모습을 보며 작게 중얼거렸다.

"거… 부랄 축 늘어뜨리고 다 뒤지가든 게 어제 같은디, 커도 너무 빨리 큰디… 쓰애끼, 뒤져서 장례식에나 부르지 말라. 그러면 내 가서 시체 모가지를 따 뿔기디. 쯧."

석중은 조용히 듣고 있던 부하에게 "호로 쓰애끼야, 안 가고 뭐 하니!" 하고 소리쳤다.

뒷골목에 울리는 석중 혀 차는 소리와 휠체어 소리가 유난히 쓸쓸해 보이는 이유가 뭘까.

알 수 없었다.

권능의 반지

159화 찾을 것이다. 찾아서, 죽여버릴 것이다.

NEO MODERN FANTASY STORY

시체 구덩이.

이른 오후에 찾은 까닭일까?

아무런 손님 없이 스프리건 홀로 창가에서 광합성을 하고 있었다. 녀석은 일행을 보자 빠른 속도로 후드를 눌러썼다.

스프리건을 보러 온 건 아니었기에, 관심 끄고 바로 주인에게 향했다.

"지훈 안녕~ 우리 그이 오늘은 또 무슨 일?"

경쾌하게 말하면서도, 눈으로는 빠른 속도로 둘을 훑었다.

'웬일로 무장을 하고 왔네?'

시체구덩이는 석중의 가게와 마찬가지로 일종의 비무장지대

역할을 했다.

서구에는 과거 레니게이드가 판을 치고 있었고, 동구에는 석중 및 기타 연합이 있었기에 그 완충지대였던 것.

게다가 주인 역시 두 세력의 조정역을 맡고 있었기에, 정말 미치지 않고서야 시체 구덩이에 무장하고 가는 사람은 거의 없었다.

간혹 있는 그런 미친놈들은 대부분 말 그대로 시체 구덩이로 들어갔다.

"짧게 말하지. 파이로의 정보를 원한다."

파이로라는 말이 나오자 분위기가 싸늘하게 굳었다.

저 이름이 나왔다는 건 모두 알고 있다는 뜻. 둘러댈 수도 없었고, 그렇다고 가게에서 쌈박질할 수도 없었다.

주인, 아니 스토커는 난처해 했다.

좋아하는 이가 시체 구덩이로 들어가려 하는데 거짓말을 할 수도, 둘러댈 수도 없었다.

'어쩔 수 없으려나.'

한숨을 푹 내쉬고 말을 하려는 순간…

창가에 있던 스프리건이 움직였다.

그 누구보다 빠르게, 인간의 동체 시력으로는 쫓을 수 없을 정도로 빠른 속도로 리볼버를 꺼내 지훈의 머리에…

"잠깐…!"

탕─

빠아아앙 -

뒤차가 요란하게 클락션을 울렸다.

"야 이 새끼야, 신호 바뀌었잖아! 뭐해!"

욕이 들려오자 칼콘이 창문을 열고 고개를 내밀었다. 그러자 로드 레이지를 잔뜩 뿜던 뒤차 운전자가 입을 다물었다.

괜한 시비 때문에 목숨을 버리고 싶진 않을 테니 아주 당연한 결과였다. 칼콘은 창문을 올리며 물었다.

"지훈, 뭐해? 출발해야지."

"아, 어. 그래."

멍했던 정신을 차리고 엑셀에 발을 올렸다.

'내가 뭐 하고 있었더라?'

잘 떠오르지 않아 찝찝하던 차에…

- 12,551 od Teiseks surma. (12,551번째 사망)

창문에 글자가 떠올랐다.

그 순간 모든 일이 떠올랐다.

'미친 나무 새끼가!'

이를 으드득 갈고 있자니, 칼콘이 화들짝 놀랐다.

"지훈, 설마…."

"그래. 스프리건한테 죽었다."

가게에 들어가자, 스프리건이 광합성을 하고 있었다.

'이능 발동, 가속.'

채 발각되기 전에 이능을 발동, 바로 달렸다.

턱, 턱, 턱, 턱!

온 힘을 다해 달리자, 나무로 된 바닥이 발 궤적에 따라 모조리 박살 나며 공중에 떠올랐다.

"까각!?"

스프리건이 이쪽을 발견, 리볼버를 꺼내려 했지만… 안타깝게도 가속을 켠 상태에선 지훈이 더 빨랐다.

뻑!

총을 뽑을 것도 없이, 그대로 얼굴을 후려쳤다.

뚜각!

있는 힘껏 치자 스프리건의 머리가 그대로 뜯겨 나갔다. 머리가 공중에서 빙글빙글 돌며 투명한 체액을 잔뜩 뿌리는가 싶더니, 바닥에 처박혔다.

"지, 지훈! 지금 뭐하는 거야!"

주인이 놀라서 소리쳤다.

"복수하는 거니까 가만히 있어. 정당방위다."

이능을 풀고는, 스프리건에게 다가가 머리를 짓밟았다.

"식물 새끼가 사람한테 총 겨누는 거 마음에 안 들었는데, 앞으로 조심해라. 알간?"

"까각… 깍…"

마음 같아선 그대로 불에 태워버리고 싶었으나 참았다. 제아무리 복수라고 한들, 이번 시간대에선 정당방위가 아닌 일방적인 폭력이었기 때문이었다.

뜯긴 머리를 몸통에 대고는, 덕테이프로 칭칭 감았다.

아마 이틀 정도 햇볕에 놔두면 도로 붙을 게 분명했다.

덤으로 도대체 뭐에 맞았길래 한 방에 죽은 건가 싶어 리볼버를 확인하니, 그 안에는 리볼버용 대구경 MN탄이 들어있었다.

'개 또라이 새끼….'

후처리를 마치고 주인에게 다가갔다.

"자, 이제 방해꾼 없어졌군. 파이로 어딨어."

파이로라는 말에 분위기가 얼어붙었다.

머리 뒤로 스프리건이 까각대며 '죽여야 한다, 간부를 알고 있다! 없애야 한다!' 라고 말했다.

"그 이름 어디서 들었어?"

"다른 사람 얘기 필요 없고, 위치 말해."

당장에라도 마음만 먹으면 죽일 수 있음은 물론, 필요하다면 고문까지 할 수 있다는 태도를 보여줬다.

아무리 시체 구덩이에 언더 파이터 포함 상주하는 각성자가 많다고 한들, 개 중 대부분이 E등급 이하인 피라미였다.

그나마 강한 게 스토커였지만, 그도 원거리 전투 특화였지 이런 지근거리 전투에는 적합하지 않았다.

"진정하고, 얘기로 하자. 응?"

얘기.

평화로운 수단.

참으로 좋고, 또한 모든 일이 그렇게 돼야 했으나…

파이로가 폭탄을 터트리는 순간부터 평화는 이미 깨졌다.

"이봐, 난 널 죽이고 싶지 않아. 네 이름도 모르고, 나이도, 사는 곳도 모르지만. 한때 동업자였잖아."

스토커는 허탈한 웃음을 흘렸다. 좋아하는 사람에게 협박을 당하고 있으니, 그 얼마나 허탈한 기분일까.

"그래도 안 돼."

약간의 과격함이 필요한 순간이었다.

칼콘이 피라미들을 제압하는 사이, 지훈은 스토커를 있는 힘껏 후려팼다.

"어딨지?"

"그거 들으면 지훈 죽어… 난 그이가 죽는 건 싫어."

주인이 퉤 하고 침을 뱉자, 피와 섞인 어금니가 떨어졌다.

"내가 죽든, 그 새끼가 죽든 둘 중 하나는 죽어야 끝날 문제다. 난 더 이상 너를 다치게 하고 싶지 않아. 빨리 끝내지."

스토커는 거세게 저항했으나, 이빨을 3개 정도 더 뽑자 어쩔 수 없이 정보를 털어놨다.

고문에는 익숙했기에 말하지 않을 수 있었지만…

'사랑하는 사람이 하고 싶은 일이 있다는데, 어찌 막겠니.'

정보를 들은 뒤 챙겨왔던 현금다발을 카운터 위에 올려놨다. 혹 돈을 주고 정보를 살 수 있을지 몰라 챙겨 온 거였다.

"미안하다. 이건 치료비 해. 마법으로 치료받으면 아마 이빨도 새로 날 거야."

때린 입장에서 할 말은 아니었지만, 지훈은 진심 섞인 사과를 남기곤 시체 구덩이를 벗어났다.

현재 파이로의 은신처는 동구에 있는 폐건물 지하였다.

본인은 스토커의 눈을 피해 숨는다고 한 것이었으나, 안타깝게도 스토커는 모두 알고 있었다. 단지 괜한 분쟁을 원치 않았기에 입을 다물고 있을 뿐이었다.

⊕

– 경고, 무단 침입을 방지하고자 지뢰 매설.

– 판매. 부동산 130번지. 492-193*

을씨년스러운 건물 옆에 살벌한 경고문과 판매를 위한 광고 팻말이 붙어있었다.

"여기 맞아?"

"확실해."

중간에 정보가 새어나가면, 새어나갔지 스토커가 거짓말을 할 것 같지는 않았다.

"들어간다."

"아아, 그래."

칼콘이 방패를 앞세워 문을 연 순간 강철 와이어 소리가 나는가 싶더니…

'이런 쌍!'

끼이이익–

콰– 아– 아– 앙.

'대문부터 부비트랩인가.'

이번에는 굳이 정보를 캐물어 볼 것도 없이 바로 은신처로 향했다. 칼콘이 경고문과 광고지를 보며 냄새가 난다는 듯 코를 킁킁거렸다.

"지훈, 이제 들어갈까?"

"아니. 기다려."

이미 한 번 걸려본 함정에 두 번 걸릴 생각은 없었다.

강철 와이어를 바탕으로 한 함정이었고, 그 트리거는 대문이었다. 아마 문만 내버려 두면 터지지 않으리라.

콰직!

대문 왼편에 사람이 지나다닐만한 구멍을 만들었다.

이후 부비트랩을 건드리지 않고 바로 넘어갔다.

'마당인가.'

관리를 안 해 풀로 가득한 길이었다.

'지뢰나 분명 폭발물이 매설되어 있을 거다.'

유심히 살펴가며 움직였으나, 팔자걸음으로 걷던 칼콘이 실수로 수풀 안을 밟았고…

- 쾅!

"칼콘!"

이후 안에서 기다렸다는 듯이 IED가 날아오더니…

- 발현계 이능 감지.

- 콰아아아앙!

부비트랩, 파이로의 습격을 종합 10번 정도 죽었다.

10번이나 죽었음에도, 죽은 숫자는 아직도 약 12,560번. 대충 계산해도 임무 평균 1000번은 죽었다는 얘기였다.

'미친… 도대체 얼마나 위험한 짓거리를 하고 다닌 거야.'

사실 하수구에서 약 520번, FS 유적에서 약 5,600번, 칼날 정글에서 2200번, 연구소에서 3,000번으로 특정 임무에서 집중적으로 죽었지만, 이는 아쵸프무자만이 아는 사실이었다.

방법을 조금 바꿔봤다.

'바로 IED가 날아온 걸 봤을 때, 녀석은 분명 은신처 안에서 외부를 살펴보고 있었다.'

이에 석중에게 찾아가 EMP 버스터(기계형 EMP, 발동하는 순간 전방 500M 안에 있는 전자기기를 멈춘다.)를 구해왔다.

덤으로 함정에 조예가 깊은 가벡까지 데려왔다.

"이제 가는 거야?"

"기다려. 먼저 EMP부터 때린다."

꾸욱!

아무런 이펙트도 없었으나, 바로 옆에 있던 집을 시작으로 주변 건물에 불이 모두 꺼졌다.

성공이라는 얘기였다.

"Öönägemis.(야간 시야.)"

EMP 격발 과정에서 나이트 비전도 박살 날 게 분명했기에, 챙겨오지 않고 마법으로 대신했다.

원래라면 보이지 않았어야 할 짙은 어둠인데도, 회색빛으로 희미하게나마 전부 구분해 낼 수 있었다.

"간다."

가벡을 앞세워 함정을 지난 뒤, 이윽고 세이프 볼트로 향하는 철문 앞에 도착할 수 있었다.

조용히 C4를 설치한 뒤 격발했다.

끔찍한 폭음과 함께 문이 날아갔다.

분명 안에 있던 파이로도 반격할 게 분명했기에, 칼콘에게 방패를 펴라고 지시했다.

"Ma vannun Protector(수호자의 맹세)"

칼콘이 시동어를 말하자 커다란 방패가 복도를 전부 가렸고, 까닭에 날아오는 폭탄을 전부 막아낼 수 있었다.

쾅, 콰콰쾅! 쾅!

방패 건너편에서 엄청난 폭발과 함께 화염이 춤을 췄지만, 이쪽은 각성자만 셋이었다.

셋이 힘을 합쳐 견뎌냈고, 이내 방 안까지 진입했다.

방패 너머로 파이로의 욕설이 들려왔다.

"너희 뭐야, 이 애매비도 없는 새끼들아!"

"Kui signaal vallandav kilp. (신호하면 방패 풀어.)"

파이로가 알아듣지 못하게끔 칼콘에게 고대어로 얘기한 뒤 신체 능력 강화와 가속을 발동했다.

스르르릉!

허리에 있는 업을 짊어지는 자를 꺼낸 뒤…

"nüüd! (지금!)"

방패가 사라지자마자 바로 달려들었다.

인간의 속도를 아득히 뛰어넘은 맹습!

아무리 파이로가 강하다고 한들, 그건 어디까지나 적당한 거리를 뒀을 때 얘기였다.

밀폐된 공간.

특히 폭탄을 사용할 시 본인까지 폭사할 위험이 있을 정도로 좁은 장소에서는 턱없이 불리할 수밖에 없었다.

게다가 예상도 하지 못한 채 비무장으로 쉬고 있는데, 적이 완전 무장으로 들이닥친 꼴이었다.

당연히 저항 따위는 할 수 없었고…

타타타타탓!

미친 듯이 달려, 파이로의 복부에 칼을 꽂아넣었다.

"어, 억…."

위기 대비가 발동에 파이로의 마지막 저항이 겹쳐 지훈의 온몸에 푸른 불꽃이 붙었지만, 신경 쓰지 않았다.

Tulekindlus(화염 저항) 마법을 미리 걸어놨기 때문이었다.

"어, 어떻게…."

"내 소중한 사람들을 건드린 대가다."

파이로의 몸에 박아넣은 칼을 한 바퀴 돌렸다.

끔찍한 비명이 들렸다.

"개 좆 같은 원숭이 새끼가… 감히… 감히…!"

"아직 죽지 마. 이제 시작이다, 개새끼야."

지훈이 원했던대로, 파이로는 일행의 끔찍한 고문 속에 세상을 저주하다 숨이 끊어졌다.

분명 충분한 복수였음에도, 지훈은 치료사를 대동해 끝없는 고통을 안겨주지 못한 것에 아쉬워했다.

싸늘하게 식은 파이로를 내려다봤다. 채 식지 않은 분노를 뿜어내고 있으니, 칼콘이 담배를 건넸다.

"고마워, 지훈. 복수해 줘서."

"아니, 도와줘서 오히려 내가 고맙다. 너도."

가벡의 어깨를 두드리고는 셋이 나란히 담배를 태웠다.

근래에 들어 담배를 피우는 양이 기하학적으로 늘어난 것 같은 기분이 들었으나, 상황이 상황인지라 어쩔 수 없었다.

다 피우고는 파이로가 마련해 놨던 기름을 집 구석구석에 전부 뿌렸다. 그리고 점화하려는 순간…

머릿속에 스치는 생각이 있었다.

신체 변이.

흡수 – 각성자의 시체 및 추출물을 흡입할 경우 그 능력과 이능을 일정 부분 흡수합니다. 하지만 이블포인트가 상승하고, 잦은 흡입 시 종족 변이를 가져올 수 있으니 주의해 주십시오.

이는 곧 파이로의 시체를 먹으면 티어를 올릴 수 있음은 물론, 그 이능까지 흡수할 수 있다는 뜻이었다.

지훈의 눈이 파이로의 시체로 향했다.

식인. 사람을 먹는 행위.

매우 꺼려지는 행위였으나, 시신훼손 및 부관참시는 금기에 속할 만큼 엄청난 모독이었다.

'죽어서도 편하게 못 가게 해주마. 작살 난 몸으로 영원히 이승을 떠돌아라.'

지훈이 파이로를 먹겠다는 얘기를 꺼내자, 칼콘도 덩달아 먹겠다고 끼어들었다. 흡수 변이에 대해서는 몰랐으나, 단순 복수심에서 나온 행동으로 보였다.

결심이 서자 행동은 거침이 없었다.

정성 들여 모독하고, 발라냈다.

그리고 그 고기를 먹은 순간…

– 티어가 올랐습니다.

– 티어가 올랐습니다.

– 티어가 올랐습니다.

– 티어가 올랐습니다.

– 이능을 획득할 수 있습니다, 선택해 주세요.

– A등급 진입. 새로운 변이가 가능합니다. 선택해 주세요.

– 식인 행위로 인하여 이블 포인트가 10 올랐습니다. 현재 포인트는 71입니다. 악 성향까지 4포인트 남았습니다.

권능의 반지

160화 인간과 괴물 그 경계에서

NEO MODERN FANTASY STORY

충격적일 정도로 큰 변화였지만, 일단 자리를 옮겼다.

해체된 파이로 때문에 주변에 피가 흥건했기 때문이었다. 비위가 강하긴 했지만, 저걸 옆에 두고 일 처리할 만큼은 아니었다.

대문 밖으로 나와서 약 3초 정도 집을 쳐다봤다.

"지훈, 아쉬운 거야? 너무 쉽게 죽였나? 좀 더 괴롭힐걸."

칼콘은 아쉬운 듯 입을 쩝쩝 다셨다. 천진난만한 표정으로 그런 말을 내뱉는 모습에서, 토끼를 산채로 뜯어먹는 멧돼지가 비쳐 보이는 것 같은 이유는 뭘까.

"아니. 그냥."

복잡한 심정도 잠시.

"Ilutulestik. (불꽃.)"

손끝에 솟아난 작은 불덩어리를 기름에 털어버렸다.

마력이 끊김에 따라 불덩이가 급격히 작아졌지만, 그 정도로도 기름에 불을 붙이기에는 충분했다.

화르르륵!

뿌려놓은 기름을 따라 불이 붙는가 싶더니, 이내 쾅쾅거리는 소리와 함께 파이로의 은신처가 폭발했다. 불 때문에 안에 있던 화약 및 기타 폭탄 재료들이 발화한 까닭이었다.

복수 끝에 얻은 화끈하고 달콤한 불꽃놀이도 잠시.

등을 돌렸다.

"가자."

주택가 한가운데에서 싸웠기 때문일까?

C4 폭파와 동시에 신고가 들어갔는지, 귀가 중 경찰 부대와 마주쳤다. 장갑차에서 무장 경찰들이 내렸다.

그냥 지나갈 법도 했지만, 현재 지훈 일행은 전부 완전 무장에 온통 피범벅을 한 상태에 딱 봐도 수상해 보이는 옷차림.

충돌은 필연적이었다.

"무기 내려놓고 엎드려! 불응 시 발포하겠다."

칼콘과 가벡이 얼굴을 찌푸리고는 지훈의 눈치를 살폈다.

강행 돌파할지, 아니면 투항할지를 묻는 모양이다.

딱히 대답하지 않고 앞으로 걸어갔다.

"마지막 경고다! 멈춰!"

쏘겠다는 말이 들렸으나 무시했다.

어차피 한국 개척지 경찰의 기본 무장은 일반탄이었다. 이제 일반탄은 안구에 직격 하지 않는 이상 장난감과 다를 바 없었다.

탕 –

팅!

분명 사람 몸에 맞았는데 총알이 도탄 됐다. 저게 무슨 뜻인지 알았기에, 경찰들의 얼굴이 삽시간에 어두워졌다.

경찰 중 누군가가 무전기를 들어 가디언에 지원 요청을 하려는 순간…

표!

아스발로 무전기를 날려버렸다.

이후 라이트 안으로 들어가 경찰들에게 얼굴을 보여줬다.

일반적인 범죄 상황이라면 나 잡아줍쇼 하는 미친 짓이었으나, 지훈은 얘기가 달랐다.

"박경훈, 동구 1동 4번가 21번 길. 딸 아이가 동구 2 초등학교에 다니고 있고, 마누라는 식당을 하지. 너, 무장경찰. 이름 송경욱, 동구 12동. 쌍둥이 아빠, 부인은 사별. 그리고 …."

과거 뒷골목 시절에 외워뒀던 정보를 줄줄이 읊자, 경찰들이 사색이 되기 시작했다.

"가디언? 불러 봐, 개새끼들아. 가디언이 빠를까, 아니면 내가 너희 가족 만나는 게 빠를까?"

말할 것도 없이 지훈이 더 빨랐다.

옳은 일 하고 있는 공무원 일가족을 죄다 저승으로 밀어 넣을 생각은 없었다. 단지 협박이 필요했을 뿐이었다.

가끔 뒷골목. 특히 중범죄를 저지르고도 유유히 빠져나가려면, 짐승의 탈을 써야 하는 법이었다.

"누군가 그랬지. 사람은 멍청해서 하루에도 여러 가지를 잊는다고. 오늘 봤던 거 하나쯤은 더 잊어도 되지 않겠냐?"

쐐기를 박듯 얘기하자, 경찰 중 그나마 계급이 높아 보이는 사람이 총을 집어넣고는 차에 올라탔다.

"뭐해, 새끼들아! 지금 무고한 시민 붙잡고 이러고 있을 때야!? 빨리 사건 현장으로 가야 할 거 아냐!"

경찰이 지훈 일행을 투명인간 취급하곤 사라졌다. 멀어져가는 경찰차를 확인도 하지 않고 그대로 집으로 돌아왔다.

◈

다행히 늦은 새벽인지라 지현은 자고 있었다.

피칠갑을 한 모습을 봤다간 트라우마에 걸려 다시는 제 오빠에게 말을 못 걸 수도 있었기에, 잘 된 일이었다.

옷을 벗지도 않고 욕조에 들어가 물을 틀었다.

따뜻한 물이 온몸을 적시기도 잠시. 아래를 내려다보니 몸에 묻어있는 피가 흘러나오며 피비린내가 났다. 보고 있자니 그제야 본인이 얼마 전에 무슨 짓을 했는지 깨달았다.

사람을 먹었다.

가죽을 벗기고, 고기를 발라내서, 입에 넣고 씹어 삼켰다.

모욕을 위해서라는 건 명분.

그저 힘을 얻기 위해 사람을 잡아먹었다.

'씨발… 괴물새끼 다 됐네.'

메고 있던 아스발을 들어 가만히 쳐다봤다.

그러고 보면 살아오면서 참 많은 사람을 죽였다. 칼로도 죽이고, 폭탄으로도 죽이고, 손으로도 죽였지만 그중 제일 많이 죽여본 방법은 바로 총이었다.

'인두겁 쓴 괴물새끼들, 사람 잡아먹는 괴물들을 말이지.'

입을 쩍 벌려 총구를 입에 넣은 뒤 이빨로 꽉 고정했다.

현재 조정간은 단발, 탄환은 VGC였다.

방아쇠를 당기면 그대로 죽을 게 분명했다.

'근데 지금은 내가 사람 잡아먹는 괴물이 됐다.'

먹을 때는 복수심에 휘둘려 그랬거늘, 집에 오니 긴장감이 풀어지며 자괴감과 배덕감이 파도처럼 몰려왔다.

'당길까?'

그만뒀다.

어차피 죽어 봐야 빌어먹을 아쵸프무자가 다시 살려놓을 게 분명했다.

'이제 맘대로 뒤지지도 못하는 몸이 됐군, 니미랄.'

몸을 일으켜 옷을 벗어 애벌빨래 한 뒤 몸을 닦아냈다.

'그래… 내 가족이, 내 여자가, 내 동료가 안전해졌으니 그걸로 됐다. 이제 다 된 거야… 이제 다 끝났어….'

소중한 사람이라면 괴물, 아니 그 이상도 될 수 있었다.

비록 과거에 그런 자들을 사냥하고, 잡아먹었던 사냥꾼이라 할지라도… 상황이 달라지면 신념도 바꿀 수 있었다.

'비루한 신념을 버려서, 내 소중한 사람들을 지킬 수 있다면 그딴 싸구려 신념 백 번이고, 천 번이고 버리자. 아니 그게 당연한 거고, 그게 마땅한 거다.'

거친 숨을 내쉬자 목과 코가 떨리며 그르륵 소리가 났다. 진짜로 맹수가 된 것 같은 불쾌감도 잠시.

정보창을 열어봤다.

[정보]
이름 : 김지훈
종족 : 인간
성향 : 중립 (뉴트럴)
성향 보너스 : 회색 인간
이블 포인트 : 71 (+10)
등급 : A 등급 1티어 (+4)

보너스 포인트 (4)
보너스 이능 포인트 (1)
보너스 변이 포인트 (1)
흡입 선택 (1)

근력 : D 등급 (23)
민첩 : D 등급 (23)
저항 : D 등급 (24)
마력 : C 등급 (16 + 20)

이능 : D 등급 (15+15)

잠재 : S 등급 (?)

신체 변이 –

약한 재생, 화염 속성, 날카로운 감각, 흡수

이능력 –

집중 E(+1)등급, 가속 D(+1)등급, 마력 부여 E(+1)등급, 주
문 주입 E(+1)등급, 신체 능력 강화 E(+1)등급.

처음 각성했을 때만 해도 F등급에 이능 하나 없었지만, 지
금은 이능만 5개에 변이가 3개나 달린 초인이었다.

'과연 나를 인간이라고 할 수 있을까?'

의문이 들었지만 흩어버렸다. 저런 문제는 나중에 모든 일
이 해결하고 나서 생각해도 늦지 않았다.

지금 당장은 새로 얻은 능력에 집중했다.

'민첩과 저항에 2포인트.'

– 반영되었습니다.

민첩 : D 등급 (23) = 〉 D등급 (25)

저항 : D 등급 (24) = 〉 D등급 (26)

이능 포인트는 섣불리 결정해봐야 좋을 거 없었기에, 일단
내버려 두고 다른 걸 살폈다.

'흡입 선택을 보고 싶군.'

말이 끝나자마자 바로 파이로의 이능들이 나타났다.

화염 투사 –

화염을 던집니다. 저등급에선 일반적인 불이지만, 등급이 높아질 경우 완전연소도 가능합니다.

점화 –

원하는 물질을 발화시킵니다. 등급이 높아지면 폭탄 원거리 격발 등 응용이 가능해집니다.

위기 대비 –

위기 상황이 올 시 미리 정해놓은 이능을 발동시킵니다. 사전 등록이 필요합니다.

설명을 보자 파이로의 '화염 방패'의 비밀을 알 수 있었다.

무작위로 이런 이능을 얻었다는 게 신기했으나, 어차피 이미 고인이 됐기에 무시하고는 이능을 선택했다.

'선택, 위기 대비.'

– 추가되었습니다.

총을 주 무기로 사용하는 지훈에게 있어서 발현계 능력은 섞기 어려웠다. 발화는 원거리에서 적의 탄환을 태워 강제로 격발시킬 수 있다는 장점이 있으나, 그게 다였다.

그럴 바에야 차라리 위기 대비를 통해 위급상황을 줄이는 게 더 좋았다. 시간을 되돌려 다시 한 번 도전할 수 있다지만, 아무래도 생명체인 이상 죽음을 경계하는 법이었다.

'변이 포인트는 뭐지?'

질문하자 반지의 목소리가 들려왔다.

– A등급이 되면 종족 변이 포인트를 얻습니다. 해당 등급에서 얻는 변이는 종의 방향을 결정하는 변이로써, 한 번 선택하고 나면 이후 티어가 오를 때마다 그와 관련된 변이가 무작위 확률로 추가됩니다.

A등급을 찍자마자 각성자가 초인이 되는 이유이자 세간에 알려지지 않고, 오로지 정부와 보사만 알고 있는 정보였다.

어이가 없었으나, 일단 슥 훑어봤다.

식물 – 광합성, 신진대사 감소, 질병 면역, 내장 제거

파충류 – 두꺼운 피부, 비늘, 순막, 파충류 시야, 꼬리

조류 – 경량화, 재빠름, 민첩함, 시력 강화, 강한 손톱

어류 – 야간 시야, 강한 이빨, 순막, 수중 호흡, 지느러미

곤충 – 적외선 시야, 복합 눈, 더듬이, 빠른 번식, 외골격

그 외에도 기타 종족 변이로 슬라임, 맹수, 거미, 언데드 등 별 어이없는 종족도 잔뜩 끼어있었다.

'반지가 없는 자가 A등급이 될 경우는 어떻게 되지?'

– 무작위 종족으로 변이합니다.

과거 중국 박물관에서 봤던 천청운을 떠올렸다.

이상하게 모든 사진에서 화장이라도 한 듯, 피부가 물광

마냥 반짝거렸었다. 설마 싶어 슬라임 쪽 변이를 살펴보니, '점액질 피부' 가 끼어있었다.

해당 변이는 불과 독에 강력한 저항력을 주지만, 몸을 자주 씻지 못하고, 지독한 악취를 풍긴다는 단점이 있었다.

'굳이 나한테 필요한 걸 꼽자면 조류 혹은 맹수인가.'

저 두 계통에 속도와 관련된 변이가 제일 많았다.

'만약 내가 변이를 선택하게 되면, 인간과는 아이를 가질 수 없는 건가?'

- 가능합니다. 인간을 기본으로 약간만 바꾸는 것이기에, 난임이 있긴 하지만 혼혈인간을 잉태할 수 있…

설명이 뚝 끊기는가 싶더니, 화장실 문이 벌컥 열렸다.

욕조에 피칠갑을 해 놓은 상태였기에, 지현이 보면 안 됐으므로 깜짝 놀랐으나… 짙은 그을음 냄새에 안심했다.

아쵸프무자였다.

"섞여. 하지만 네 아이는 그 변이를 그대로 갖고 태어나. 네가 알파가 되는 거야. 너만의 종족을 만들 수 있지."

아쵸프무자는 씁쓸한 표정으로 설명했다.

"어지간히 뒤틀어졌군. 이것도 네가 만든 건가?"

"아니, 하즈무포카가 녀석은 제 손으로 신세계와 그 세계를 지배할 새로운 신을 만들고 싶어 했어. 그게 그 결과지."

저 설명을 유추해 보면, 이 '각성 시스템' 역시 하즈무포카가 만들었다는 게 됐다. 도대체 어떤 이유에서 만들었으며, 도대체 무슨 일을 꾸미는지 알 수 없었다.

"이제 끝까지 갈 게 확인됐으니, 알아도 상관없겠지."

이쪽 생각을 읽었는지 아쵸프무자는 혼자 결정하고, 혼자 설명을 이어나갔다.

"일단 지금 이 세계가 어디 인지부터 설명해야겠네. 조금 긴 이야기가 될 텐데, 괜찮겠어?"

현재 지훈은 욕조에서 알몸으로 누워있는 상태였다. 긴 얘기를 하기엔 어울리지 않았다.

"Riided kõik, mõõdud 356 (예복, 차원 356번)"

아쵸프무자의 말이 끝나자마자 지훈의 몸에 옷이 생겨났다. 어두운 회색 기가 도는 캐주얼 정장이었다. 이어 화장실 벽에 둥근 포탈이 생성되더니, 아쵸프무자가 그 안으로 들어갔다.

"손을 잡은 기념이자 우리가 서로를 더 믿게 될 계기를 만들기 위해서 초대하고 싶은데, 올래?"

"좆이나 까라고 말한다면?"

"그럼 하즈무포카를 죽이는 데 조금 더 어렵게 되겠지."

"개 같은 년."

사이좋게 차나 마시며 얘기하고 싶은 생각은 개미 똥만큼도 없었으나, 정보를 위해서 포탈 안으로 들어갔다. 온몸이 분해됐다가 도로 조립되는 것 같은 이상한 기분이 들었다.

권능의 반지

161화 추락하는 신과 신이 되어가는 인간.

NEO MODERN FANTASY STORY

포탈 안으로 들어가자 진풍경이 펼쳐졌다.

사람의 무의식에 들어가기라도 한 듯 하늘에는 바다가 펼쳐져 있었고, 바다에는 구름이 떠 있었다.

당장에라도 하늘 속으로 떨어져 내릴 것 같은 아찔한 착각도 잠시. 아쵸프무자가 손가락을 움직였다.

"külalislahkus.(접객.)"

우으으웅 –

시야 끝에 블랙홀이 생기는가 싶더니 모든 풍경을 흡수, 머잖아 주변 풍경이 저택 안으로 변했다.

시계 장인의 집 같았다.

벽 대신 거대한 시계들이 늘어서 있었고, 심지어 바닥에도 타일 대신 사각 시계들이 박혀있었다.

째깍, 째깍, 째깍.

"aeg Stopp. (시간 정지.)"

시곗바늘 움직이는 소리가 뇌를 찌르듯이 시끄러운 가운데, 갑자기 소리가 뚝 끊겼다.

갑작스러운 변화에 공기가 정체된 것 마냥 답답한 기분이 들었지만, 다행히 공기는 흐르는 듯 호흡에는 지장이 없었다.

아쵸프무자의 권유에 따라 자리에 앉았다.

"인간들은 이럴 때 뭘 마시더라?"

"어쭙잖은 인사치레 집어치워. 그럴 기분 아니다."

"뭐 그렇다면야."

아쵸프무자가 가볍게 고개만 까닥였다.

"그래서, 조금 전까지 내가 있던 차원이 어디지?"

"하즈무포카의 주머니 차원(포켓 디멘션)이야."

주머니 차원.

언젠가 들어봤던 단어 같아 머리를 뒤져보자, 아쵸프무자가 '잡동사니 창고'라며 열었던 차원이 생각났다.

소인족이 아쵸프무자를 신으로 추앙하고, 길 잃은 인간이 마왕으로 군림하고 있던 기괴한 세계 말이다.

그 세계야 작고 아담해서 서 있기만 해도 세상의 끝이 보였지만, 이 세계는 어떻던가?

수없이 많은 국가가 개척을 시작했음에도, 아직도 끝없이 넓은 미개척지가 남아 있었다.

어이가 없는 내용에 얼굴만 찌푸릴 수밖에 없었다.

"처음에는 그저 끝없는 시간을 달래기 위한 작은 놀이로 시작했지. 나와 하즈무포카가 같이 했어. 꼭 모래성을 만드는 것 같아서 즐거웠던 기억이 나네."

아무것도 없는 주머니 속에 빛을 비추고, 흙을 채워 넣었다. 이후 바다도 만들었고, 산도 만들었으며, 그 안에 하즈무포카 본인의 상상력을 모조리 쏟아부었다.

재미있었다. 즐거웠다. 행복했다.

"정해진 수명 없이, 끝없는 시간 속을 헤매야 한다는 건 정말 끔찍한 일이지. 그런 의미에서 저 취미는 정말 부패 없이 썩어가던 생활 속에서 아주 큰 활력소가 됐어."

그러던 와중 두 신에게 문득 드는 의문이 하나 있었다.

– 너무 심심하지 않아?

– 그러게. 기껏 다 만들었는데 고요하기만 하네.

아무런 생명체 없이 비바람만 부는 세계.

만들 때는 즐거웠고, 굽어볼 때도 행복했지만 정작 다 만들고 나자 쓸쓸함만 남아있었다. 이에 하즈무포카가 말했다.

– 생명체를 집어넣자.

아쵸프무자와 하즈무포카의 권능은 생명 창조와는 거리가 멀었다. 마음만 먹는다면 만들 수 있었으나, 그건 어디까지나 영혼 없는 빈 껍데기를 만드는 게 다였다.

결국, 어딘가에서 데려와야 한다는 얘기였다.

이에 하즈무포카가 맨 처음으로 본인의 신도들을 데려왔다. 이들이 바로 FS. 훗날 첫 번째 자손, 개척자로 불리는 이들이었다.

– 신의 뜻에 따르겠나이다!

이들은 신탁에 거룩한 눈물을 흘리며 기꺼이 이주했다.

여기까지는 괜찮았다. 모든 게 순조로웠고, 평화로웠다.

FS는 신이 내려준 토지와 하늘을 오염시키지 않고 잘 적응했으며, 하즈무포카와 아쵸프무자는 그런 그들을 너그럽게 굽어봤다.

"개미를 지켜보는 느낌이었어. 난 여태까지 내 신도들을 보살피지 않았기 때문에, 이렇게 자세하게 쳐다본 건 처음이었거든."

도시를 만들고, 사회를 만들고. 본인이 만들어준 세계와 융합되어 가는 작은 존재들이 너무나도 아름답고 사랑스럽게 보였다. 하지만 그것도 잠시…

"하즈무포카는 싫증을 내기 시작했어. 단 하나의 종족으로는 만족하지 못했던 거지. 나는 반대했지만, 막무가내였어."

그래서 다른 종족들을 데려오기 시작했다. 본인의 신도도 아닌 거의 반강제적 납치였다. 그렇게 주머니 차원에 리자드맨이 생겨났다.

하즈무포카 입장에서는 즐겁고 재미있을지는 몰랐으나, FS들에게 있어 리자드맨의 출현은 충격과 공포 그 자체였다.

하즈무포카, 아쵸프무자 둘에게 아무런 계시나 신탁을 받지 않은 리자드맨들은 마구잡이로 세계를 더럽혔고, FS들과 전쟁을 벌였다.

결과는 당연히 FS들의 압승이었다.

우월한 과학기술을 등에 업은 FS들은 순식간에 리자드맨을 제압했지만, 이는 하즈무포카가 원하는 결과가 아니었다.

- 싸움은 일방적이면 재미없잖아? 내 힘을 빌려줄게. 네게 신에 준하는 존재가 될 수 있는 길을 열어줄게.

그렇게 각성자가 등장했다. 커다란 계기가 있었던 것도 아니고, 마땅한 이유가 필요했던 것도 아니었다.

지루함.

겨우 지루함 때문이었다.

결과적으로 보자면 그깟 지루함 때문에 이 모든 일이 벌어진 거였고, 수없이 많은 존재들이 고향을 잃고 방황했다.

'뭐 이런 병신같은 경우가 다…'

이에 분노가 솟다 못해 어이가 없어졌다. 하지만 일단은 더 들어봐야 할 정보가 많았기에 입을 다물었다.

각성자를 앞세운 리자드맨들에 의해 FS는 멸망했다.

마지막 남은 하나가 하즈무포카의 이름을 부르짖으며 죽는 순간에도, 하즈무포카는 그저 재밌다는 듯 지켜만 봤다.

결국, 주머니 차원에는 리자드 맨만 남게 됐고 하즈무포카는 금세 또 싫증이 나기 시작했다.

그래서 또다시 새로운 종족을 불러들였다.

이번에는 소규모 납치가 아닌, 대규모 차원 접붙이기를 통해 거대한 포탈을 세계 곳곳에 열어버렸다. 여러 종족을 대상으로 주머니 차원 곳곳에 동시에 말이다.

지옥도가 펼쳐졌다.

하즈무포카가 내려 준 각성을 가지고 있는 리자드맨들이 타 종족을 일방적으로 학살했고, 노예로 삼았다.

하즈무포카는 이번엔 새로운 종족들에게 각성을 부여했다.

– 싸워라, 죽여라. 내가 만든 세상을 아주 역동적이고 한 치 앞을 내다볼 수 없는 변덕의 세계로 만들어라! 이 어찌 즐겁지 아니할 수 있던가!

하즈무포카는 변덕을 부리는 수준이 아닌, 광기를 품기 시작했다. 이에 아쵸프무자는 말리기 시작했으나, 하즈무포카는 이미 선을 너머 있었다.

– 시끄러워! 내 차원이고, 내가 만든 세상이야!

같이 시작했더라도 차원 자체는 하즈무포카의 소유였다. 결국, 하즈무포카는 아쵸프무자가 본인의 차원에 직접적인 개입을 할 수 없게 막아버렸다.

막아서는 존재가 없어지자, 하즈무포카는 브레이크가 고장 난 트럭처럼 파멸을 향해 질주했다.

– 아예 전부 다 동등하게 붙어 봐. 각성도, 마법도 모조리 줄게. 누가 살아남나 보자.

그렇게 수없이 많은 종족이, 세대가 스쳐 지나갔다.

말리고 싶었던 아쵸프무자도 그냥 눈을 감고 돌아섰다.

간혹 무한한 시간의 무게를 견디지 못하고 미쳐버리는 신이 몇몇 있었기에, 하즈무포카도 그렇게 됐다고 생각했다.

"언젠간 돌아오겠지, 한때의 방황이겠지 생각했어. 그렇게 셀 수 없을 정도로 긴 시간이 흘렀지. 그러다 문득 하즈무포카에게 연락이 왔어."

– 이거 봐, 아쵸프무자. 내가 신을 만들었어.

주머니 차원을 평정한 존재.

S등급에 도달한 각성자는, 말 그대로 주머니 차원의 신이 되었다. 비록 반쪽짜리라고 한들, 제대로 신격을 얻어 권능을 부릴 수 있는 존재 말이다.

아쵸프무자는 뭔가 잘못되어가고 있음을 느꼈다.

생명체를 본인이 소유한 차원에 집어넣고 지켜보는 것까지는 괜찮았지만, 신을 만든다는 건 금기였다.

신은 어디까지나 모든 것의 근원에서 태어나는 거였고, 제 수명이 다하면 다시 근원으로 돌아가는 존재였다.

근원이 아니면 잉태할 수 없는 '신'이라는 존재를 어찌 감히 직접 만든단 말인가?

심지어는 아예 새로운 종을 창조하기 위해 기존 종이 어느 정도 힘을 얻게 되면 강제로 새로운 종족이 되게끔 만들었다.

"신을 포함한 모든 존재는 근원이 잉태하고, 죽어서 다시 근원으로 돌아가. 새로운 종족의 탄생 역시 같지. 하지만 하즈무포카는 그 수레바퀴를, 인과율을 깨부쉈어."

새로운 종족과 그 종족의 유일신.

말로는 간단하지만, 굉장히 중대한 문제였다.

새로운 종족과 그 종족의 유일신을 창조.

제아무리 반쪽짜리라고 한들, 이는 근원을 뒤흔드는 일이었고, 신의 근본을 흐리게 만드는 일이었으며, 모두 정해져 있던 인과율을 비트는 일이었다.

다음부터는 어느 정도 짐작했던 내용이 흘러나왔다.

"내가 할 수 있는 일이라곤, 주머니 차원의 시간을 비틀어 최대한 참변을 막는 수밖에 없었어."

하지만 다른 신이 소유한 차원에서는 아쵸프무자 본연의 힘을 낼 수 없었다.

결국, 할 수 있는 거라곤 시간을 돌리고, 돌리고, 또 돌려가며 이 참변을 어떻게 하면 막을 수 있는지 모든 경우의 수를 시도해 보는 수밖에 없었다.

강력한 과학기술과 투시 그리고 정신 감응 능력을 갖춘 FS들로 참변을 막으려 했으나, 하즈무포카의 광기 앞에선 모두 무용지물이었다.

다음에는 리자드 맨으로, 그다음에는 또 다른 종족으로. 그렇게 억겁의 시간 동안 시간을 뒤틀어가며 싸웠지만, 모두 실패했다.

괴물을 잡기 위해선 본인도 괴물이 돼야 한다고 했던가?

하즈무포카의 광기를 막기 위해서 아쵸프무자는 긴 시간 동안 공방에 들어가 한 물건을 만들어냈다.

하즈무포카가 만든 각성 시스템을 제어할 수 있는 반지이자, 더 나아가 신이 될 수 있는 반지. 바로 권능의 반지였다.

"하즈무포카는 주머니 차원에서 일어나는 모든 일을 전부 오락이라고 생각해서. 그래서 내가 제안했지, 한 판 붙자고."

─ 재미있는 물건을 만들었는데, 한 번 실험해 보고 싶어. 네 차원에 있는 신들과 내가 만들어낸 신. 둘 중 누가 더 강력한지 겨뤄보고 싶지 않아?

본디 신들은 본인의 창조물에 대해 무한한 자긍심을 가지고 있기 마련. 까닭에 저 제안은 굉장히 도발적이었고, 하즈무포카는 이에 바로 승낙했다.

– 좋아. 과연 네 장난감이 내 정교한 세상을 박살 낼 수 있을 거라고 봐? 아닐걸.

– 내기할래?

그렇게 이 모든 일이 시작됐다.

아쵸프무자는 주머니 차원 전체를 얻고 싶다고 말했고, 하즈무포카는 아쵸프무자의 수없이 많은 아티펙트들을 원했다.

이에 따라 룰이 만들어졌고, 둘 중 하나가 포기하기 전까지는 끝이 나지 않는 억겁의 싸움이 개전됐다.

"하지만 번번이 실패했지. 강한 무력을 가진 존재는 하즈무포카에게 회유되어 그의 편으로 돌아섰지. 그래서 이블 포인트를 만들었어. 하즈무포카에게 회유되지 않을 강인한 정신과, 깨끗한 마음을 가진 존재가 필요했거든."

그 다음부터는 반복이었다.

반지 사용자를 정하고, 키워서 하즈무포카에게 보냈다.

실패하면 다음 사용자를 정했고, 또 보냈다. 무한히 시간을 돌려가며 시간이 흘렀고, 아쵸프무자도 지치기 시작했다.

무리한 도전이었던 걸까, 그냥 아티펙트를 내어주고 포기할까 싶은 생각이 드는 찰나…

돌려놨던 시간 속에서 예상치 못한 변수가 끼어들었다.

"네가 반지를 찾았어."

강하지도 않았고, 깨끗하지도 않았다. 하지만 왠지 모르게 흥미가 가기 시작했다.

"마지막으로 한 번만 믿어볼까. 어차피 포기할 거, 마지막으로 무리한 수를 한 번 둬볼까 싶기도 했지."

긴 얘기가 끝나자 아쵸프무자는 자조적인 웃음을 지었다.

"우습지?"

"존나."

하등 종족에게 비웃음을 샀음에도, 아쵸프무자는 아무렇지도 않은 듯 픽 웃어넘겼다. 아마 본인도 본인이 우습다 못해 바보 같은 모양이었다.

"결국, 이 모든 일이 변덕으로 일어난 일이군."

필연적인 것도 아니고, 꼭 필요한 이유가 있었던 것도 아니었다. 겨우 그까짓 신의 지루함과 변덕, 그따위 일들로 모든 일이 벌어졌다.

포탈이 열리고,

몬스터가 침공하고,

부모님이 돌아가시고,

강제로 개척단에 합류하고,

꿈을 찾았으나 시궁창에 박히고,

동생은 병에 걸려 산 채로 썩어가고,

지훈은 죽지 못해 하루하루 뒷골목을 돌아다녔다.

이 모든 일이 겨우 '변덕' 때문에 일어났다.

마음속 깊은 곳에서 분노와 증오 그리고 온갖 더러운 감정들이 뒤섞인 어두운 감정이 끓어올랐다.

아무리 뱉어내고 싶어도, 토해내고 싶어도 절대로 없앨 수 없는 감정의 제일 밑바닥에서 올라온 순수한 증오.

그 증오가 하즈무포카에게 향했다.

"신이라고 하지 않았던가?"

"그래. 우리는 신이지."

고개를 절레절레 저었다.

"아니, 너희야말로 벌레만도 못한 새끼들이다."

인간이 신의 권능을 얻어가고 있을 때, 정작 그 위에 있던 신들은 날개가 썩어 바닥으로 추락하고 있었다.

누가 신이고, 누가 하등 종족인지 알 수 없는 더러운 시궁창 오물을 잔뜩 뒤집어쓴 것 같은 기분이 들었다.

"진실을 알게 된 소감이 어때?"

"나발이고 하즈무포카 멱이나 따러 가지."

소감? 그런 건 없었다.

좆이나 까라지.

"내 인생 망친 녀석이 아직 저 위에서 내려다보며 실실 쪼개고 있다고 생각하니 오장육부가 뒤틀리는군."

아쵸프무자가 씩 웃었다.

"가자. 끝을 보러. 아마 지금부터 더 힘들어질 거야. 네가 진실을 안 이상 하즈무포카도 적극적으로 방해해 올 거고."

진실을 알려주지 않은 이유이자, 아쵸프무자가 지훈의 존재를 계속해서 숨긴 이유이기도 했다.

덜 여문 지훈이 하즈무포카의 하수인들과 만나면 일방적으로 살해당할 게 분명했기 때문이었다. 거친 가시밭길이라는 뜻이었음에도, 지훈은 도리어 자신감에 찬 웃음을 지었다.

"그렇지 않아도 찾아가려고 했는데, 수고를 덜겠군."

과거의 지훈이라면 속절없이 당했겠지만, 지금은 아니었다.

"이제 공수교체다."

권능의 반지

162화 인사, 그리고 다짐.

NEO MODERN FANTASY STORY

모든 것이 일그러진 변덕의 공간.

바닥은 찡그린 사람 얼굴로 되어있고, 전구 대신 사람 머리가 달려있으며, 의자 대신 송곳이 놓여있었다.

검은 인영이 그 송곳 위에 앉아 재미있다는 표정을 지었다.

'이제 곧 여섯 번째 장난감이 찾아오겠네.'

슬슬 지루하던 차에 나타난 새로운 유희거리였다.

이번에는 어떤 방법으로 마지막을 장식할까 생각하던 찰나, 바닥에 박힌 얼굴이 움찔거리더니, 거인을 토해냈다.

"위대한 존재를 뵙습니다."

무릎을 꿇고 눈을 아래로 깔아 예를 갖췄지만, 인영은 관심 없다는 듯 손만 휘적휘적 저었다.

"신격만 있으면 죽일 수 있다며? 나도 죽이겠다? 게다가

넌 우리가 정한 규칙까지 어겼어. 그렇게나 이 게임에 끼고 싶었니? 겨우 너 따위가?"

언젠가 거인이 인섹토이드와 나눴던 대화 내용이었다. 이에 거인이 바닥에 머리를 찧었다. 연속해서 찧었다.

쾅, 쾅, 쾅, 쾅, 쾅!

"죄송합니다! 제가 주제넘었습니다!"

인영은 아무 말 하지 않고 그 모습을 내려다봤다.

시간이라는 개념이 없는 변덕의 차원 속, 얼마나 긴 순간들이 지났는지도 모르게 됐을 때쯤 인영이 말을 열었다.

"그래, 잘못했으면 벌을 받아야지."

거인이 뼈가 다 드러날 정도로 홀쭉해진 고개를 들었다. 사형을 기다리는 사형수 같은 표정이었다.

"드디어 여섯 번째 장난감이 나타났어. 근데 이번에는 어떻게 반쪽짜리 같아 보이네? 데려와. 죽여도 다시 살리면 되니까, 방법은 마음대로 해도 좋아."

거인이 피칠갑을 잔뜩 한 얼굴에 웃음꽃을 피웠다. 이 얼마나 기다리고, 기다리던 환희란 말인가!

그렇게나 꿈꾸던 복수를 할 기회가 왔고, 일그러진 자존심을 회복할 수 있으며, 더 나아가 능력을 인정받고 신격까지 받을 수 있는 절호의 기회였다.

"당신의 뜻대로 하겠나이다!"

거인의 자기가 나타났던 입속으로 들어가 사라졌다. 인영은 그 모습을 보고 있다가 씩 웃고는 제 왼손을 쳐다봤다.

엄지부터 소지까지.

다섯 손가락에 모두 같은 모양의 반지가 끼워져 있었다.

– Voim ōn peopesaga. (권능을 당신의 손안에.)

여태까지 왔던 다섯 장난감들에게 얻은 트로피이자, 여태껏 모든 싸움에서 이겨왔다는 자랑스러운 훈장이었다.

'이번에는 어떤 식으로 끝을 내볼까. 아쵸프무자가 어떤 표정을 지을지 정말 궁금해.'

압도, 회유, 절망, 방치.

그 어느 방법이든 전부 매력적이었다. 인영은 즐거움에 몸을 떨며 어떤 방법이 좋을지 깊은 고민에 잠겼다.

✦

눈을 뜨자 반쯤 희석된 피가 흐르는 욕조가 보였다. 지훈은 그 안에서 알몸으로 뜨거운 물을 맞고 있었다.

'시간이 하나도 지나지 않은 건가.'

아쵸프무자의 차원에서 꽤 오랜 시간을 지낸 것 같았음에도, 실제로는 겨우 몇 초 정도 지난 게 다인 모양이었다.

쏴아아아아 –

따뜻한 물을 맞으며 생각을 정리했다.

'참 내 인생도 빌어먹게 기구하군.'

처음에는 반지의 힘을 이용해 돈을 벌 생각만 했다. 생활이 조금 더 편해지면, 은퇴해서 하고 싶은 일이나 하며 살고 싶었다.

하지만 소중한 사람들이 위협당한 순간 모든 게 달라졌다.

돈을 벌려는 이유, 명예를 가지고 싶은 이유.

둘 다 간단했다.

소중한 사람들을 위해서였다.

처음에는 그저 지현을 치료할 돈만 있으면 됐지만, 더 나아가 더 좋은 집, 더 윤택한 생활이 필요했다.

'아픈 건 나 혼자면 충분하다. 그 고통을 내 동생에게, 내 여자한테 겪게 할 수는 없다.'

가장. 지훈은 가장이었다.

빌어먹을 하즈무포카가 포탈을 열어 부모님이 살해당했을 때부터 그랬고, 지현이 삐뚤어지기 시작했을 때부터 그랬다.

무슨 짓을 해서든 소중한 사람들을 지켜야 했다.

그 길에 흑막이든, 신이든 뭐든 간에 막아서는 건 모조리 쳐죽이고 앞으로 나아갈 것이다.

눈을 꾹 감고 다짐했다. 힘든 길이라고 한들 반드시 뚫고 나가야 했다. 진실을 들은 순간 이미 도망칠 수 없었다.

도망친다고 한들 어느 순간 갑자기 나타나 모든 평화를 뒤틀어 버리겠지. 파이로가 그랬던 것처럼. 아니 그보다 더 한 일이 일어날지도 몰랐다.

아드득!

제 손으로 죽여버린 상대인데도 아직까지 이가 갈렸다.

애써 분노를 털어내고는 하던 작업을 마저 했다.

'이능 선택, 위기대비.'

– 반영되었습니다. 위기대비 E(+1) = > D(+1)등급

이후 위기 대비는 집중 이능으로 집어넣었다. 이로써 예상치 못한 위기가 오면 자동적으로 시간이 느려지리라.

'나중에 마력 부여나 주문 주입과도 연동될지도 모른다. 이에 대해선 더 연구가 필요하다.'

다음은 종족 변이 포인트였지만, 이는 보류했다.

설명을 들어보니 원하는 초기 변이까지 선택할 수 있었지만, 섣불리 선택했다가 돌아올 수 없는 강을 건널 수도 있었기 때문이었다.

'강함을 위해 인간임을 포기하는가, 아니면 강함을 포기하고 인간의 존엄성을 남기던가에 대한 선택인가.'

인육까지 먹은 주제에 인간성 운운하는 게 우습긴 했지만, 그래도 정작 선택의 순간에 오니 주저할 수밖에 없었다.

인간으로 평생을 살아왔는데, 순간의 선택으로 인간임을 포기한다는 건 생각보다 어려운 문제였다.

'피곤하다, 이제 그만하고 쉬자.'

애벌빨래 한 옷들을 챙기고는, 침대에 가서 누웠다.

눈을 감자 아쵸프무자가 한 말이 떠올랐다.

– 머지않아 하즈무포카가 손을 쓸 거야. 때가 되면 연락할게. 그동안 경계하고 있어.

그 외에도 최종 목적은 하즈무포카의 제거였다. 총으로 쏴서 죽일 수 있다면 쉬웠지만, 안타깝게도 그건 불가능했다.

– 본디 신은 제 영혼이 묶여있는 차원이 아니면 죽지 않아. 인간의 모습으로 현신한다면 여러 방법으로 제압할 수는 있겠지만, 무슨 짓을 해도 다시 자기 차원으로 돌아가 버려.

완벽하게 마무리를 하기 위해서는, 무조건 하즈무포카의 차원에 가야 한다는 말이었다.

적의 홈플레이스에서 싸운다는 사실은 둘째 치고, 거기까지 어떻게 가냐는 질문에 아쵸프무자는 씩 웃기만 했다.

– 이미 재료는 거의 다 모아놨어.

러시아 하수도에서 얻은 점프 잼. (확보)

이는 차원 여행자들의 성물로 원하는 차원으로 이동할 수 있는 물건이었다. 기쉬(차원 여행자)가 아닌 타종족이 사용 시 일회용이었지만, 그것으로 충분했다.

FS 유적에서 건네받은 기록. (확보)

아쵸프무자는 그간 일어났던 일들을 전부 파악하고 있지만, 반지 사용자(지훈)은 아니었다.

이에 과거에 일어났던 일들과 하즈무포카와 싸웠던 경험이 있는 FS들의 기록이 필요했다.

BOSA의 식육 진화 연구 자료. (확보)

이는 능력이 부족한 지훈에게 필요했던 수단으로, 적 각성자를 잡아먹음으로써 그 능력을 더 올릴 수 있었다.

원래대로라면 아쵸프무자가 직접 개량해서 건네줄 생각이었지만, 일이 꼬여버린 바람에 지훈은 이미 흡입 변이를 획득했다.

하즈무포카에게 가기 위한 점프 잼을 확보했음은 물론, 그 외 부차적인 도구들 역시 모조리 확보했다.

아무래도 아쵸프무자가 지훈의 존재를 숨겼기에, 별다른 방해 없어 가능했던 일이었다.

'하지만 아직 못 모은 게 하나 있지.'

– 하즈무포카의 하수인이 필요해.

비록 아쵸프무자가 하즈무포카와 동등한 신격을 가진 신이
라고 한들, 다른 신의 고향 차원에까지 마음대로 드나들 수
있는 건 아니었다.

주머니 차원이야 어디까지나 하즈무포카의 '소유물'이니
이동이 가능했지만, 하즈무포카의 고향 차원은 소유물이 아
니라 태반이라도 봐야 옳았다.

신 본인이 원한다면 근원을 제외한 그 어느 방문자라도 거
절할 수 있었다.

– 아니 그럼 어떻게 뚫으라고?

이에 아쵸프무자의 대답은 바로 '하수인'이었다.

하즈무포카는 제 하수인들을 복속시키기 위해 본인의 권능
을 아주 미량일지라 할지라도 나눠줬다. 까닭에 그 하수인을
제압한 뒤, BOSA에서 얻은 연구로 흡입하면 됐다.

– 너는 그 하수인을 흡입함으로써 하즈무포카의 힘을 가
질 수 있지. 그럼 진입할 수 있어.

'당장 필요한 건 하즈무포카의 하수인인가.'

지구에서 만났던 거인 그리고 연구소에서 만났던 곤충.

둘 다 매우 강력하기 그지없는 상대였고 전적 역시 1전 1패
였으나, 두렵거나 무섭다는 생각은 들지 않았다.

'그때는 졌지만, 지금은 이길 수 있다.'

이를 꽉 깨물었다.

매일매일 벼르면서 컨디션을 조절했음에도, 딱히 별다른 위협은 보이질 않았다.

거인 역시 정면돌파를 함으로써 본인의 실력을 검증함은 물론 제 자존심을 바로 세우길 원했으므로 파이로 같은 비열한 짓은 하지 않았다.

어찌 보면 평화롭지만, 물밑으로는 엄청난 하드 트레이닝이 이어지길 이틀.

끼이익-

지훈은 석중의 가게를 찾았다.

여전히 썩은 곰팡내와, 짙은 화약 냄새가 났다.

"여, 지후이. 거 뭔 일로 왔니? 썩은 고기는 없디."

매번 그랬던 것처럼 석중이 이죽거렸다. 평소 같았으면 되로 받아 쳐줬겠지만, 이번만큼은 웃음이 나왔다.

"미친 쓰애끼, 거 사람 잡아다 픽픽 죽이드마 드디어 맛이 갔디. 웃지 말라 병시야. 정 든디."

"아버지, 어떻게 잘 계셨소?"

시간을 돌린 까닭에 석중과 지훈이 서로 속마음을 터놨던 건 없었던 일이 됐다. 까닭에 다시 한 번 감사 인사를 할 필요가 있었다.

"비, 빙시 쓰애끼가 지금 뭐래니? 누, 누가 네 애비니!"

석중이 제 마음을 꿰뚫려 당황했지만, 지훈은 당황하지 않고 큰절을 올렸다.

"고맙수다, 아버지. 다 죽어가던 거 거둬줘서 덕분에 이렇게 잘 컸소. 앞으로 볼 일 없을 것 같아서 인사드리러 왔소."

석중은 조용히 큰절을 받고는 물었다.

"니 뭔 소리니. 혓바닥에 기름칠했니? 뭘 못 봐?"

대답하지 않고 가게 밖으로 나왔다. 피차 설명 따위 하지 않고 살아왔던 관계였다.

더도 덜도 말고 딱 이 정도가 적당했다.

'더 엮이면 석중 할배도 위험하다. 여기서 끊자.'

계단을 오르는 발걸음이 이상하게 무거웠다.

⊕

다음으로 시체 구덩이를 찾았다.

시간이 돌려짐에 따라 저번에 고문했던 일 역시 사라졌지만, 그럼에도 처리해야 할 문제가 남았기 때문이었다.

빡!

물론, 가는 길에 스프리건 먼저 조져놨다.

"까, 까각!? 왜, 왜 그러시냐!"

"닥쳐 나무 새끼야. 너는 열 번 뒤져도 싸다."

이후 주인에게 다가가 입 모양으로만 보여줬다.

– 파이로, 내가 죽였다.

생맥주를 내오던 주인의 손이 일순간 멈췄다가 움직였다.

"자기, 밖에 나가서 얘기할까? 여기선 좀 그런데."

언젠가 시비 붙었던 취객들을 몰살시켰던 뒷마당에, 스토커와 지훈 둘이 마주 봤다.

"…그게 자기였어?"

"아. 설명을 길게는 못 해주지만, 내가 그랬다."

"왜 그랬어? 지금 위쪽 난리 났어. 찾아다 죽여 버린다고."

알고 있었다. 파이로는 언더 다크에서 높은 자리를 차지하고 있었던 만큼, 아마 벌집을 쑤신 꼴이 됐으리라.

"그래서 부탁할 게 있다. 잘 처리 좀 해 줘."

정보만 있다면 혈혈단신으로 언더 다크 전체를 깨부술 자신이 있었지만, 지금 당장은 처리할 일이 있었다.

"아니, 자기…! 내가 아무리 잘났다지만, 이건…."

스토커의 말을 자르곤, 애정을 담아 어깨를 두드렸다.

"여태까지 챙겨줘서 고맙다. 좋아해 줬던 것도 고맙고. 이제 나 못 볼지도 몰라서, 마지막 인사 겸 부탁 좀 하러 왔다."

스토커가 침묵했다.

지훈의 언행에서 짙은 다짐을 봤기 때문이었다.

"그래, 낭군 떠나 보내는 데 이 정도 못하겠니. 한 번 시도는 해보겠지만, 장담은 못 해. 최대한 막아볼게."

"고맙다."

악수를 권하자, 스토커가 지훈의 손을 꽉 잡았다.

"거치네, 아주 거칠어. 나는 손이 고운 남자가 좋은데."

"걱정 마라. 손 거친 남자는 네가 싫댄다."

피식 웃음이 나오며 분위기가 풀렸다. 이후 마지막 인사를 한 뒤 헤어졌다. 스토커는 멀어져 가는 지훈의 등을 보며 아쉬운 듯 입맛을 다셨다.

"아쉽다, 내 남자로 만들고 싶었는데. 뭐 어쩌겠어, 날개 펼쳐서 떠난다는 데 잘라버릴 수는 없잖아."

권능의 반지

163화 강요할 생각은 없다.

NEO MODERN FANTASY STORY

시체 구덩이 다음에는 동료들이었다. 이제 더는 헌팅을 안할 가능성이 컸기에, 어쩌면 이번이 마지막 만남이 될 수도 있었다.

현재 세상을 지배하고 있는 논리는 자본주의였다.

동료라고 한들 보상이 주어지지 않으면 같이할 수 없듯, 현재 하는 일 역시 보상을 약속할 수 없었다.

아쵸프무자가 일이 끝날 때마다 보상을 약속했지만, 그것도 뭘 받을지 장담할 수 없었기에 모호했다.

'기분이 이상하군.'

꼭 오랫동안 만난 연인에게 타의에 의해 강제적으로 이별 선고를 하는 것 같은 기분이 들었다.

언더 다크 문제로 시체 구덩이가 아닌 다른 술집에서 기다

138 권능의 반지7

리고 있으니, 칼콘이 먼저 도착했다.

"왔냐? 한잔해라."

값비싼 와인을 따라주자, 칼콘이 한숨에 들이켰다.

보통은 음미하며 그 맛과 향을 즐기지만, 먹는다는 행위에 충실한 칼콘에게 있어서는 술이란 그저 마시고 취하는 물건 그 이상 그 이하도 아닌 모양이었다.

"포도로 만든 술이네."

"아아. 어떠냐?"

"너무 달아. 음료수 같네."

카즈가쉬 클랜 주변은 물에 석회가 섞인 까닭에, 농담이 아니라 진짜로 물 대신 맥주를 들이켰다.

칼콘 역시 그 부족 소속이었으니 아무래도 12도 남짓한 와인은 그냥 조금 달달한 음료 정도로 보인 모양이었다.

나름 분위기 낸다고 주문한 술이었으나, 칼콘에게는 맞지 않는 것 같아 버카디를 한 병 주문했다. 도수 70도가 넘는 괴악한 술이었다.

보통은 생으로 잘 마시지 않고 칵테일을 만들어 먹지만, 저 둘에게는 예외였다.

지훈은 각성한 까닭에 알콜 분해 능력이 좋아져서 어지간히 들이붓지 않으면 술에 취하질 않았고, 칼콘 역시 저 정도는 되어야 기분 내며 마실 수 있었다.

"오늘은 무슨 일인데 또 술을 이렇게 먹자고 하셨대."

평소에 생각이 없어 보여도, 중요한 때는 눈치가 빠른 칼콘이었다. 물음에 웃음으로만 답하곤 진심은 아껴뒀다.

끼익-

"습관적으로 시체 구덩이 갔다가, 다시 오느라 시간이 좀 걸렸네요. 죄송해요."

"죄송은 무슨. 김지훈 저 녀석이 갑자기 장소를 바꾼 게 잘못한 것 아니던가?"

고개를 꾸벅 숙이는 민우와 달리, 가벡은 온갖 투정을 다 부리며 들어왔다. 가볍게 인사하고는 술 한 잔씩 권했다.

"이능은 좀 괜찮나?"

민우는 머쓱한 듯 헤실 웃으며 제 머리를 긁었다.

"뭐 투시로 좋은 구경 많이 하면서 지내고 있어요. 그 외에는 생각 읽는 것들 연습하고 있구요."

이 녀석도 많이 변했구나, 하고 생각하고 있자니 머릿속에 문득 민우의 목소리가 끼어들었다.

– 이런 것도 연습하고 있어요. 잘 들리나요?

"어, 잘 들린다. 근데 하지 마라. 머리 아프다."

저번 정신 감응 후유증 때문에 순간 두통이 왔으나, 민우 역시 모르고 한 것이었기에 짜증을 내진 않았다.

"근데 또 무슨 일인가요? 저번에 가벡이 피 잔뜩 묻혀서 들어오던데, 뭐 임무 같은 거라도 있어요?"

생각을 읽었으면 바로 알아챘겠지만, 아무래도 동료였기에 마음대로 들춰보진 않은 모양이었다.

"…일단 술이나 한잔하자. 마지막이 될지도 모른다."

마지막이라는 말에 순간 분위기가 확 가라앉았다. 하지만 분위기를 깨고 싶지는 않았는지, 그 누구도 묻지 않고 일단은 술잔을 기울였다.

한 잔, 두 잔, 세 잔…

이윽고 몇 병 정도 비우고 나서야 말을 꺼낼 수 있었다.

"꼭 해야 할 일이 생겼다."

나는 신을 죽여야 한다.

참 간단한 내용이었으나 입이 쉽게 떨어지질 않았다. 설명할 수도 없었고 말이다. 애초에 뜬금없이 꺼내서 믿을 수 있는 내용이 아니었다.

"뭔데?"

칼콘이 물었다.

무슨 말이 나오든 같이 가겠다는 의지가 있었기 때문일까? 어차피 결과가 정해져 있으니 아주 태평해 보였다.

"아쵸프무자와의 일을 마무리해야 한다. 나는 신을 죽여야 해. 이 모든 일의 원흉이자, 내 소중한 사람들을 죽이려 했던 녀석의 멱을 따러 갈 거다."

아니나 다를까 긴 침묵이 이어졌다.

칼콘은 '이번은 조금 힘들겠네. 죽을지도 모르겠다.' 싶었는지, 잔에 있던 술을 한숨에 털어 넣었다.

민우는 '아니 지금 이 양반이 무슨 소리를 하는 거야.' 하는 심정이었는지, '사실 거짓말이었어, 새끼야.' 라는 대답을 기다렸다.

가벡은 '미친 새끼.' 하는 심정을 표정에 그대로 드러냈다.

"신이라뇨? 너무 뜬금없이 않아요?"

민우에게 있어서 아쵸프무자는 그냥 조금 강한 마법사

정도로 보였던 모양이었다. 전말을 모르니 당연한 반응이었다.

어떻게 설명해야 할지 난감했기에 입을 다물고 있으니, 가벡이 끼어들었다.

"결국 그 존재는 신이었나. 겉모습부터 심상치 않더군."

"하긴… 굉장히 형이상학적으로 생기긴 했어요."

칼콘과 지훈의 얼굴이 동시에 찌푸려졌다.

"화상 입은 여자가 도대체 어디가?"

"굉장히 육감적인 오크 여성이 형이상학적이라고?"

왼쪽 얼굴에 화상을 입은 여자.

굉장히 육감적인 오크 여성.

지훈이 아는 아쵸프무자와, 칼콘이 말하는 아쵸프무자가 동일 인물인가 싶을 정도로 다른 묘사였다.

'뭐야 이거?'

이에 관해서 얘기를 나눠본 결과, 일행 전부 아쵸프무자의 모습을 각기 다른 모습으로 봤다는 걸 알 수 있었다.

지훈 – 왼쪽 얼굴에 화상을 입은 인간 여자.

칼콘 – 굉장히 육감적인 오크 암컷.

가벡 – 휴머노이드 현상을 한 거대한 불꽃.

민우 – 불붙은 시계가 여러 개 겹쳐있는 현대미술 작품.

"어… 네? 사람 모습이요? 저는 그냥 마법에 능통한 괴상망측한 종족인 줄 알았는데…"

뒤통수를 맞은 기분이 들었으나 이젠 놀랍지도 않았다.

하긴 애초에 신이라는 존재가 인간의 형상을 띄고 있다는 생각 자체가 굉장히 인간 중심적인 선입견이긴 했다.

인간, 엘프, 오크, 버그베어 그 외 여러 종족이 정신 나간 신의 주머니 차원에서 하하 호호 뛰노는데, 그깟 신의 외모가 뭐가 중요하단 말인가.

"짧게 말하지. 그 녀석은 신이었다. 그리고 난 그 녀석과 함께해, 정신 나간 신을 죽이게 됐다."

다들 머리로는 어떻게든 이해하려 노력했으나, 잘은 안 되는지 머리만 긁적거렸다.

어색한 분위기를 깨려 민우가 실없는 농담을 던지길 몇 번. 나아질 기색 없이 민우 혼자 망망대해를 정처 없이 떠다니는 뗏목마냥 애처롭게 보일 찰나…

끼이익―

문이 열리며 한 존재가 들어왔다.

왼쪽 얼굴에 화상을 입은 인간이자, 육감적인 오크 암컷이며, 살아있는 불꽃 인영이자, 시계가 겹쳐있는 미술 작품.

아쵸프무자였다.

"안녕. 재미있는 얘기를 하고 있어서 와 봤어."

원래는 하즈무포카와의 룰에 의거, 직접적인 개입은 허락되지 않으나 이 판은 이미 비틀어진 상태였다.

이제는 아예 직접 설명할 생각인 것 같았다.

"위, 위대한 존재를 뵙나이다."

신이라는 걸 몰랐을 때는 아무렇지도 않게 대했지만, 지금은 아니었기에 가벡이 바로 바닥에 무릎을 꿇었다. 반면 아쵸프무자는 괜찮다는 듯 손만 휘적였다.

"나 그런 거 별로 안 좋아해. 지금은 신과 필멸자가 아니라, 동업자로서 얘기하고 싶어."

이에 가벡과 민우가 긴장을 조금이나마 내려놓았다.

"무슨 일이지?"

"직접 설명하러 왔어. 네가 말해봐야 설득력 없잖아?"

사실이었다.

– 사실은 여태까지 의뢰를 줬던 게 신이었어.

마른하늘에 날벼락도 적당히 쳐야지, 저게 무슨 소리란 말인가? 지훈 본인도 갑자기 들으면 '개소리 그만 싸라.' 할 내용인데, 다른 이들은 오죽했을까.

실제로도 정작 중요한 얘기는 시작도 하지 않았는데, 시작부터 아쵸프무자의 외모에서 덜컥 걸려버렸다.

일이 편해졌기에 팔짱을 끼고 의자에 몸을 뉘었다.

"어디서부터 설명해야 하려나. 일단 알아듣기 쉽게 내막부터 설명해 줄게."

이후 아쵸프무자의 입에서 들었던 얘기가 한 번 더 흘러나왔다. 하즈무포카와 아쵸프무자의 관계, 그리고 이 차원의 정체 등.

아무 생각 없이 그저 하루하루 살아가던 가벡, 칼콘, 민우는 멍한 표정을 지었다.

"역시 신이라 그런가… 노는 스케일이 크네요."

민우는 입을 쩍 벌리고는 허탈한 웃음을 흘렸다.

당장 본인이 메고 있던 백팩을 열면, 그 안에 산도 있고 강도 있고 사람도 있다고 생각하며 비교를 해 본 모양이다.

"그렇구나. 그래서 그 하즈무포카를 죽이면 되는 거야?"

칼콘은 별 관심 없는지, 주적을 물었다.

그에게 있어서는 싸움의 목적과 원인 따위는 관심도 없는 모양이었다. 그저 '누굴 죽이면 되는가.' 가 제일 중요했다.

"신을 죽여야 한다니… 그게 가능한 얘기입니까?"

반면 열렬한 광신도였던 가벡은 믿을 수 없다는 태도였다.

신을 죽인다는 건 본인이 믿는 신 역시 누군가에게 살해당할 수 있다는 전제가 깔렸다.

그에게 있어서 신은 '절대자' 그 자체.

당연히 그렇다고 생각해왔고, 어려서도 그렇게 배웠으며, 단 한 번도 믿어 의심치 않았다. 하지만 지금 눈앞에 나타난 아쵸프무자는 '신을 죽여라.' 라고 얘기하고 있었다.

아마 그 자체로도 신성모독이라고 느끼고 있겠지.

"가능해. 나는 절대 불가능한 일을 시키지 않아. 필멸자 입장에서는 굉장히 혼란스러운 얘기야. 이해해. 시간을 줄게, 얘기들 나눠 봐."

아쵸프무자는 본인의 존재가 방해된다고 생각했는지, 녹아들듯 사라졌다. 사라지는 도중, 제일 중요한 얘기를 꺼내놓는 것도 잊지 않았다.

"나와 내 대행자를 따라온다면, 그에 따르는 보상을 약속할게. 아마 너희가 상상할 수 있는 것 그 이상일 거야."

아쵸프무자가 사라지자 칼콘이 제일 먼저 입을 열었다.

"나는 갈 거야. 지훈이 위험한 곳엔 당연히 가야지. 아직 빚을 갚지 못했어."

그놈의 빚.

이미 예전에 다 갚고도 남았을 뿐만 아니라, 이제는 오히려 이쪽이 갚아줘야 할 정도였음에도 칼콘은 여전히 고집을 부렸다.

설득해 봐야 듣지도 않고 고집을 부릴 게 분명했기에, 짧게 '고맙다.' 하고 말았다.

"내가 간다고 해서 의리네, 뭐네 할 생각은 없어. 민우, 가벡 너희가 지훈을 동료라고 생각한다면 가는 거고 아니면 안 가는 거야."

칼콘은 그 말을 마지막으로 버카디로 나발을 불었다. 동료라는 단어에 민우가 잠시 고민하다 입을 열었다.

"이번 임무… 위험하겠죠?"

말할 것도 없었다.

"아마 죽을 거다. 죽으러 간다고 봐야 옳다."

파이로 잡으러 갈 때도 10번도 넘게 죽었다. 겨우 인간 하나 잡는데 그 정도였으면, 신을 상대로는 도대체 얼마나 죽어야 할지 감도 오질 않았다.

민우는 가만히 있나 싶더니, 칼콘이 먹던 버카디를 뺏어 그대로 들이부었다.

"야, 야! 미친 새끼야, 너 술도 잘 못 마시면서!"

쾅!

"형님!"

민우가 버카디를 내려놓으며 소리쳤다.

"저희 동료 아닙니까. 까짓거 뒈지러 한 번 가보죠. 매번 뒈질 뻔했는데 이번이라고 뭐 다를 거 있겠습니까!"

악을 쓰듯 커다란 목소리. 고마웠다. 무서워서 달아나고 싶었을 텐데도 용기를 내준 것 아니던가.

눈동자 여섯 개가 전부 가벡에게 몰렸다.

"좀 더 생각할 시간이 필요하다. 혼란스럽군."

가벡은 부담스러웠는지, 아예 방 밖으로 나가버렸다. 하지만 욕을 하거나, 붙잡는 이는 단 한 명도 없었다.

'거절한다고 해도 어쩔 수 없다.'

목숨을 걸어 주는 사람이 고마운 거지, 죽기 싫다는 사람에게 '너는 왜 안 죽느냐! 쟤는 죽는다는데!' 할 수도 없는 노릇이었다.

남은 일행 셋은 아무 말 없이 술잔을 기울였다.

권능의 반지

164화 선전 포고.

거인은 숨을 몰아쉬었다.

'위대하신 그분께서 내게 신탁을 내리셨다.'

여태까지 그가 한 일이라곤 전부 잡일밖에 없었다. 간혹 반지 사용자들을 요격하긴 했지만, 그것도 전부 다른 존재들의 보조 정도였다.

거인은 이에 콤플렉스를 가지고 있었다.

– 어째서 내게는 신탁을 주지 않으시나이까?

억울하고, 원통했다.

페어리(소형 휴머노이드, 요정계통에 속함. 손바닥 크기)로 태어나 일족 중 유일하게 S등급이 됐고, 반신의 자격을 갖췄으나 그에게는 신격이 내려지질 않았다.

사실 하즈무포카가 신격을 주지 않은 이유는 간단했다.

그가 원한 건 한 존재가 새로운 종족의 알파이자, 반신이 되어 새로운 종을 등장시키는 것이었으나… 거인이 S등급이 됐을 때 남아있던 페어리가 단 한 마리도 없었다.

거인이 모조리 제 손으로 죽여버렸기 때문이었다.

까닭에 타 종족과 피가 섞일 수 없이 오로지 페어리만으로만 번식이 가능한 거인은 베타, 델타 세대를 만들 수 없었고 이에 하즈무포카는 별 관심 없이 방치한 거였다.

저 사실을 알 수 없는 거인은 속만 타들어 갔다.

어서 반신이 되어 본인의 가치를 입증하고 싶었으나, 내려지는 임무는 남을 따라다니며 보조하는 것뿐이었다.

하지만 그것도 이제 끝났다.

하즈무포카의 변덕이 거인에게 신탁을 내렸고 갈망하던 그에게 동아줄 같은 기회를 내려줬다.

'반드시 반지 사용자를 죽이고, 그 반지를 빼앗아 내 능력을 입증하겠다. 그럼 그분께서도 내가 쓸모있는 존재라는 걸 알아주실 거다!'

거인은 이를 꽉 깨물고는 차원을 이동했다.

눈을 뜨자 넓은 평야와 함께, 드문드문 관목들이 보였다. 한국 개척지에서 북쪽으로 약 100km 떨어진 곳이었다.

과거 칼날 정글이 제 기능을 했을 땐 엘프 밀수와 온갖 강도들이 판을 치는 장소였으나, 지금은 고요하기만 했다.

중국 정부가 만류를 무시하고 핵을 꽂았기 때문이었다.

까닭에 칼날 정글은 만신창이가 됐고, 그 주변 역시 사람의 발길이 끊긴 폐허가 되어버렸다.

이는 걸어서 100km를 이동해야 한다는 뜻이었으나, 거인의 얼굴에는 아무런 불만이 보이질 않았다.

'변이. 소형화, 날개.'

우드득! 드득, 찍!

살이 찢어지고, 뼈가 뒤틀리는 소리가 나는 듯싶더니 거인의 모습이 순식간에 조그마한 새 한 마리로 변했다.

펄럭, 펄럭, 펄럭!

거인, 아니 거인이었던 새는 빠른 속도로 날아갔다.

'반지 사용자, 네 녀석을 반드시 꺾어주마. 하등 종족 따위에게 같잖은 계략 따위는 필요하지도 않다. 정면에서 작살을 내주마! 그분께 나의 강력함을 보여 드리겠다!'

그가 종족 변이로 얻은 최종 능력은 외형 변이.

그 어떠한 모습으로든 변할 수 있었던 만큼, 육체 싸움에서는 절대 지지 않을 자신이 있었다. 마음만 먹는다면 인간으로 변신해 뒤를 칠 수도 있었으나 그런 방법은 원치 않았다.

오로지 본인의 힘으로만 반지 사용자를 꺾고 싶었다.

'최상의 상태로 붙자. 부상당했거나, 준비가 충분하지 않은 녀석을 죽였다는 오명은 사양이다. 무조건 최상의 상태에서 꺾을 거고, 그 증거로 그분께 반지를 바칠 테다!'

거인은 생각만 해도 행복한 상상에 온몸을 떨었다.

❖

일행의 동의를 얻은 후부터 지훈은 계획을 짜기 시작했다.

'하즈무포카의 하수인 중 누가 올지 전혀 알 수 없다.'

현재까지 만난 하수인은 딱 둘이었다.

거인과 인섹토이드.

전자의 경우 한 번 붙어봤기에 그 전투 방법을 알았지만, 후자의 경우 도대체 어떤 방식일지 감도 잡히질 않았다.

'무기를 들지 않고 있었다.'

그렇게 따지면 거인도 똑같았으나, 인섹토이드는 예외였다.

오우거나 트롤 같이 덩치가 큰 녀석이면 모를까, 중-소형 종족인 인섹토이드의 육체로 격투는 무리였다.

게다가 종족 특성상 단단하긴 하나, 손이 발달하질 않았다.

격투는 본디 때리거나 잡아 던지는 방식으로 싸우는 데, 포미시드의 경우 손으로 '찌른다' 라고 해야 옳을 정도로 손이 발달하여 있지 않았다.

손을 굽혀 뭔가 휘감는 건 가능했지만, 딱 그 정도였다.

'이능 계통 아니면 마법 쪽으로 봐야 한다. 아니면 개미라는 특성상 군집을 데리고 다닐 수도 있다.'

연구소에서 탈출할 때, 이상한 점이 하나 있었다.

연구 장소는 그 특성상 위생에 굉장히 민감해 벌레가 있을 리가 없음에도, BSS 경비 시체들에 개미가 붙어 있었다.

일반 개미였다면 다행이지만, 만약 그게 포미시드에 총기나 전차까지 보유했을 정도로 과학 기술이 발달한 개체였다면 얘기가 달라졌다.

'아닐 거다. 아니, 반드시 아니여야만 한다.'

거인 하나로도 머리가 깨질 것 같은데, 둘이 같이 오면 정말 곤란했다. 그렇지 않아도 희박한 승률이, 아예 0에 수렴하게 될지도 몰랐다.

그나마 다행이었던 건 칼콘이 질 좋은 방패를 얻었다는 것과 민우가 정신 계통 이능을 사용할 수 있다는 거였다.

둘 다 적으로 돌리면 까다로울 능력이니, 분명 지훈의 적도 성가실 정도는 됐을 터였다.

'만약 인섹토이드가 군체 제어 능력을 가지고 있다면, 민우의 정신 감응 이능으로 어느 정도 상쇄가 가능하다.'

저번 경험으로 봤을 때, 민우는 시야 안에 들어오기만 한다면 숫자가 몇이든 전부 제어할 수 있는 것 같았다.

개미 같은 경우는 모조리 제어할 수 있다고 봐야 한다.

'그럼 거인 혹은 모르는 존재가 제일 중요하겠군.'

거인의 경우 과거 오우거로 연습을 해 봐서 어느 정도 기본 골자는 잡혀 있었다.

'고공 점프가 제일 중요하다.'

당시와 지금을 비교하면 능력 차이가 있긴 하나, 사람을 장난감처럼 던졌던 거인이었다.

직접적인 육체 접촉은 절대 피해야 했다.

마무리 혹은 기타 이유로 근접전을 벌인다고 해도, 무조건 회피 중심으로 피하면서 싸워야 했다.

몇 대 맞는다고 죽지는 않겠지만, 날아가거나 내장이 흔들려 그로기에 빠질 수 있기 때문이었다.

'맞붙기 전에 연습해 놔서 다행이다.'

대강 생각을 정리하고, 다음으로 장비를 챙길 찰나 허공에 글자가 나타났다.

- Minions juurdepääsu, hiiglane. (하수인 접근 중, 거인)

아스발을 매만지던 손이 그대로 멈췄다.

'이제야 온 건가.'

당황스럽거나, 무섭지는 않았다.

단지 저번의 설욕을 갚아 줄 기회가 왔음은 물론, 하즈무포카에게로 가기 위한 마지막 퍼즐 조각이 제 발로 찾아왔음에 미소를 지었다.

- Peate seadmed. Sa tahad asju? (장비가 필요할 거야. 어떤 물건을 줄까? 하나 정도는 줄 수 있어.)

"아니, 필요 없다."

솔깃한 제안이었지만 거절했다.

어차피 거인은 육중한 몸과 강력한 힘으로 상대방을 짓누르고, 으깨는 녀석이었다. 아무리 좋은 갑옷을 입어봐야 그 힘을 견디지 못하면 순식간에 피떡이 됐다.

"차라리 내 동료에게 줘."

돌아오는 대답은 없었지만, 신경 쓰지 않았다.

✦

그 시각, 칼콘.

딱 봐도 사람이 들기에는 무리가 있어 보이는 무게로 벤치프레스를 하고 있었다. 팔과 가슴 근육이 꿈틀거리며 상하

운동을 반복하길 몇 번.

일어나서 땀을 닦고 있자니 허공에 글자가 나타났다.

– Ma vajan seda. (필요할 거야.)

도대체 뭐가 필요한가 싶어서 고개만 갸웃거리길 잠시.

갑자기 허공이 비틀어지는가 싶더니, 퉤 하고 하얀색 판금 갑옷을 내뱉었다.

– Teiseks apostli armor on kulunud. Tänu. (두 번째 사도가 입었던 갑옷이야. 입어.)

칼콘은 머리를 긁적이더니, 이내 본인이 입던 갑옷을 가져왔다. 이후 있는 힘껏 둘을 부딪쳤다.

깡!

D등급 갑옷이 마치 알루미늄 캔마냥 손쉽게 찌그러졌다.

칼콘은 씩 미소를 짓고는 갑옷을 걸쳐봤다.

크기가 작아 고생했으나, 그것도 착용을 끝내자 크기가 줄어 딱 맞게 변했다.

"가볍네?"

칼콘이 씩 미소를 지었다.

⟐

민우가 샤워를 끝마치고 나오자, 웬 쪽지와 함께 머리띠 그리고 물약이 놓여 있었다.

"이게 뭐야?"

수건으로 대강 머리를 털며 집어 들었다.

– FS들이 사용하던 증폭기야. 끼면 정신 감응을 조금 더 수월하게 할 수 있어. 옆에 있는 물약은 폭주 제어 물약이야. 안 먹으면 언제 터질지 모르니까 마셔 둬. From 미술작품

민우는 미술작품이라는 곳을 읽자, 온몸에 소름이 돋는 것을 느꼈다. 누군가 들어오는 낌새도 없었고, 샤워를 하면서도 인기척을 전혀 느끼지 못했다.

'도대체 언제 왔다 간 거야?'

놀라움이 앞섰으나, 일단 시험 삼아 머리띠를 껴봤다.

삼장 법사에게 속는 손오공이 되는 것 같은 기분이 들었으나, 설마 같은 편을 속일까 싶어 머리에 껴봤다.

끼고 나서 꽤 시간이 지났음에도, 의외로 별일 없었다.

"뭐야 이거?"

고개를 갸웃거리고 있으니 가벡이 물었다.

"무슨 일이지?"

"아니, 아쵸프무자가 물건을 놓고 간 것 같아서."

– 또? 설마 이번에도 나만 못 받은 거란 말인가? 신이 줬다면 분명 성물일 터. 실수한 거란 말인가!

이능을 사용하지도 않았다.

단지 쳐다봤을 뿐인데 속마음이 들려왔다.

그뿐만이 아니었다. 가벡이 숨을 몰아쉬며 공격적인 모습을 보이자, 살짝 움츠러든 것뿐인데도…

풀썩.

가벡이 주저앉았다.

"어, 어? 내 다리가 왜?"

본인이 원한 게 아닌 것처럼 보였다. 민우는 이상한 기분이 들어 당장 머리띠를 빼 버렸다.

'이거 도대체 무슨 물건이야…!'

매우 당황한 민우였지만, 가벡 역시 다른 의미로 매우 당황했다. 본인의 다리가 갑자기 풀린 것과 더불어, 갑자기 눈앞에 익숙한 언어가 나타났기 때문이었다.

– 신은 기회주의자를 싫어하지만, 또한 변덕쟁이기도 하다.

글자가 사라짐과 동시에, 가벡이 깔고 앉아있던 베개가 부풀었다. 가벡이 깜짝 놀라 베개를 들춰보니, 그 아래에 검 두 자루가 놓여있었다.

같은 세공이 들어간 긴 검 한 자루와 짧은 검 한 자루.

이도류를 쓰는 가벡에게 딱 맞는 장비였다.

"신이시여, 드디어 나를 알아보시나이까!"

가벡은 그 검을 든 뒤, 글자가 나타났던 방향으로 큰절을 올렸다. 민우는 그 모습을 보며 '이상한 놈' 하며 중얼거렸다.

❖

장비가 다 전해졌을 무렵, 지훈 집 현관문 아래에 쪽지 한 장이 도착했다. TV를 보던 지현이 뭔가 이상함을 느껴 오종종 걸어가 쪽지를 집었다.

– Homme ootan sind kell 16:00 selles kohas. (내일 오후 4시에 개척지 북쪽 150km 부근에 있는 구릉에서 기다리겠다.)

"이건 또 뭔 소리야?"

지현은 슥 훑더니 읽는 걸 포기하곤, 그대로 지훈이 있는 방으로 향했다. 어차피 이 집에 있는 사람은 지현과 지훈뿐이니, 둘 중 한 명에게 온 거라는 생각에서였다.

덜컥!

노크 없이 방문이 활짝 열리며 지현이 쪽지를 휙 던졌다.

"뭔데?"

"몰라~ 현관문 아래로 왔더라. 오빠한테 온 거 아냐?"

내용을 확인하자 얼굴이 확 찌그러졌다.

적이 자기 집 주소를 안다는 사실이 퍽 불쾌했기 때문이었다. 따지고 보면 저번 테러도 파이로가 집 주소를 알고 있었기에 일어난 일이 아니던가. 하지만 동시에 약속 장소가 적혀 있다는 사실이 우습기도 했다.

'겁 없는 놈. 죽여주마.'

내용을 확인한 지훈은 바로 전화기를 들었다.

권능의 반지

165화 악연의 끝.

NEO MODERN FANTASY STORY

다음날 오후 4시, 한국 개척지 북쪽 150km 부근 구릉.

구릉이라기보다는 풀 한 포기 없는 흙산이라고 봐야 옳을 공간에, 거인이 팔짱을 끼고 있었다.

'오래 걸리는군.'

하늘을 올려다보며 시간을 가늠했다.

오후 4시 20분 정도 됐을까?

'혹시 도망간 건가?'

없지 않은 경우였다. 지구에서 그렇게 묵사발을 내났으니, 공포에 질려 도망갔을지도 몰랐다.

거인은 잠시 짝다리를 짚으며, 집으로 직접 찾아가서 끄집 어와야 하나 고민했다.

'가서 직접 끌고 오면 아무리 그 녀석이라도 도망가지 못할

거다. 역시 그 겁쟁이 같은 녀석을 믿는 게 아니었어!'

정정당당한 승부. 그리고 그 승부에서 반지 사용자와 동료들을 꺾어 명성을 얻음은 물론 능력을 증명하고 싶었지만, 어째 마음대로 되지 않았다.

'변이, 하체 역관절.'

꾸드득, 뚝, 찌직!

뼈가 어긋나고 살이 찢어지는 기괴한 소리. 그 소리가 끝났을 때쯤엔 거인의 다리에 오로지 달리기에만 특화된 생명체의 다리로 변해 있었다.

숨을 잔뜩 들이 마시고 달리려는 찰나… 거인은 문득 뭔가 날아오고 있는 소리를 들었다.

'뭐지? 날아서 오는 건가? 듣기로 비행 능력은 없었다. 설마 기계 장치를 이용해서 온 건가?'

궁금증을 확인하기 위해 고개를 들자, 상공에 경비행기가 하나 떠 있는 걸 확인할 수 있었다.

'기다리면 되겠군.'

슈- 우- 우- 우…

다시 팔짱을 끼고 거만하게 기다리기도 잠시.

분명 비행기는 점점 더 멀어져 가는데도, 날아오는 소리는 도리어 더 커지기만 했다.

이상했다.

'뭐지?'

비행기는 이미 거인을 지나 더 북쪽으로 비행하고 있었다. 분명 내리려면 이미 고도를 낮췄어야 하는 상황.

설마 싶어 하늘을 훑으니, 자세히 보지 않으면 보이지 않을 아주 자그마한 물체가 날아오고 있었다.

미사일이었다.

'같잖은 수를 쓰는군.'

거인은 인간기술에 대해 잘 알지 못했지만, 저 조그마한 탄두가 꽤 강력한 마법만큼 위력을 낸다는 사실 정도는 알고 있었다.

'변이. 경량화, 날개.'

아무리 강한 일격이라도 무력화시키는 방법이 있었다. 바로 회피였다. 거인은 저깟 원거리 무기 피하면 그만이라고 생각했고, 그대로 도움닫기를 시도했다.

타타타탓- 펄럭, 펄럭, 펄럭!

엄청난 속도로 달리기도 잠시. 날개를 펄럭이며 점프하자, 엄청나게 커다란 몸이 하늘로 떠올랐다.

원래대로라면 저 덩치로 날기란 불가능한 얘기였으나, 경량화를 통해 뼈와 내장의 무게를 최소화했기 때문이었다.

'그깟 강철로 만든 장난감으로 도망가 봐야 소용없다. 내가 직접 따라가서 떨어뜨려 주마.'

땅에서 직접 죽여주려고 했거늘, 이미 저쪽이 수를 쓴 상황에서 더는 사정 봐줄 필요 없었다.

후우우우우-

거인과 미사일이 서로를 작살 낼 듯 가까워졌다.

'저딴 직선 무기로 날 잡을 수 있을 거라고 생각했나, 반지 사용자!'

무시당했다는 생각에 굉장한 수치심이 몰려왔다. 이후 그 수치심을 짓누르기 위해, 스치듯 피해 적에게 좌절감을 안겨 주리라 결심했다.

후우우우우웅–!

이제 남은 거리는 1km 남짓!

거인은 슬쩍 방향을 틀어 스쳐 지나갈 준비를 했다.

방향을 오른쪽 아주 조금만 틀어도 빗나갈 게 분명했다.

아니, 분명해야 했다.

슈우우욱– 슈육, 슉!

거인이 방향을 틀자 미사일도 방향을 왼쪽으로 틀었다.

'허!? 설마, 우연이겠지.'

지구면 모를까 세드에는 위성도 떠 있질 않았다.

하지만 가끔 필연은 우연을 가장해 찾아오는 법이었다.

거인은 이번엔 왼쪽으로 방향을 틀었다.

그리고 미사일도 오른쪽으로 방향을 틀었다.

'빌어먹을!'

거인이 급하게 날개짓을 멈춰 고도를 낮췄지만, 미사일도 그대로 고도를 낮춰 추격하기 시작했다.

슈우우우우우–

마음이 급해지기 시작했다.

제아무리 강력한 힘을 가지고 있다고 한들, 저런 무식한 물건에 직격했다간 분명 치명상이었다. 게다가 지금은 하늘에 날아오르기 위해 경량화한 상태!

가죽, 뼈, 내장 등 모두 취약해져 있었다.

'아, 안 돼!'

이미 보란 듯이 피해서 좌절감과 절망을 안겨주겠다는 생각은 저 멀리 날아가고 없었다. 그저 등 뒤로 들려오는 죽음의 소리에 최선을 다해 도망쳤을 뿐이었다.

❖

그 시각, 구릉으로부터 남쪽 20km 지점.

지훈은 커다란 구덩이 속에 서 있었다. 마치 2차 세계대전 영화 속에서나 볼법한 참호의 모습이었다.

슈우우우우 -

그뿐만 아니라, 옆에는 마법 수정에 거대한 새가 한 마리 투영되어 있었고, 지훈은 손에 게임기 같은 물건을 조작했다.

추격전이 약 2분.

곧 피탄 될 것 같았기에, 옆에 있던 무전기를 만졌다.

- 치직.

"곧 피탄한다, 조심해라."

- 치직.

- 알겠습니다, 형님. 일단 칼날 정글 주변에 세울게요.

무전기 너머로 칼콘이 '지훈, 우리까지 날려버리면 안 돼!' 하는 소리가 미약하게 들려왔다.

'걱정하지 마라. 내가 원하는 건 딱 저 거인 새끼 하나다.'

딸각, 딸각, 딸각.

게임기 같은 물건을 몇 번 더 만지작거리자, 머지않아 수정에 거인의 모습으로 가득 찼다.

명중이라는 뜻이었기에, 바로 바닥에 엎드렸다.

눈은 감고, 귀는 막았으며, 입은 쩍 벌렸다. 소닉붐에 내장이 상할 수도 있었기에 대비한 것이었다.

콰아ーーーーー!

형언할 수 없는 엄청난 폭풍이 휘몰아쳤다. 구덩이 안에 엎드려 있지 않았다면 순식간에 휩쓸렸으리라.

하지만 그게 끝이 아니었다.

수ㅇㅇㅇㅇㅇㅇ읍ー 후우우우우우!

폭발로 인해 전부 사라졌던 공기가, 진공을 채우기 위해 다시 돌아오며 다시 한 번 폭풍이 몰아쳤다.

태풍과는 비교도 하지 못할 강력한 광풍!

얌전히 구덩이 안에 엎드려 기다린 후, 모든 폭풍이 잠들었을 때쯤 옆에 세워뒀던 오토바이를 밖으로 꺼냈다.

부르웅ー 우웅ー 웅!

바이크가 거친 짐승마냥 울어 재꼈다.

'오래간만에 타는군.'

예전에 사람을 암살하기 위해서 몇 번 타긴 했지만, 각성하고 나서는 단 한 번도 타질 않았었다.

출발하기 전에 마지막으로 장비를 점검했다.

[장비]

[오토바이]

[지훈]

무기.

AS VAL (VGC탄 20발, MN탄 10발. 모든 탄 마력부여)

글록19 (폭발탄환 15발)

업을 짊어지는 자 (B+ 등급 외날 곡도)

방어구.

습작 954번 (B등급, 마법 물품)

아쵸프무자의 증표 (A+ 등급, 마법 물품)

알케로스 체인셔츠 (C등급)

고공 점프 부츠 (E등급, 마법 물품)

AMP (반지, 내부 삽입물)

기타.

전술핵 원격 조종 장비 (소모함, 파이로에게 노획)

할리 데이빗 바이크 (탈것)

BREE (파이로에게 노획)

쌍안경

[경비행기]

[민우]

경비행기 (정신 조종으로 탈취)

[칼콘]

휴대용 핵미사일 발사장치 (소모함, 파이로에게 노획)

[가벽]

알 수 없는 부부검 (A등급)

"악연의 끝을 보러 가겠군."

엑셀을 당겼다.

부아아아앙–

　　　　　　　　　✛

그라운드 제로.

원래대로라면 핵이 바닥에 꽂히고 난 뒤 2km 정도의 크레이터가 생겨야 했지만, 공중에서 터졌던 만큼 그 지름이 작았다. 그럼에도 500M나 되는 거대한 구덩이였다.

거인은 그 구덩이 중앙에 있었다. 마치 폭풍의 눈처럼, 죽은 듯 고요하게 그 자리를 지키고 있었다.

부으으– 응…

오토바이에서 내려, 쌍안경으로 거인의 상태를 살폈다.

온몸에 화상이 가득했음은 물론 돋아났던 두 날개는 찢어졌으며, 양팔이 어디 갔는지 전부 사라져 있었다.

금방이라도 죽지 않는 게 신기할 정도의 중상이었으나, 그럼에도 거인은 숨이 끊어져 있질 않았다.

금방이라도 일어나 지훈에게 달려올 듯, 숨을 쉴 때마다 그 거대한 몸이 위아래로 흔들렸다.

'아직 살아있군.'

거인에게 다가가기 위해 크레이터 아래로 내려갔다. 원형으로 파여있던 만큼 걷지 않고 미끄러져 내려갔다.

슈아아아―

워커를 따라 작은 흙먼지를 내며 내려가기도 잠시. 거인이 AS VAL 사거리 안에 들어왔다.

이는 곧 거인 역시 지훈을 발견했다는 것.

총을 겨누는 사이 반지의 알림음이 들려왔다.

― 변이계 이능 감지.

공격적인 이능은 아니었기에, 무시하고 사격했다.

'이능 사용, 주문 주입. purustatud(파쇄), 주문 변형. 피탄 후 0.5초 후 작동.'

purustatud(파쇄)는 원하는 물건을 여러 갈래로 쪼개는 마법이었다. 원래대로라면 사격과 동시에 총알이 갈라지며 총열이 전부 망가져야 했지만, 이번엔 그러지 않았다.

우으으응―

AMP와 더불어 아쵸프무자의 증표가 진동했다. 주문 변형이란 주문을 원하는 대로 바꿀 수 있는 능력이었다.

이는 태어나면서부터 주문을 다룰 수 있는 소수의 축복받은 존재 혹은 종족만 사용할 수 있었지만, 아쵸프무자의 증표가 그걸 가능하게끔 만들어줬다.

준비가 모조리 끝났기에 바로 방아쇠를 당겼다. 주문 주입까지 걸린 시간이 겨우 0.5초.

거의 찰나라고 해야 옳았다.

표!

마력을 잔뜩 머금은 9X39mm 짜리 아음속탄이 공기를 찢고 날아간다. 맞는 순간 몸 내부에서 총알이 터져나갈 테니, 위력은 거의 유탄에 필적하리라.

'죽어라.'

지훈 역시 그걸 기대하고 지켜봤으나…

팅!

안타깝게도 총알이 도탄 됐다. 박힐 거라는 예상과 달리, 붉은 궤적을 그리다 퍽 하고 터져버렸다.

자세히 살펴보니 화상을 입은 피부는 온데간데없이 피부에 번쩍거리는 비늘이 달려 있었다.

'아무리 개라고 한들 하즈무포카의 하수인이다, 이건가.'

하지만 거인은 달려들 힘까지는 남아있지 않았는지 그저 방어에만 전력을 다했다. 모습을 보니 몸을 수그리고 몸을 재생하고 있는 것처럼 보였다.

'그럼 어디 이것도 막아봐라.'

품에서 BREE(폭탄 나무 추출액으로 만든 나무, 파이로제)를 꺼내서 집어 던졌다. 원래대로라면 기폭기가 따로 필요했지만, 현재의 지훈에겐 이미 그런 것 따윈 의미가 없었다.

훅-!

주먹만한 크기로 뭉쳐진 BREE가 시속 100km로 날아가 거인에게 부딪치는 순간…

"Valgustus. (점화.)"

화륵!

콰아아아앙-

엄청난 화마가 몰아쳤으나, 신경도 쓰질 않았다.

애초에 화염에 어느 정도 저항력을 가지게끔 변이되어 있었다. 폭탄에 직격하지만 않으면 간접 폭발 정도는 전부 견뎌낼 수 있었다.

"Vaikne Tuul Kalna. (날카로운 바람.)"

수인을 끝내고 검지와 중지로 거인이 있던 방향을 가리키자, 눈에 보일 만큼 강력한 파동이 순식간에 날아갔다.

후으응– 퍽!

폭발로 인한 먼지 구름이 날아가더니, 그 안에 뼈를 드러낸 거인이 모습을 드러냈다.

"그르륵– 꺽….."

양팔은 물론, 날개에 피부까지 모조리 작살난 상태였다.

더 이상 싸울 수 없는 상태. 마무리를 위해 다가갔다.

"arg hundu…. (비겁한 새끼….)"

"Ei, ma tark. (아니, 현명한 거다.)"

사실 이번 승부는 거인이 지훈에게 싸울 장소와 시간을 알려 줬을 때 이미 정해져 있었다.

"Viimati haletsusväärne rühm. (한심한 최후군.)"

마지막 말과 함께, 바로 이능을 발동했다.

'이능 발동, 주문 주입. purustatud. (파쇄).'

조정간을 연사에 놓고, 그대로 방아쇠를 꾹 눌렀다.

표표표표표표!

눈 깜짝할 새에 안에 있던 탄환이 모조리 거인의 몸에 틀어박혔고, 연이어 살 터져나가는 소리가 들렸다.

강력한 저항을 가진 녀석이라고 한들, 단단한 껍질을 벗겨 내고 속살에 꽂아 넣으면 어쩔 도리가 없었다.

한동안 살 터져나가는 소리만 잠시.

거인이 제 모습을 잃고 서서히 작아지는 듯하더니, 사람 손 바닥만 한 크기로 작아졌다.

"See on teie arvates? (네 본 모습인가?)"

사람이 발로 밟으면 찍 하고 죽을 정도로 작고 여린 존재. 동화에서나 나올 법한 요정의 모습이었다.

'작고 연약한 걸 숨기고 싶었던 건가.'

그제야 왜 그렇게 덩치를 불리고, 흉악한 겉모습을 하고 있 는지 이해가 갔다. 아마 소형종으로써 A등급을 찍는 데에 엄 청나게 고생했으리라.

그 고행을 숨기고 싶은 무의식이 겉모습이 드러난 것이었 으나, 딱히 동정은 가지 않았다.

퍽!

반신의 요건을 갖춘 생명체 중 먹이사슬 최상에 있던 존재 가 인간의 발에 짓밟혔다.

"Ma heita minu Näiteks nelja liiki teavet pirukas? (들 어보니 네가 내 정보를 파이로에게 흘렸다지?)"

"Jah. Ma tegin. Nii, surm on magus? (그래, 내가 그랬 다. 그래서 죽음은 달콤했나?)"

아주 작은 목소리였음에도, 그 안에는 진득한 증오와 조롱 이 담겨있었다.

"Ei meeldi perses. Aga nüüd tundub, et see magus

kiiresti. (좆같았지. 근데 이제 곧 달콤해지겠군.)"

말이 끝나자마자 발에 무게를 실었다.

꾸우우욱- 소리가 나기도 잠시.

퍽 하는 느낌과 함께 신발이 쑥 내려갔다.

'이걸론 부족하지.'

경멸을 담아 발을 비볐다. 이후 담배를 한 개비 피운 뒤, 그 불을 핏덩이에 비벼껐다.

"아쵸프무자, 끝났다. 나와라."

권능의 반지

166화 마지막 도약을 위한 준비

NEO MODERN FANTASY STORY

'왜 안 나와?'

평소라면 어디 문이라도 벌컥 열어서 나왔을 텐데, 이번에는 이상하게 등장이 늦었다. 문제라도 생겼나 싶었지만, 당장은 전투가 끝나 긴장이 풀렸기에 그냥 기다리기로 했다.

퍼서석!

주변 땅이 무너지더니 계단 모양으로 변했다. 가만히 지켜보고 있자니 그 안에서 아쵸프무자가 올라왔다.

"끝났어?"

끝났다고밖에 말을 할 수가 없었다.

머리 위에 핵을 꽂았고, 재생하고 있는 녀석의 몸에 BREE까지 터졌음은 물론, VGC와 MN탄환. 그것도 파쇄 마법이 부여된 녀석으로 30발을 모조리 꽂아넣었다.

변이를 유지할 힘마저 없어져, 본 모습으로 돌아간 녀석을 발로 즈려밟기까지 했으니 죽지 않으면 이상했다.

"아아. 핏덩이로 만들어 놨다. 저러고도 안 죽으면 그야말로 공포군."

"내 생각에는 아닌 것 같은데?"

무슨 개소리를 하는 걸까 싶은 것도 잠시.

갑작스레 뒤에서 느껴진 인기척이 느껴졌다. 마치 누군가 척추에 칼을 박아넣고 찌걱거리는 것 같은 살벌한 느낌!

'이런 쌍!? 뭐야!'

- 이능 발동, 위기 대비.

순식간에 이능이 발동되며 시간이 늦어졌다.

이에 가속을 추가로 발동시켜, 그대로 횡으로 굴렀다. 꼴사납게 어깨로 바닥을 쓸었지만, 그딴 거 신경 쓸 여유 따위 없었다. 폼 좀 잡자고 목숨을 버릴 수는 없는 노릇이었다.

퍽!

아니나 다를까 조금 전에 서 있던 곳에 우악스러운 주먹이 내리꽂혔다. 저걸 맞았다면 목뼈가 부러졌을 터!

'이런 빌어먹을!?'

위기 상황이 끝나자 느려졌던 시간이 다시 돌아왔다.

갑작스러운 시간 변화에 적응하며, 허리에 있는 업을 짊어지는 자를 뽑아내는 동시에 거인을 베어 버렸다.

카가가각, 석!

처음에는 두꺼운 가죽에 막혀 기괴한 소리를 냈으나, 세게 휘두른 까닭에 마지막 즈음엔 깊은 상처를 낼 수 있었다.

"그워어어어어!"

거인이 포효하며 다른 주먹을 휘둘렀다!

'발동, 고공 점프!'

이에 연습했던 대로 마법을 발동, 그대로 점프했다. 3cm 차이로 우악스런 왼손을 피해낸 뒤, 남은 한 손으로 글록을 뽑아 그대로 거인의 뒤통수에 쏴버렸다.

현재 장전되어있는 탄환은 폭발탄환!

직접적인 피해는 기대도 하지 않았다. 단지 녀석을 밀어내거나, 균형만 잃게 만들어도 본전이었다.

탕 – 콰앙!

저항이 강하다 한들 물리법칙까지 무시할 순 없다. 중심이 무너진 거인이 제힘을 이기지 못하고 바닥에 엎어졌다.

이에 빠른 속도로 달려가 목을 베어내려는 찰나…

"Unikaalne kontrolli peatuste ajal. (고유시 제어, 정지.)"

아쵸프무자가 끼어들었다.

"지금 뭐 하는 거지?"

"어차피 끝났어. 더 이상은 낭비야. 소환, 영혼 결박석."

도대체 뭐가 끝났다는 건지 설명도 없이, 아쵸프무자는 바로 짙은 회색 수정을 소환했다.

"Little Lamb su Jumal avid Ginny kõik sinu teha, valmis LA käsutada oma hinge. (어린 양아 네 탐욕스러운 내 너의 모든 것을 취할지니, 기꺼이 네 영혼을 내놓으라.)"

눈으로 보기에는 아무런 변화가 없었다. 단지 거인으로부터 짙게 풍겨오던 살기가 사라졌을 뿐이었다.

"무슨 짓을 한 거지?"

"마지막 퍼즐을 집었어. 내가 저번에 하즈무포카를 끝내기 위해선, 그 녀석의 차원에서 죽여야 한다고 했던가?"

"아아. 그래서 그게 뭐."

아쵸프무자는 영혼석을 창고로 집어넣은 뒤 말을 이었다.

"저 녀석들도 똑같아. 주머니 차원에서 죽어봐야, 영혼은 하즈무포카의 차원으로 재소환 돼서 육체를 재구성하지. 이렇게 영혼을 속박하거나, 본 차원에서 없애지 않는 이상 무한히 되살아날 뿐이야."

그러고 보면 뭔가 이상했다.

선임자, 곧 이전 반지 사용자들을 몇 번이나 죽였던 존재가 핵 한 방에 죽는다? 그렇게 쉬웠다면 이미 하즈무포카는 골백번도 죽었어야 했다.

아마도 마지막이 아니고서야, 죽여도 죽여도 계속 살아나니 어쩔 도리가 없었으리라.

'선임자는 이딴 녀석들의 방해를 이겨내며 전진했던 건가.'

본인이 얼마나 터무니없게 어려운 임무를 맡게 됐는지 실감이 나는 순간이었다.

"이걸로 퍼즐은 다 모았어. 원한다면 당장에라도 하즈무포카의 차원으로 보내줄 수 있지만, 추천은 안 해."

"어떤 이유에서지?"

아쵸프무자는 잠시 입술을 깨물었다가 말을 이었다.

"지금은 네가 죽어도 시간을 돌려줄 수 있지만, 녀석의 차원에 들어가는 순간부터는 불가능해. 나도 그 장소에선 내 능력에 방해를 받거든. 그래서 기회는 딱 한 번이야."

딱 한 번.

여태까지 지훈은 12,000번을 죽었다. 아무리 능력도 없고, 장비도 없었다지만 저 숫자는 절대 그냥 나오는 게 아니었다.

아마 단 한 번에 하즈무포카를 쓰러뜨릴 수 있는 확률은 어림잡아 1% 남짓. 아니, 그것보다도 낮을지도 몰랐다.

"불가능하다는 말을 하고 싶은 건가?"

"지금 당장은 불가능해. 하지만 나중은 아닐 수도 있지."

얼굴을 찌푸렸다.

무슨 말을 하고 싶은 걸까?

"동료를 모아. 지금 있는 동료 셋도 굉장히 강력하긴 하지만, 하즈무포카의 하수인들 그리고 하즈무포카 본인을 제압하는 건 불가능해. 내가 파악한 하수인만 스물이 넘어. 설마 넷이서 그 많은 걸 뚫고 갈 생각은 아니지?"

20:4, 어림잡아 한 명이 5명을 상대해야 했다. 하나 잡는 데도 이렇게 고생했는데, 혼자서 다섯을 상대한다?

계란으로 바위 치기도 정도가 있지, 얼척 없는 얘기였다.

"그딴 얘기를 왜 이제와서 하는 거지? 너무 늦었다고 생각하지 않나? 미리 말 해줬다면 이딴 일은 없었을 텐데!"

"글쎄… 여태껏 네가 해왔던 짓을 생각하면 오히려 역효과를 불러왔을 것 같은데?"

편하게 가기 위해 대부분을 폭력 혹은 뇌물을 이용했음은 물론, 여차 싶으면 강행돌파도 마다치 않았다.

원래 저렇게 살아왔던 사람이 '동료를 모아 놔.'라고 했다고 해서 변할까? 천만의 말씀이다. 절대 안 변한다. 되려 인위적인 행동으로 보여 악영향이나 잔뜩 끼쳤으리라.

"나도 최대한 세력을 모아 볼 거야. 보니까 하즈무포카도 반쪽짜리를 보낸 걸 봤을 때, 이번에는 아예 대놓고 들어오라며 기다리고 있는 것 같아. 안심해."

만약 당장 죽여버리고 싶었다면, 스물이 넘는 하수인을 모조리 보냈으리라. 그렇게 하지 않은 걸 봤을 때, 그 역시 이번 '게임'을 즐기고 있는 게 분명했다.

아마 본인 입장에서는 너무 쉬운 게임이라고 생각하고 있는 모양이다. 그도 그럴 게, 여태껏 아쵸프무자가 고르고 고른 자들만 왔었으니 그럴 법도 했다.

"시간제한은?"

"마음껏 써. 마지막이니 그 정도는 해야 하지 않겠어?"

항상 시간이 부족하다고 하던 것과는 이질적인 모습이었다. 하지만 이쪽도 사람을 구하기 위해선 그만큼 시간이 필요했기에, 마다치 않았다.

"알겠다. 그럼 준비가 되면 연락하지."

"아마 설득이 필요할 거야. 그때는 나를 불러, 대망에 있어 그 정도 수고는 할 수 있거든."

아쵸프무자는 씩 웃고는 허공으로 사라졌다.

'도대체 누굴 데려가야 하지?'

딱히 떠오르는 사람은 없었다. 인생 헛살았나 싶기도 잠시.

어차피 부딪쳐보기 전에는 알 수 없었기에, 훌훌 털어버리고는 그라운드 제로 밖으로 올라갔다.

바이크에 시동을 걸고 이탈하려는 찰나, 저 멀리서 먼지 구름이 다가왔다.

"저희 왔습니다!"

"지훈, 어디 다친 곳 없어?"

"다행히 아직 죽지 않고 살아있군."

순서대로 민우, 칼콘, 가벡이었다.

"참 빨리도 온다, 이 개 같은 새끼들아."

위기 대비가 있었기에 망정이지, 없었으면 식물인간이 될 뻔했다.

"미안. 비행기가 불시착해서 어쩔 수 없었어!"

"됐고, 집에 가자. 피곤하다."

바이크 세 대가 나란히 평원을 달렸다.

"잠깐만, 근데 비행기 조종사는 어쩌고?"

"암시 걸어뒀어요. 아마 몽유병 겪은 기분일 거예요."

민우가 확신했으나, 어째 살짝 불안했다. 핵까지 꽂은 마당이라 여차 싶으면 나란히 가디언에 꽂기는 수가 있었기 때문이었다.

"확실해?"

"아, 아마도요…?"

머리가 아파왔으나, 괜히 죄 없는 사람 죽여버릴 순 없었기에 그냥 민우를 믿기로 했다.

[정산]

획득 – 하즈무포카의 차원으로 갈 수 있는 열쇠.

마지막 결전까지 필요한 병력 – 최대한 많이.

지훈 –

개인 획득물 없음.

칼콘 –

[후임자를 위한 선물]

종류 : 전신 판금 갑옷.

등급 : A

재질 : 두 번째 사도의 비늘, 용의 뼈.

요청대로 네 비늘을 가공해서 만든 갑옷이야. 그냥 몸에만 달고 있어도 괜찮을 텐데, 왜 이런 수고를 하는 거야?

 – 위대하신 분이시여. 당신의 뜻대로 마지막 도약을 준비하오나, 제가 실패할 가능성이 있기 때문입니다. 그럴 경우 후임자를 위해 아티펙트를 남겨놓고 싶었습니다.

 …그래. 이제 이 세상에서 네 비늘보다 단단한 물건은 없으니까. 탁월한 선택이네. 하지만 난 네가 성공했으면 좋겠어. 시작도 하기 전에 실패를 본다는 건 너무 서글프잖아?

 – 당신의 뜻대로 최선을 다하겠으나, 저같이 미천한 존재가 어찌 신을 죽이겠나이까. 저는 저를 믿을 수 없습니다.

 실패는 생각하지 말자. 잘할 수 있을 거야.

– 이제 준비는 끝났습니다. 출발하겠습니다.

잘 될 거야. 아니, 잘 되어야 해.

민우 –

[죄수 심문용 정신력 증폭기]

종류 : 서클렛

등급 : A

재질 : 알 수 없는 금속.

당신의 봉사에 미리 감사 말씀을 드립니다.

본 물품은 죄수를 심문하기 위한 증폭기로, 사용에 굉장한 주의를 요구하니, 숙지해 주시길 바랍니다.

사용법은 간단합니다.

머리에 착용하신 뒤, 원하는 대상에게 집중하면 됩니다. 하지만 과도하게 사용할 시 뇌출혈 및 영혼 오염 현상이 발생할 수 있으니 주의해 주시길 바랍니다.

그 외에도 이 물건을 사용해 상대방을 장시간 지배하거나, 무의식에 강력한 암시를 사용할 경우 대상에게도 심각한 뇌출혈 및 영혼 오염이 발생할 수 있으니 주의하여 주십시오.

본 물품은 죄수 심문용으로, 전투 및 군용이 아닙니다.

무단 반출 시도 혹은 용도에 맞지 않게 사용했을 시 #*@* (데이터 누락)될 수 있으며, 저희는 이에 대해서는 일절 책임지지 않습니다. – (주) 선진공업

가벡 -

[거궐, 소궐]

분류 : 장검, 단검

등급 : B

재질 : 아다만티움.

부부검으로 각각 양과 음을 뜻한다.

제작자는 985번 차원에 있는 대장장이였으나, 해당 차원의 기술 수준을 생각했을 때 차원 여행자 혹은 기타 존재의 개입이 의심된다.

실험 노트.

두 검을 한 사용자가 동시에 사용할 시 A등급으로 변한다. 어떠한 원인인지 아직 파악하지 못했으며, 이에 대해 더 깊은 연구가 필요하다.

본 물품은 아쵸프무자의 소장품으로, 허락 혹은 증여 없이 사용 시 큰 불이익을 받을 수 있다.

[현재까지 모인 전력]

(뒤에 있는 숫자는 절대적인 강함을 뜻하는 게 아닌, 편의를 위해 객관화한 수치. 인간 성인 비각성자 남자 평균은 10)

김지훈 - 980 (!)

칼콘 - 320

민우 - 590 (!)

가벡 - 290

아쵸프무자 - ???

총 전력 합 - 2180

권능의 반지

167화 자식은 부모를 버려도, 부모는 자식을 버리지 못한다.

NEO MODERN FANTASY STORY

한국 개척지 북쪽에 핵을 꽂은 까닭에, 한국 개척지는 물론, 러시아, 중국, 심지어 티그림까지 난리를 쳐댔다.

그도 그럴 게 핵미사일의 위력 자체는 그럭저럭 이해해 줄수 있는 수준이었지만, 꽂히는 순간 방사능 때문에 죽음의 땅이 되기 때문이었다.

이에 러시아, 중국, 티그림은 최대한 빨리 이번 사건과는 전혀 관련이 없다는 성명을 냈다.

핵에 관련된 정치나 외교 사안은 굉장히 민감했기에 잘못했다간 이웃 개척지끼리 전쟁이 날 수 있기 때문이었다.

단순 통행 규제만으로도 하루에 나는 경제 피해가 천문학적인데, 전쟁까지 해댔다간 서로에게 이득이 될 게 없었다.

이미 개척전쟁과 종족전쟁을 겪어온 인류와 이종족은 이미 성숙했고, 더는 같은 실수를 반복하고 싶지 않았다.

하지만 한국 정부는 이번 핵미사일 건을 꼬투리 삼아 중국 개척지청에 정식으로 항의했다. 그렇지 않아도 칼날 정글 사건으로 핵 사용 경력이 있는 중국은 이번 사건에 대해 강력하게 부인했지만, 외교 관계는 날로 험악해지기만 했다.

– 핵미사일은 재앙입니다.

TV에서 공익 광고가 흘러나왔다.

핵미사일 EMP로 인해 서구에 있던 사립병원의 전기가 나간 얘기였는데, 이로 인해 수술 및 입원 중이던 환자들이 사망했다는 내용이 흘러나왔다.

– 우리들의 힘으로 막을 수 있습니다. 동참해 주세요. ARS 모금, 1566 – 15….

TV를 보던 지현이 도중에 채널을 돌려버렸다.

"저런 거 내봐야, 다들 이상한 놈들 주머니로 들어가잖아. 나라에 도둑놈이 너무 많아."

맞는 말이긴 했으나, 직접 핵을 꽂은 입장에서는 딱히 뭐라고 할 말이 없었기에 그저 입 다물고 TV만 쳐다봤다.

채널이 돌길 여러 번.

리얼 버라이어티 헌팅 프로그램에서 멈췄다.

지훈은 사실 TV에서 뭐가 나오는지는 전혀 관심 없이, '누굴 데려가야 하지?' 하는 생각만 가득했다.

– 안녕하세요, 저는 폭스 그릴스입니다! 오늘은 한국 개척지 주변에 있는 가시 산맥에서 헌팅을 해볼까 합니다! 아주

위험한 장소죠! 저는 이 산맥의 먹이사슬 제일 아래에 있는 것 같은 기분이 듭니다!

폭스 그릴스는 불안한 듯 주변을 두리번거렸다.

– 가시 산맥의 관목들은 이름 그대로 가시가 잔뜩 돋아있기 때문에, 반드시 정글도로 잘라가며 이동해야 합니다! 앗, 잠시만요! 앞에 버그베어 부족이 있군요!

낯익은 얼굴 몇몇이 보였다. 그가쉬 클랜이었다.

버그베어들은 전혀 알아들을 수 없는 언어로 폭스 그릴스에게 위협적인 제스쳐를 취했고, 이에 폭스 그릴스는 위험한 짐승 다루듯 손바닥을 보여주며 '워~ 워!' 했다.

– 버그베어 들입니다! 아주 위험한 종족이죠! 자칫 잘못하면 잡아먹힐 뻔 했습니다!

지현은 저 모습을 보며 탄성을 내뱉었다.

"오빠, 진짜 저래? 막 이종족 만나면 잡아먹히고?"

생각에 잠겨있다가 부르는 말에 고개를 돌리자, 지현이 같은 내용을 한 번 더 물어봤다.

TV로 시선을 돌리니 버그베어들이 옷도 입지 않고, 손에는 나무로 만든 창을 들고 있는 게 보였다.

'저건 또 뭔 병신같은….'

지구만 가봐도, 더 이상 '원주민' 따위는 없었다. 아프리카 부족 전쟁에도 AK 들고 쏴 재끼는 마당에, 세드에 있는 이종족이 저렇게 생활한다고?

개소리도 저런 개소리가 없었다. 의복은 당연했고 K2 밀반입 잔뜩 해서 쏴 재끼는 새끼들인데, 맨몸에 나무 창이라니.

"내가 가봐서 아는데, 저런 놈들 없다. 인간 개척지에서 엄청나게 멀리 떨어진 장소면 모를까, 전부 다 총 쏜다."

혹여 만약에라도 진짜로 창 던지는 놈들이 있으면, 오히려 그쪽이 더 위험했다.

인간의 우월한 화기 기술 없이도 살아남았다는 건, 그만큼 각성자와 아티펙팅 기술이 뛰어나다는 증거였기 때문이다.

실제로 일본 개척지 내에 있는 리자드맨들의 투창은 최소 D~C등급은 되어 보일 정도로 강력하지 않았던가.

"그럼 저거 다 사기야?"

사기였다. 그것도 순도 100%짜리 개사기.

현재 그가쉬 클랜은 AMP 채굴권을 바탕으로 엄청나게 급성장한 신진 무장 세력이었다.

이제 총기는 기본 지급이고 전차까지 몰고 다니는 놈들인데 원주민은 무슨 똥개가 얼어 죽을 야만 종족인가.

아마 그 탐욕하기 그지없는 그가쉬가 뒷돈 받아먹고 전사 몇 놈 시켜다가 저딴 짓 시킨 모양이다.

대강 설명해 주니 지현은 기가 막힌다는 표정을 지었다.

"와, 저 개새끼들 보소? 방송료 처먹고 저딴 개사기나 치고 다닌다고? 다 쳐 죽일 놈들이네."

사실 방송 전에 '이 방송은 어느 정도 과장과 출연진의 안전장치가 들어갔기에, 현실과 다를 수 있습니다.' 라는 안내 문구가 나오긴 했다.

그래 봐야 말장난인건 변하지 않겠지만 말이다.

설명을 마치고 다시 생각에 잠기려니, 이번엔 전화기가

따르릉 울어대며 사색을 방해했다.

따르릉 – 따르릉 –

전화를 받아보니, 다짜고짜 욕설이 들려왔다.

"야 이 벌그지 쓰애끼야! 니 도대체 뭔 얼척없는 똥을 싸재끼고 다니는 거니!"

독특한 말투.

누구냐고 물어볼 필요도 없이 석중할배였다.

"…거, 전화하자마자 무슨 욕질이 그렇게 심하오?"

"또라이야, 이 상 또라이야! 내가 그래 사고 치고 다니라고 가르쳤나, 이 호로 간나 만도 못한 좆같은 쓰애끼야! 어디 좆물에 낀 오줌만도 못한 놈이 자꾸 사건 치고 다니니! 니 그러다 진짜……."

약 1분 넘게 욕이 이어졌기에, 수화기에서 귀를 떼곤 '하이고, 다 죽어가는 줄 알았는데 정정하네.' 하고 말았다.

"그래서, 무슨 생각으로 전화한 거요?"

"니 안 되겠다. 내 좀 보자. 당장 가게로 달려오라!"

"거 C4 잔뜩 있는 곳에 갔다가, 인생 마침표 화끈하다 못해 뜨거워 죽을 정도로 작살나게 찍을 일 있소? 싫소."

가서 한 소리 들을 게 싫거나, 귀찮은 건 아니었다.

저번에 찾아가서 부끄럽게 아버지 소리하며 관계를 끝냈는데, 어찌 다시 찾아간단 말인가?

"안 오면 느그 집에 떡 대신 C4 하나 큼지막하이 넣어 줄 터이, 생각 잘 해보라. 딱 2시간 준다, 달려 오라. 알겠니?"

이제 폭탄이라면 진절머리가 날 정도였기에, 버럭 소리를 지르려고 했다. 하지만 그 전에 석중이 전화를 끊어버렸다.

"이 또라이 할배가 진짜! 아오!"

결국, 갈 곳 잃은 분노는 허공에 맴돌다 사라졌다.

옷 안에 갑옷을 껴입고, 비교적 숨기기 쉬운 글록을 챙기고 있자니 지현이 휙 끼어들었다.

"어디 가?"

"할배 보러."

"역시 그렇지? 이거 가져가. 홈쇼핑에서 산 영양제인데, 젊은 사람보다 늙은 사람한테 효과가 좋대."

욕 한 사발 하러 가는 사람한테 선물을 들려준다니.

분위기 파악 못 하는 것도 정도가 있지, 이건 심했다.

"에라 망할 년아. 너는 밖에서 죽을 고생 하는 네 오빠는 안 챙기고, 외간 할배나 챙기냐!?"

"아, 뭐! 왜 짜증이야! 이거 원래 오빠 주려고 산 거거든! 나중에 또 시키려고 했거든!"

"됐어, 나 간다."

지현을 무시하고 현관문 밖으로 나갔다. 나가는 길에 지현이 '올 때, 까트!' 하는 말이 들렸기에 '꺼져, 이 미친년아!' 하고 돌려줬다.

✦

뒷골목을 지나, 석중의 영역에 성큼 들어섰다.

아니나 다를까 마중을 와있었다.

"소지품 검사 하겠습니다."

욕 한 사발 해서 불안하긴 했는지, 오자마자 바로 금속 탐지기부터 들이밀었다. 응해 줄 생각 없었기에, 바로 볼에 한방 꽂아줬다.

뻑 소리가 나며 탐지기를 든 남자가 쓰러졌다. 힘 조절했기에 이빨이 빠질 정도는 아니었으나, 꽤 아팠으리라.

"이번에 EMP 터져서 병원이 참 장사 잘 된다더라. 누구한번 가보고 싶은 사람 있냐?"

슥 둘러보자 다들 고개를 돌리거나, 눈을 내리깔았다.

저번에도 전부 다 쳐부수고 들어갔던 전과가 있었기에, 괜히 까불었다간 진짜 병신이 될 수도 있다는 걸 잘 알기 때문이었다.

"미리 말한다. 또 나오면 나발이고 다 죽여버린다."

피부를 찌를 듯 날카로운 살기를 뿜어주고 걸어갔다.

– 잡화. 아티펙트 취급.

다 쓰러져가는 푯말을 지나, 곰팡내와 화약 냄새로 가득한 계단을 걸어 내려가, 열 때마다 끼기긱 하고 비명을 내지르는 문을 열었다.

"간나 새끼야, 2시간 한참 넘었다!"

"거 할배, 닥치쇼. 폭탄? 씨발, 내가 요즘 폭탄에 아주 넌더리가 나니까 앞으로 그딴 개소리 지껄이면 아가리에 폭탄 싸물게 만들고 내 손으로 직접 터쳐 주겠소. 앙?"

진심으로 한 마디 해주자, 석중이 어이가 없다는 표정을 지었다.

"이 패륜아 쓰애끼. 저번에는 아버지라드이, 이제는 폭탄 입에 물려서 조져 분다는 말을 아무렇지도 않게하니?"

아버지라는 말에 하려던 말을 멈추곤, 잠시 심호흡을 하며 화를 삭였다. 몇 번 반복하니 마음이 좀 진정됐다.

"그래서, 왜 불렀소?"

영양제를 카운터 구멍으로 집어 던지며 물었다.

"잠시. 녹음기랑 CCTV 좀 끈디."

석중이 테이블을 만지자 어디선가 삑 소리가 났다.

"핵. 네가 꽂았지, 병시야?"

부정할까 싶었으나, 어차피 눈치 다 챈 마당에 오리발 내밀어 봐야 병신 소리밖에 들을 게 없었다.

"문제 있소?"

"거 죽으러 간다 하드이, 또라이 새끼가 진짜 황천강 건너고 싶니? 거 핵 누구는 없어서 안 꽂는 줄 아나, 거 꽂으면 공공의 적 된디 병시야! 가디언 붙는다고!"

듣기 귀찮았기에 보란 듯이 귀를 후비적 거렸다.

"미친 쓰애끼. 거 낳은 부모가 눈지, 그 애매비도 분명 상 또라일 게 분명하디."

"그건 할배가 아실 거 없고, 키워 준 부모는 바로 앞에 있는데. 소개라도 시켜 주리오? 내 봤을 때 또라이는 맞는 것 같은데."

맞불 작전에 석중이 핏대를 세워가며 욕을 내뱉었다. 한동안 개, 소, 돼지 및 온갖 된소리 섞인 과격한 부자상봉이 이뤄졌다.

"됐고, 니 이제 하는 일 때려치고 내 아래서 일하라. 연에 다섯 장 준다."

"뭔 소리요?"

"5억, 쓰애끼야. 5억!"

연봉 5억!

석중과 함께라면 헌팅에 비해 턱없이 안전한 일일 텐데, 그 정도 일로 5억이라면 굉장히 좋은 조건이었다.

하지만 지금은 돈이 중요한 게 아니었기에, 거절했다.

"됐소. 할 일이 있소."

"거 중요한 일이 뭔데 그러니, 핵 꽂고도 아직 만족을 못했니? 거 작작해라 병시야! 그러다 진짜 훅 가는 기라!"

뭐라고 설명해야 할지 난감했다.

동료들이야 그나마 아쵸프무자를 알고 있으니 '헛소리하지 마라.'는 소리 안 들었지, 석중에게 저딴 얘기를 했다간 욕을 필두로 정신병원에 가라는 걱정을 아주 과격한 방법으로 들을 수 있을 게 분명했다.

일단 어떻게든 둘러대려 입을 떼려는 찰나…

- Tahad aidata? (도와줄까?)

채 대답 하기도 전에, 출입구를 열며 한 여자가 들어왔다.

뒷골목에 어울리는 일그러진 왼쪽 얼굴. 아쵸프무자였다.

보통 누군가 들어올 때는 무전으로 연락을 받았기에, 석중은 이해할 수 없다는 듯 눈만 껌뻑였다.

"…우리 지후이 찾던 양년이 여는 어인 일이고."

"할 말이 있어서. 우리 잠깐 얘기 좀 할까?"

지훈은 이제 본인이 물러서야 할 차례였음을 깨닫고는, 구석에 있는 의자에 앉아 담배에 불을 붙였다.

꽤나 긴 시간 동안 설명과 설득이 이어졌다.

"하… 내 아들 쓰애끼가 그런 일을 하고 있었다고?"

"응. 어쩌다 보니 그렇게 됐네."

석중이 당장이라도 레이저를 뿜을 것 같은 눈으로 이쪽을 쳐다봤기에, 슬쩍 고개를 돌려 상품을 훑었다.

"알겠디. 내는 같이 간디."

같이 간다는 말에 돌렸던 고개를 복귀하며 말했다.

"할배!"

이 장소엔 '설명'을 하러 온 거지 '도움'을 구하러 온 게 아니었다. 지훈은 석중이 이 싸움으로부터 안전하길 원했다.

"이건 내 일이오. 빠지쇼."

"하, 네가 그러지 않았니. 아버지라고. 자식 쓰애끼는 부모한테 개새끼 소새끼 하며 병시짓 하고 다이도, 본디 애비는 제 새끼 못 버리는 법이디."

석중은 뭔가 개운한 표정을 지었다. 그 표정에서 절대 물러서지 않을 거라는 의지가 뿜어져 나왔다.

"그렇다고 내가 직접 가는 건 아이디. 내 호위로 붙어있는 MES 한 기랑 물건 제공해 주겠디. 그거 들고 가라."

MES와 대량의 장비.

그것만으로도 충분히 큰 도움이 됐기에, 지훈은 슬쩍 울컥 올라오는 눈물을 참으며 고개를 숙였다. 여태 몇 번 숙여 본 적 없는 머리였다.

"고맙소, 아버지."

"됐다, 호로자슥아. 볼 일 다 봤으면 끄지라. 가끔 전화하는 거나 잊지 말고, 병시야."

석중을 뒤로하는 지훈의 볼에 문득 비 한 방울이 떨어졌다.

마른하늘에 해는 쨍쨍한데 무슨 비가 온 건지는 알 수 없었다. 그냥 여우가 변덕이라도 부렸겠지 하고 말았다.

'재수 없게 비를 맞아도 꼭 이런 데다 맞나, 쯧.'

[현재까지 모인 전력]

김지훈 – 980

칼콘 – 320

민우 – 590

가백 – 290

석중의 지원(장비 및 물자 포함) – 2500 (!)

아쵸프무자 – ???

총 전력 합 – 4680

권능의 반지

168화 과거의 선택들이 도움으로 돌아오다.

집으로 가는 길, 벤츠에 앉아 있으니 핸드폰이 울었다. 누군가 싶어 보니 시체 구덩이에서 온 전화였다.

문득 비슷한 레퍼토리로 진행되는 거 아닐까 싶어 받지 말까 싶었지만, 언더 다크가 관련됐을지도 몰랐기에 받았다.

"지훈~"

외모와 퍽 거리가 있어 보이는 간드러지는 목소리였다.

다른 사람이었다면 '지랄하지 마라.' 하고 끊었겠지만, 평소에 많이 겪어봤기에 그러려니 했다.

"왜."

"재밌는 일을 꾸미고 있더라?"

"…어디서 들었지?"

"반지 간수 잘하고 있으라던, 붉은 여자."

아쵸프무자였다.

'빌어먹을 년, 쓸 대 없는 짓을…'

스토커 본인의 능력 역시 굉장히 강력했기에 아군으로 둔 다면 굉장히 든든했다. 하지만 문제가 하나 있었으니 바로 그의 뒤에 있던 언더 다크였다.

지훈은 그가 어떤 위치에 있는지는 잘 몰랐으나, 파이로와 그의 은신처까지 알고 있는 걸 보고 대충 높은 위치에 있겠거니 짐작했다.

'저 녀석이 끼어들면 분명 언더 다크가 간섭해 올 거다.'

귀찮아졌다.

만약 언더 다크 측에서 파이로를 죽인 범인이자, 핵까지 꽂은 장본인이 지훈이라는 걸 안다면?

직접 숙청을 자행함은 물론이오, 개척지 측에 정보를 팔아 수배범으로 만들 수도 있었다.

그렇지 않아도 페널티 잔뜩 안고 있는 마당에, 저런 것까지 들러붙으면 말 그대로 족쇄를 차는 것과 같았다.

아쵸프무자가 방관자에서 아군으로 돌아섰으니 치명적인 상황은 일어나지 않을 테지만, 그래도 엄청 찜찜했다.

"신을 죽이러 간다면서? 재밌어 보이네."

도청되고 있을지도 모르는 전화로 저런 무지막지한 얘기를 꺼내자 어이가 없어졌다.

"돌았냐?"

"어차피 누가 들어봐야 미친놈 취급하고 말걸?"

사실이었다. 그냥 흘려 듣거나, 암호겠거니 하고 말겠지.

까닭에 다른 사람한테 설득하기가 어려웠기도 했고 말이다.

"오지 마라. 네 도움 필요 없다."

사실 도움은 필요했으나, 괜히 이상한 것까지 끌고 들어 올 가능성이 있었기에 미리 거절했다.

"싫은데~ 나도 갈 건데~"

애마냥 칭얼거리는 것 같았기에, 욕 한 바가지 쏟아줬다.

"지훈, 나 진심이야. 그 날 이후로 잘 생각해 봤는데, 내 낭 군님이 전쟁 나가는 데 이 정도는 해줘야 할 것 같아."

"고맙긴 한데, 정중히 사양하지. 나는 결혼을 약속한 여자 가 있는 몸이다. 거기다 그쪽 취향도 아니고."

"어머, 나 고백도 안 했는데 차인 거야? 슬프다~"

과장 된 흑흑 소리를 듣고 있자니, 핸드폰을 집어 던져 버 릴까 진지하게 고민하게 됐다.

"장난치지 마라. 진지하다."

무겁게 경고하니, 흑흑 거리던 소리가 뚝 끊기고 무겁고 진 중한 목소리가 돌아왔다.

"그럼 거래로 생각하자고. 그 붉은 여자가 말하길, 그 싸움 에서 이기면 상상도 못 할 보상을 준다고 했어. 나한테는 돈 과 명예가 아주 많이 필요하거든."

진심인지, 아니면 단순 명분을 위한 위장인지 알 수 없었 다. 하지만 중요한 건 이쪽도 저런 식으로 나오면 딱 잘라 거 절할 명분이 없다는 거였다.

오지 말라고 해서 안 올까?

'아니. 오히려 아쵸프무자가 직접 데려올 가능성이 크다.'

인간관계나 후처리 같은 것에 발목이 잡혀있는 지훈과 달리, 아쵸프무자는 오로지 '승리' 그 자체만 생각했다.

아마 전력이 되는 녀석들은 모조리 쓸어담을 생각이겠지.

"네 마음대로 해. 하지만 가면 높은 확률로 죽는다."

마지막 경고였으나, 스토커는 피식 웃고 말았다.

"기억나? 지훈이 항상 하는 말버릇이 있었잖아. 하루하루 목숨 걸고 외줄타기 하며 산다고. 사실 나도 그래."

"개새끼. 그래. 네 꼴리는 데로 해라."

"그럼 출발할 때 연락 줘. 맞다, 곽수가 얘기 좀 하자더라. 전화 바꾼다?"

곽수?

기억에 없는 이름에 고개만 갸웃하고 있더니, 언젠가 한 번 들어봤던 목소리가 휙 끼어들었다.

"잘 지내셨습니까?"

"그건 알 거 없고. 내가 당신이 기억에 없어서 그런데, 누구고 뭐 하는 사람이더라?"

곽수는 나긋나긋한 목소리로, 판크라테온 앞에서 만났던 전직 크라토스 선수라고 소개했다. 그제야 지훈은 곽수가 누군가 기억을 떠올릴 수 있었다.

'아… 그 애아빠?'

술 한 잔 얻어먹으며 E급이 됐다고 자랑했었다. 이에 지훈은 선물로 F등급 단도 3개를 선물했다.

"저도 도와드리겠습니다."

도와주겠다는 말에 얼굴을 찌푸렸다.

"거 씨발, 지금이 조선시댄줄 아나. 은혜 갚겠다고 불구덩이 뛰어들지 마라. 남 신경 쓸 시간 있으면 당신 애새끼나 잘 챙겨. 괜히 멋 부리다 네 애새끼 애비 없는 놈 만들고 싶어?"

초면에 굉장한 폭언이었으나 진심이기도 했다.

지훈이 고아로 컸던 만큼, 혼란스러운 세상 속에서 고아로 산다는 게 얼마나 고통스러운지 잘 알기 때문이었다.

곽수는 말이 없었기에, 다시 스토커가 전화를 받았다.

"뭐라고 했길래, 애 표정이 저래?"

"저 새끼 데려오면 내 손으로 죽일 거니까, 절대 데려오지 마라. 알간? 의리는 무슨 개 좆을 들이밀고 앉아있어."

스토커는 잘 모르겠다는 듯 '으, 응.' 하고 말았다. 이후 이런저런 인사를 한 뒤 전화를 끊었다.

❖

누구에게 도움을 요청할까 생각하는 사이 이틀이 흘렀다.

집에서 마법 수련을 하거나, 체육관에서 체력을 단련하는 와중에도 생각은 오로지 '누구를 데려가지?' 싶기도 잠시.

체육관 문이 열리며 낯익은 여자 하나가 들어왔다.

시연이었다.

"자기야, 운동 열심히 하고 있어요?"

워커에 쫙 달라붙는 가죽 바지, 그리고 상의는 회색 티셔츠에 가죽 재킷. 날개 주변까지 오는 머리는 흐트러지지 않게 끝만 검은 리본으로 슬쩍 묶어놨다.

"어? 무슨 일이야?"

"그냥, 놀라게 해주고 싶어서! 짠~ 여기 도시락!"

하즈무포카의 방해가 있는 상황이었다면 당장 데려다 안전 가옥으로 보냈겠지만, 지금은 그저 하즈무포카도 지켜만 보는 상황. 머리를 들이미는 걱정을 애써 꾹 눌러 담았다.

시연은 평소에는 잘 꾸미지도 않는 여자였다.

아마 이번은 놀래켜 주고 싶다는 이유로 머리부터 발끝까지 힘을 잔뜩 준 뒤 도시락 이벤트를 준비했으리라.

"고마워, 마침 뭐 좀 먹을까 싶었는데."

싸울 생각으로만 가득했던 머리와 스트레스로 얼룩진 정신에 한 줄기 미풍이 불어오는 것 같았다.

제아무리 싸움이 코앞이라고 할지라도, 사람은 사람이었다. 온종일 신경 세우고 날카롭게 있다간 싸우기도 전에 미쳐서 쓰러질 게 분명했다.

싸울 땐 싸우더라도, 쉴 때는 쉬어야 했다.

그게 마지막이 될지도 모르는 상황이라면 더더욱.

가까운 공원에서 나란히 앉아 도시락을 까먹고 있자니, 문득 시연이 재미있는 얘기를 꺼냈다.

"나 오면서 용병 길드 지나쳤는데, 거기서 어떤 엘프 형제가 김지훈 각성자님을 찾습니다~ 하고 피켓 들고 있더라?"

"아니 엘프가 도대체 왜 날 찾…."

예전에 밀반입했던 게 걸렸나 싶기도 잠시.

페커리 사냥 갔다가 어린 엘프 둘을 살려줬던 게 떠올랐다.

아마 그들이 알고 있는 주소는 이사 가기 전 동구 주소인지라 지금은 어디에 살고 있는지 몰랐던 모양이다.

'그냥 좀 잊고 살지. 다들 이기적이고 미쳐가는 세상에, 왜 이렇게 정의놀음 하는 새끼들이 많아? 씨발, 목숨이 열 개고 스무 개야? 또라이 새끼들.'

지훈 기준으로는 절대 이해할 수 없는 상황이었다. 까닭에 그냥 무시하고 지나가야겠다 싶은 찰나…

– 아쵸프무자 님으로부터 메시지가 도착했습니다.

– Naljakas midagi välja. Ma lähen ja rääkida. Elf Aitab natuke kraavi. (재미있겠네. 내가 가서 얘기해 볼게. 엘프랑은 조금 친하거든.)

'빌어먹을! 너는 누가 죽든 상관없는 건가? 그만둬!'

– Ei. Ma lihtsalt olgem lihtsalt anda olukorrale. Nad valides. (아니. 나는 단지 상황을 알려 줄 뿐이야. 선택은 그들이 하는 거지.)

그 말을 마지막으로 교신이 일방적으로 끊어졌다. 속으로 욕지거리를 내뱉고 있자니, 시연의 목소리가 들려왔다.

"자기야, 갑자기 왜 그래? 무슨 일 있어?"

먹여 주려는 생각이었는지, 유부초밥을 손에 든 체 걱정스럽게 묻는 시연이었다. 이미 충분할 정도로 마음고생을 한 시연이었기에, 애써 아니라고 둘러댔다.

"이거 먹어~ 내가 직접 만들었다? 아~"

"괜찮아, 내가 먹을 수 있어."

"싫어. 이거 꼭 해보고 싶었단 말이야, 빨리!"

복잡한 지훈의 마음과는 어울리지 않는 상황이었으나, 그걸 모르는 시연은 어서 입을 벌리라며 흥 소리를 냈다.

결국, 어쩔 수 없이 입을 벌리자 입에 유부가 꽂혔다.

맛있었다.

참 뜬금없었지만, 이 음식을 다시 한 번 같이 먹기 위해서라도 죽지 말아야겠다는 생각이 들었다.

⬥

아쵸프무자는 에르파차와 그의 형을 소환했다.

예상치 못한 소환에 어리둥절하기도 잠시.

둘은 아쵸프무자의 모습을 보자마자 들고 있던 피켓을 떨어뜨리곤 바닥에 얼굴을 붙였다.

"위, 위대한 존재를 뵙나이다!"

"마법과 시간의 쌍둥이 신이시여!"

"글쎄… 쌍둥이라는 말은 빼자. 불편하네."

아쵸프무자가 불쾌감을 나타내자, 에르파차가 공포에 질려 온몸을 벌벌 떨었다.

"죄송합니다, 죽을죄를 지었습니다!"

"신탁을 내린다거나, 너희에게 막중한 임무를 줄 생각은 없어. 단지 얘기를 하고 싶을 뿐이야. 일어나."

형제가 일어서자, 눈앞에 테이블과 의자가 생겨났다. 아니나 다를까 시계 모양을 하고 있었다.

둘이 어정쩡한 자세로 앉자, 차를 한 잔 권했다.

"김지훈, 알아?"

지훈이라는 말에 형제의 눈이 커다랗게 불어났다.

"예, 알고 있습니다! 지금 그분을 찾고 있습니다!"

애초에 들고 있는 피켓이 '김지훈 각성자님을 찾습니다.' 인데 어찌 모를 리가 있겠는가.

"조금 긴 얘기가 될지도 모르는데, 일단 들어 봐."

아쵸프무자는 그 말을 시작으로 긴 얘기를 쏟아냈다. 두 형제는 그 얘기를 모두 듣고는 동공을 부풀렸다.

"성전… 입니까?"

"그런 건 아냐. 단지 무한히 반복되는 유희의 탈을 쓴 저주일 뿐이지. 얘기했잖아. 나는 신탁을 내리는 것도 아니고, 임무를 주는 것도 아니야. 내 사도를 도와줄 사람을 찾고 있는 거지. 강요는 안 해."

형제는 조용히 고개를 숙여 생각했다.

"저희는 돕고 싶습니다. 어차피 그분이 아니었으면 거기서 죽었거나, 그보다 더한 상황에 부닥쳤을 게 분명합니다."

에르파차에 말에 이어 그의 형이 덧붙였다.

"그에 더해, 티그림에 돌아가 당신의 뜻을 전하겠습니다!"

"신탁이 아냐. 잘 생각해."

"그 말씀 또한 전하겠습니다. 가슴 깊이 원하는 자만 참가할 수 있게끔 하겠나이다!"

"명심해, 죽을 수도 있어. 아니, 죽을 거야."

"위대하신 분과, 저희 목숨을 살려주신 분을 위해서라면 기꺼이."

아쵸프무자는 두 형제를 쳐다보다, 고개를 끄덕였다.

✣

그 시각.

하즈무포카는 주머니 안을 들여다보며 폭소했다.

"끄히히힉, 힉. 히히힉! 재미있네, 재미있어."

여태까지 아쵸프무자가 데려왔던 자들은 전부 종족 대표 혹은 그에 준하는 유명한 영웅들이 대부분이었다.

그 누구보다 강력한 무력은 물론이오, 그 어떤 유혹도 견딜 수 있는 강력한 정신력을 가진 존재들.

'그래 봐야 모두 나한테 죽었지만 말이지.'

하지만 이번에는 달랐다.

뒷골목 출신에, 나약하기 그지없는 종족이며, 무력으로 제일 가는 인물도 아니었고, 선한 인품을 바탕으로 그 어느 유혹에도 흔들리지 않는 자도 아니었다.

'이번 수는 재미있구나 아쵸프무자. 너도 어지간히 지루했던 모양이야. 잔재주를 잔뜩 부려 봐라. 어차피 내가 이기겠지만, 이번 수는 너와 나 둘 다 즐겁게 즐기자고.'

하즈무포카에게 있어 지훈은 마음만 먹으면 언제든지 짓밟아 줄 수 있는 나약한 병졸 그 이상도 아니었다.

체스로 치자면 폰(졸병).

그게 현재 아쵸프무자가 본 지훈이었다.

'자, 필사적으로 발악해 봐라. 동료를 잔뜩 모아도 괜찮고,

등급을 더 올려도 좋으며, 그 어느 금은보화와도 바꿀 수 없는 장비를 구해와도 좋다. 얼마든지 기다려 주마.'

[현재까지 모인 전력]

김지훈 – 980
칼콘 – 320
민우 – 590
가벡 – 290
석중의 지원(장비 및 물자 포함) – 2500
스토커와 언더 다크 한국 개척지부 – 5650 (!)
에르파차 형제와 티그림 마법사들 (일부) – 18400 (!)
아쵸프무자 – ???

총 전력 합 – 28730

권능의 반지

169화 피아는 동전의 양면과 같다.

NEO MODERN FANTASY STORY

3일 후. 지훈의 집.

샤워를 하고 나오니, 아쵸프무자가 벽에 기댄 채 지훈을 기다리고 있었다. 집에 아무도 없었던지라 당연히 알몸으로 나왔는데 갑작스러운 방문이라니. 퍽 당황스러웠다.

"왔어? 오래 씻네."

"말투가 꼭 하룻밤 불장난 하는 여자 같군."

머리를 닦던 수건으로 사타구니를 가리며 대답했다.

"나 불장난 좋아하는데, 보여줄까?"

불장난. 같은 단어였으나 서로가 말한 뜻은 굉장히 상반됐기에 사양했다.

"무슨 일로 온 거지?"

"널 보고 싶어 하는 아이가 있어. Kutse. (소환.)"

동의 따윈 없는 일방통보. 게다가 말이 끝나자마자 허공이 비틀어지는가 싶더니 어린 소녀를 퉤 뱉어냈다.

소녀는 과격한 소환에 바닥에 고꾸라졌으나, 이내 자세를 잡고 지훈을 똑바로 바라봤다.

여자 둘이서 맨몸에 수건만 걸친 몸을 빤히 쳐다보고 있으니 기분이 묘했으나, 이내 떨쳐냈다.

사람이 벗은 개나 고양이 모습을 보고 흥분하지 않듯, 저들역시 지훈의 알몸을 봐도 별 느낌이 없으리라.

'나만 신경 쓰는 것 같군.'

몸을 가렸던 수건으로 다시 머리를 닦으며 소환된 어린 소녀를 쳐다봤다. 누군가 싶길 몇 초.

러시아 하수구에서 봤던 차원 여행자였다.

"안녕하세요, 사자님. 정식으로 인사드리겠습니다. 저는 …입니다. 해당 언어로는 그냥 기토킨 이라고 발음하시면 됩니다."

"아아. 저번에는 미안했다."

보자마자 섬광탄 까고 작살부터 박았으니, 아마 기토킨 입장에서는 굉장히 불쾌하다 못해 끔찍한 기억이었으리라.

온 이유가 궁금하긴 했지만, 이제는 알아서 설명해 줄 걸알았기에 무시하곤 드레스 룸에서 옷을 챙겨 입었다.

"예상은 했겠지만, 기쉬(차원 여행자) 측에서 도움을 주고 싶다고 요청해 왔어."

"그냥 알겠다고 하면 되지, 뭐가 문제지? 언제는 다 알려줬던 것처럼 얘기하는군."

"그랬나? 기억이 잘 안 나네."

어물쩍 넘어가려는 아쵸프무자를 비아냥거리곤 기토킨에게 고개를 돌렸다.

"원래대로라면 저희는 선임 사자님들과 적대적인 관계였으나, 이번 사자님의 행동을 계기로 얘기가 바뀌었습니다."

적대적인 관계.

이번에는 지훈이 운 좋게 점프 잼을 발견해서 대체할 수 있었지만, 선임자들은 말 그대로 '차원 여행자'를 잡아왔다.

기쉬 입장에서는 동료가 납치된 꼴이니 달가워하지 않았지만, 지훈은 그러지 않았다.

- 저게 필요한 이유가 뭐지?

아쵸프무자에게 이유를 물어보며, 여차 싶으면 차원 여행자를 놔주려는 행동까지 보였다.

"이에 저희는 아쵸프무자님과 대화, 이번 일의 경위와 참된 원인이 아쵸프무자님이 아닌 하즈무포카님께 있다는 것을 깨달았습니다."

비록 얼마 전까지만 해도 둘은 적대관계였지만, 근본적인 원인을 뿌리 뽑기 위해 손을 잡겠다고 생각한 모양이었다.

"이에 저희 차원 의회는 이번 싸움에서 아쵸프무자님과, 김지훈 사자님을 돕기로 마음먹었습니다. 부디, 저희에게 도움이 될 기회를 주십시오."

말은 기회를 달라고 말했지만, 지금 상태로는 지푸라기라도 잡아야 하는 게 지훈의 입장이었다.

"기꺼이. 함께해서 영광이군. 원래 싸움이라는 게 피아 구분 모호한 거니까, 서로 잘 이해하고 앞으로는 같이 가자고."

당연히 승낙했다.

차원 여행자들은 전원 전이계 능력을 사용할 수 있다. 여기에는 왜곡부터 시작해서, 단-장거리 도약 외에도 기타 강력한 능력들이 수도 없이 많았다.

실제로도 지훈 일행이 '부상 당한 어린 기사'를 굉장히 힘들게 포획하지 않았던가?

아마 단순 전투력으로 계산하자면, 여태까지 만났던 집단 중 가장 강력한 존재들이리라.

"그럼 당신께서 불러주실 때까지 기다리겠나이다."

기토킨은 꾸벅 인사를 하곤 차원 도약으로 사라졌다.

"강력한 아군을 얻었어. 여태까지 단 한 번도 도와주지 않았던 녀석들인데, 운이 좋네. 아니, 네가 잘한 거야."

"딱히. 운이 좋게 대용품을 찾은 것뿐이다."

"가끔은 본인이 한 일을 인정해 보는 건 어때?"

아쵸프무자는 재미있다는 듯 웃었으나, 지훈은 무표정으로 일관했다.

"시간이 남아도는 모양이군?"

"아니, 널 위해 조금 할애한 것뿐이야."

"그럼 빨리 내 집에서 나가줬으면 좋겠군."

"아쉽게도 그러질 못해. 마지막으로 들러야 하는 두 장소가 있거든."

마지막으로 들러야 하는 두 장소.

이제 세력 모집에도 끝이 다가왔음은 물론, 머지않아 전투가 시작된다는 얘기였다.

"어디지?"

"FS 유적과, 칼날 정글."

낯익은 이름에 짙은 불안감이 몰려왔다.

"나도 이번이 처음이야. 그 마음 이해해, 하지만 지금 우리들로는 턱없이 부족해. 너도 죽고 싶진 않잖아?"

"아무리 동료가 필요하지만, 맨몸으로 굶주린 호랑이 앞에서 재롱을 부릴 마음은 없다."

길고 긴 기다림 끝에 타락해 반지 사용자를 보이는 족족 죽이는 미친 순례자와 핵 꽂힌 정글에 살았는지 죽었는지도 모를 끔찍한 생명체.

둘 다 엄청나게 위험했다.

"나도 함께 갈 거야. 전투는 없을 거라고 장담하지."

"그 말 꼭 지켜야 할 거다."

❖

먼저 찾은 곳은 FS 유적이었다.

지훈이 위치를 보사에 팔아넘긴 까닭에 엄청난 연구 인력이 투입됐으나, 결국 입구를 열지 못하고 대부분 철수했다.

까닭에 별다른 걱정 없이 바로 FS 유적으로 향했다. 전투가 벌어질 것 같지는 않았기에, 동료 없이 홀로 이동했다.

벤츠를 타고 외로이 대만 개척지로 이동한 뒤, 지도를 구입해 FS 유적까지 이틀을 걸었다.

'오래간만에 오는군.'

뚜벅, 뚜벅.

FS의 기술로 만들어진 이름 모를 금속판 위를 걷고 있자니, 문득 터렛에 몸을 관통당했던 기억이 떠올랐다.

'하필 떠올라도, 쯧.'

대충 100M 쯤 이동하니 보사 연구원으로 보이는 사람이 다가와 지훈을 제지하려고 했지만…

"La magada. (잠들라.)"

언제 나타났는지 모를 아쵸프무자가 손짓하자 나무토막처럼 픽 쓰러졌다.

"이제 아주 막 나가는군? 처음부터 이렇게 도와줬으면, 내가 그 개고생을 하지 않았어도 됐을 텐데 말이지."

진심과 짜증을 담아 노려봤지만, 아쵸프무자는 신경도 쓰지 않는 듯했다

"만약 그랬다면 지금 네가 이렇게까지 성장하지 못했겠지. 원래 몸에 좋은 약은 입에 쓴 법이야."

그래서 12,000번이나 죽을 때까지 지켜보고 있었냐, 개쌍년아 라는 말이 입 바로 아래까지 올라왔다가 내려갔다.

주변에 있는 연구원들을 재워가며 입구에 도착했다.

보사 요청으로 반지를 대봤을 때는 전혀 열리지 않았던 문이, 이번에는 아쵸프무자를 기다렸다는 듯 활짝 열렸다.

"가자."

위- 이- 이- 잉-

고속으로 내려가는 승강기 속 무중력에 익숙해질 무렵 승강기 문이 열리며 올텅이 모습을 드러냈다.

"위대하신 존재를 뵙습니다."

"최상위 관리자는?"

분명 저번에 아쵸프무자가 강제로 발화시켜 녹아버렸다. 그럼에도 묻는다는 건 어떤 이유에서였을까.

"비상 프로토콜에 따라 재구성이 완료된 상태입니다. 호출할까요?"

채 아쵸프무자가 고개를 끄덕이기도 전에, 저 멀리서 불안한 효과음이 들려왔다.

- 위잉.

- 그즈즈즈즈즈즈!

초록색 레이저를 느낀지 0.5초도 안 돼서 바로 엄청나게 굵은 붉은 레이저가 뿜어져 나왔다.

"빌어먹을!"

양팔로 얼굴을 감싸자, 따가운 기분이 들었을 뿐 별다른 부상은 입지 않았다.

반격을 위해 글록을 뽑고 허공에 몇 번 발포하자, 약 2초 후에 펑- 펑- 하고 터지는 소리가 들려왔다.

"전투는 없을 거라고 하지 않았던가?"

"기다려 봐. 이제 곧 도착할 거야."

말 끝나기 무섭게 최상위 관리자가 나타나며 분노 가득한 목소리로 아쵸프무자의 이름을 부르짖었다.

"어째서, 어째서 날 죽이지 않는 것인가! 제발… 제발 이 끝 없는 저주를 풀어 줘…."

최상위 관리자는 허공에 뜬 구체의 모습. 분명 그 어느 행동이나 표정이 없음에도, 슬퍼 보이는 것 같았다.

"거래하고 싶어. 만약 이에 응하고, 또한 성공한다면 네가 염원하던 죽음을 줄게."

최상위 관리자가 광신도처럼 죽음을 부르짖었고, 이에 아쵸프무자는 현재 상황을 설명했다.

최상위 관리자는 자기가 이렇게까지 고통받은 이유가 겨우 두 신 사이에 있던 '유희'였다는 사실에 절망했으나, 그보다 더 죽음을 염원했기에 쉽게 승낙했다.

"나는… 나는 뭘 하면 되지?"

"얼마 후 하즈무포카의 차원에 대규모 침공이 있을 거야. 그때 합류해."

"알다시피… 나는 이 유적을 벗어날 수 없다."

"유적을 들고 가면 되지. 올텅, 최상위 관리자가 이동할 수 있게끔 휴대용 케이지를 만들어. 외벽을 뜯어서 만들면 될 거야."

올텅은 고개를 푹 숙이고는 신탁을 받들었다.

"알겠나이다, 모두 당신의 뜻대로 하겠나이다."

"이번에는… 이번에는 정말로 진정한 죽음을 줄 것인가?"

최상위 관리자는 과거에 속았던 경험이 있기 때문인지, 재차 확인했다.

"맹세하지. 성공한다면 네게 완벽한 죽음을 줄게."

최상위 관리자가 부르짖었다.

육체가 없는 몸이었음에도 꼭 눈물을 흘리는 것 같았다.

⊕

칼날 정글.

과거였다면 중국 개척지를 통해 가야 했지만, 핵이 떨어지고 나서부터 얘기가 달라졌다.

보통 사람은 방사능에 푹 절여지기 싫어했기에 주변에 사람 그림자가 싹 사라진 것이다.

이에 따라 한국 개척지 북쪽에 있던 무장세력과 강도들도 덩달아 사라졌기에, 바로 칼날 정글로 갈 수 있었다.

홀로 벤츠에 앉아 시속 300km 밟아가며 평원을 질주하길 10시간. 칼날 정글에 도착했다.

'어지간히 변했군.'

과거에 하늘을 전부 덮어버릴 정도로 울창했던 나무들은 이제 없었다. 이제는 그저 구멍 뚫린 천처럼 상처 입은 숲만 눈에 가득 보일 뿐이었다.

마치 엄청난 태풍이 할퀴고 지나가기라고 한 것 같이, 나무들은 제 수족 같은 나뭇가지를 잔뜩 떨어뜨렸다.

저것도 그나마 큰 나무들 얘기였지, 관목이나 풀들은 아예 형체를 알아볼 수 없을 정도로 전부 뭉개져 있었다.

핵이 10발 이상 꽂혔으니 그럴 법도 했다.

아니, 저렇게 돼야 정상이었다.

"인간. 사실 난 이렇게 될 줄 알고 있었어. 아마 우리가 이번에 실패한다면, 머지않아 인간 혹은 인간과 이종족끼리 핵전쟁이 일어날 거야."

아쿄프무자는 조용히 나타나 작은 목소리로 읊조렸다.

"방사능과 마법 오염으로 뒤덮인 땅은 더는 쓸모 없으니까, 하즈무포카가 청소를 시작하겠지. 그럼 모두 죽어…."

씁쓸한 목소리였으나, 그에 대해서는 딱히 별 관심이 없었다. 어차피 이미 두 번의 전쟁을 겪어오며 깨달은 사실이 하나 있었으니…

바로 전쟁은 절대 변하지 않는다는 것이었다.

인간이 있는 한 어느 형태로든 전쟁이 발생할 거고, 인간의 손에 핵과 마법이 쥐어져 있는 한 언젠가는 그 폭탄이 터질 게 분명했다.

"그딴 건 관심 없다. 단지 내 가족과 소중한 사람들만 안전하면 돼. 싸움이 끝나면 바로 지구로 돌아갈 거다."

"그래. 싸움이 끝나고 나면 네 뜻대로 해."

칼날초가 전부 쓸려나갔던 까닭에, 이동에 그렇게 큰 시간이 걸리질 않았다. 아쿄프무자가 소환한 이름 모를 탈것을 타고 2시간 정도 이동하니 거대한 굴 앞에 도착했다.

"안에 있네. 가자."

제 발로 짐승 아가리에 들어가는 것 같은 기분이 들었다. 몇 걸음 걷자 지독할 정도로 짙은 슬픔을 담은 울음소리가 들려왔다.

– 어흐어… 컥. 그르르 각…

마치 사람이 우는 소리 같기도 했고, 상처 입은 짐승이 거품을 무는 소리 같기도 했으며, 병에 걸려 죽어가는 늙은 맹수가 내는 소리 같기도 했다.

어느 정도 더 이동하자 소리의 근원지에 도착할 수 있었다.

칼날 정글의 주인.

과거 거대하고 웅장하던 모습은 온데간데없이, 지금은 비쩍 마른 모습으로 작은 인형 비슷한 걸 끌어안은 채 하염없이 눈물만 흘리고 있었다.

심지어는 제 굴에 들어온 침입자조차 인식하질 못했다.

"너와 얘기를 하고 싶어."

갑작스레 끼어든 목소리에 주인의 고개가 획 돌아갔다. 그 모습에서 얼핏 광기가 스쳤다.

"인간…! 전부, 전부 죽여 버리겠어!"

대화 따윈 하고 싶지 않았는지, 주인은 바로 발을 들었다. 밟아 죽을 심산 같았다. 이에 아쵸프무자는 전이로, 지훈은 가속을 이용해 피했다.

쿵 하고 꽂힌 발 주변에 먼지 구름이 피어났다.

"인간… 이게 모조리 인간 때문이야! 그워워워!"

주인이 포효하는 사이, 그녀가 안고 있던 인형이 뭔지 볼 수 있었다. 반쯤 썩어버린 새끼였다.

아마 핵폭발을 견디지 못하고 죽어버린 모양이었다…

"내 새끼… 내 눈에 넣어도 아프지 않을 내 새끼… 인간이 죽였어! 인간이 죽여 버렸다고!"

미쳐 날뛰는 주인의 모습이 처량해 보였으나, 안타깝게도 지훈으로서는 해 줄 수 있는 게 없었다.

하지만 아쵸프무자는 달랐다.

"나와 함께 가자. 만약 우리와 함께 싸워준다면, 네 새끼를 살려줄 수 있어."

날뛰던 주인이 일순간 모든 행동을 멈추고, 커다란 눈에 눈물만 그렁그렁 맺은 채 아쵸프무자를 쳐다봤다.

"어떻…게?"

"시간을 돌려줄게. 네 새끼의 고유 시간을 돌린다면 가능해. 그게 아니면 아예 너를 과거로 보내 줄 수도 있어."

"내가 너를 어떻게 믿지? 너는… 인간이잖아."

아쵸프무자는 대답 없이 그저 제힘을 약간 보여줬다. 그걸로 증명됐는지, 주인은 안심했다는 표정을 지었다.

"나는 뭘 하면 되지?"

물음에 아쵸프무자가 지훈을 물끄러미 쳐다봤다.

마지막 말은 이쪽이 하라는 의미였다.

"신을 죽일 거다. 네 힘이 필요하다."

"내 새끼를 되살릴 수만 있다면… 그 어떤 짓이든 하겠다."

주인의 눈빛에서 짙은 살기가 배어 나왔다.

적으로 만났을 땐 그 어느 것보다 섬뜩했지만, 아군이 되니 그 어느 방패보다 든든해 보였다.

'이제 준비는 끝났다.'

[현재까지 모인 전력]

김지훈 – 980

칼콘 – 320

민우 – 590

가벡 – 290

석중의 지원(장비 및 물자 포함) – 2500

스토커와 언더 다크 한국 개척지부 – 5650

에르파차 형제와 티그림 마법사들 (일부) – 18400

기토킨과 차원 여행자들 – 33020 (!)

올팅과 최상위 관리자 – 35490 (!)

칼날 정글의 주인과 짐승들 – 21540 (!)

총 전력 합 – 118780

권능의 반지

170화 꼭 돌아올게.

NEO MODERN FANTASY STORY

마음만 먹으면 얼마든지 출발할 수 있는 상태. 하지만 마지막 전투에 앞서 몇 가지 미련이 남았다.

까닭에 동료들에게도 며칠간의 여유를 갖자고 말했다.

⊕

칼콘은 잠시 카즈가쉬 클랜에 다녀온다고 말했다. 차로 이동하기에는 2달 이상 걸리는 거리였기에, 아마 모아놨던 예금을 써서 포탈을 탈 생각인 것 같았다.

환승을 여러 번 해야 하는 까닭에 천문학적인 비용이 들 테지만, 아마 그보다 더 중요한 뭔가가 있으리라.

"갑자기 고향이라니, 뜬금없지 않아?"

이유를 묻자 칼콘이 조금 어두운 표정을 지었다.

"나는 카즈가쉬의 이름을 버리고 도망쳤지만, 거기에 내 소중한 사람이 있어. 비록 피는 섞이지 않았지만, 사랑하는 아들도 거기 있고."

언젠가 여자 이름을 웅얼거린 적이 있던 칼콘이었다.

아마 그 사람이겠지.

"죽을지도 모르니까, 한 번 다녀와야겠다 싶어. 조금 늦을지도 몰라. 미안해, 지훈."

"괜찮다. 만약 가다가 생각이 바뀌면 전화나 해. 꼭 가야 한다고 강요는 하지 않는다."

"그럴 일 없을 테니까 걱정하지 마."

"그러고 보니까, 처음 만났을 때 기억나냐?"

문득 떠오른 옛날 생각을 시작으로, 둘이 이야기꽃을 피우기도 잠시. 칼콘이 속 깊은 얘기를 꺼내놨다.

"있잖아, 내가 왜 카즈가쉬 클랜을 떠났나 얘기했던가?"

단 한 번도 한 적이 없던 얘기였다. 클랜 얘기만 나오면 어두운 표정으로 고개를 돌렸던 칼콘이었다.

마음속 제일 깊은 곳에 있던 얘기인지라 힘들면 얘기하지 않아도 된다고 말했지만, 칼콘은 고개를 저었다.

"계속 도망칠 순 없잖아. 이제는 담담히 받아들어야지."

칼콘은 몬스터 브레이크 당시 서울로 침공했었다. 그는 군인이었기에 명령에 따라 인간들을 사살했다.

"그렇게 군인을 뚫고 나니까, 민간인이 나타났어. 근데 지휘관이 모두 죽이라고 하더라?"

인간의 총은 굉장히 위협적이어서, 방아쇠만 당길 수 있다면 아이던 여자던 모두 쏠 수 있었던 까닭이었다. 이는 이 종족에게 굉장히 치명적인 요소였기에, 반드시 배제해야 했다.

"명령이라 어쩔 수 없이 죽이다가 한 가족을 만났어. 애 아빠가 몸을 던져서 막더라? 어쩔 수 없이 죽였어. 그리고 나니까 애 엄마가 자기한테는 뭐든 다 해도 되는데, 애만 죽이지 말라고 그랬어."

결과야 뻔했다. 당시 칼콘은 잘 벼려진 군인이었다.

전시에 명령 불복종은 곧 즉결처형이었기에 망설임 없이 여자를 죽였다. 칼로 찌르니 맥없이 쓰러졌다.

고통에 익숙지 않은 현대인으로서는 당연했다. 하지만…… 여자는 죽기 직전까지 칼콘의 다리를 잡고 늘어졌다.

"애를 죽이려고 칼을 들었는데, 뭐 하고 있나 싶더라. 그래서 도망쳤어. 탈영했지. 나는 민간인을 죽이려고 군인이 된 게 아니었어."

결국 클랜에서 쫓겨남은 물론, 인간 사회에서도 섞이지 못하는 이방인이 됐다. 지훈은 문득 저 얘기가 민우에게 들었던 얘기와 굉장히 유사하다는 사실을 떠올렸지만, 그냥 모르는 척 내버려 두기로 했다.

가끔은 덮어두는 게 더 좋기도 함을 알기 때문이었다.

"마지막이 될지도 모르는 인사를 하러 가는 건가?"

"뭐… 그렇지. 다녀올게."

칼콘의 어깨를 두드려 주며 말했다.

"너는 잘못한 거 없다. 죄는 전쟁이, 전쟁을 결정한 늙은이들이 짊어져야 하는 거야. 네가 떠안을 필요 없다."

칼콘은 이에 씁쓸한 웃음을 흘리며 고맙다고 말했다.

✢

민우는 부모님이 계신 납골당에 다녀온다고 말했다.

세드에서 살아온지라 자주 못 갔지만, 이번에 오지 않으면 영영 못 올 수도 있다는 걸 내심 생각한 모양이었다.

"같이 다녀오자. 어차피 나도 한 번 가야 했다."

지현 포함, 셋이 함께 지구로 향했다.

목적지는 신사동 가로수길이었다.

과거 신사동 가로수길이라 함은 엄청난 번화가로 패션을 선도하는 장소였으나, 지금은 얘기가 조금 달랐다.

몬스터 브레이크 아웃 당시 오크 마법사가 신사동에 말 그대로 운석을 꽂아 버렸고, 반경 10km가 전부 폐허가 됐다.

이후 재건 때 정부는 수없이 많은 사람의 장례를 치러주기 위해 납골지구를 만들기로 했고, 이에 신사동이 선택됐다.

과거였다면 땅값 때문에 말도 안 되는 일이었으나, 몬스터 브레이크 아웃이 정확히 강남대로에서 터지면서 이미 강남 주변 땅값이 바닥까지 떨어진 후였다.

결국 납골지구 건설 사업이 진행됐고, 신사동 가로수길은 역사의 뒤안길로 사라졌다.

"올 때마다 느끼지만, 꼭 거대한 묘비가 잔뜩 늘어서 있는 것 같네요. 얼마나 많은 사람이 죽었을까요?"

전국에서 900만 명. 이후 개척전쟁에서 10만 명. 종족 전쟁에서 90만 명이 추가로 죽었다.

숫자로 보면 겨우 1,000이지만… 실제로 따져본다면 대한민국 인구의 1/5이 줄어든 거였다. 그중 대부분이 실질적인 노동과 경제의 주체인 20~40대였다.

애초에 그 전쟁터에서 살아남은 게 기적이었다.

"…다시는 그런 비극이 일어나선 안 된다."

지훈이 이를 꽉 깨물었다.

처음에는 그저 돈을 위해서였고, 더 나아가 소중한 사람들의 안전을 위해서였지만 지금은 아니었다.

만약 하즈무포카를 이대로 내버려 뒀다간, 어떤 일을 벌일지 아무도 알 수 없었다. 아쵸프무자의 말대로 핵전쟁이 일어나고, 그 청소를 위해 주머니 차원을 갈아 버린다면?

과거보다 훨씬 더 많은 사람이 죽을 게 분명했다.

'막아야 한다. 그 미친 새끼를 막아야 해.'

속으로 다짐하고 있자니, 민우가 말을 걸어왔다.

"형님. 저는 64번 빌딩이라, 가봐야 할 것 같습니다."

"그래, 다녀와라. 끝나고 여기서 만나자."

지현과 둘이서 부모님의 납골당을 찾았다.

'잘 계셨습니까, 어머니 아버지. 못난 아들놈 굉장히 오래간만에 뵙고자 찾아왔습니다.'

조용히 큰절을 두 번 하고, 한동안 묵념하고 있다가 나왔다.

약속 장소에서 기다리고 있자니, 멀리서 민우가 눈을 비비적거리며 다가왔다.

"어… 예. 일찍 오셨네요. 킁."

훌쩍이는 모습을 보고 있으니 감정이 뭉클거린 걸까?

문득 지현이 크게 울음을 터트렸다.

"오빠, 나 갑자기 엄마 보고 싶어… 나 이제 엄마랑 아빠 얼굴이 기억나질 않아… 예전에 엄마, 아빠랑 맨날 같이 아침밥 챙겨 먹었는데… 왜 기억이 나질 않지? 나 이상한가 봐… 치매도 아닌데… 밥이 어떤 맛이었는지, 엄마랑 아빠 목소리가 어땠는지, 전혀 기억이 안 나… 엄마…."

홀로서기 한 지도 굉장히 오랜 시간이 지났다.

속으로 왜 사진 한 장 찍어놓지 않았을까, 왜 동영상 하나 남겨놓지 않았을까 하는 후회가 치밀었다. 항상 옆에 계실 때는 그게 당연한 줄 알았고, 영원히 그럴 줄 알았다.

하지만 어느 날 갑자기 포탈이 열렸고, 몬스터가 쏟아졌다.

그때 지훈은 고등학생. 용돈 더 달라고 애꿎은 화나 내며, 방에 막 들어오지 말라고 짜증이나 부렸을 나이.

홀로서기엔 너무 어렸고, 세상도 몰랐다. 그저 부모님의 품 안에서만 살았기에 그게 당연한 줄만 알았다.

'개 같은 하즈무포카… 이게 전부 다 그 새끼 때문이다….'

가슴 속에서 검은 증오가 들끓었으나, 일단은 앞에 있는 지현의 등을 토닥였다.

"괜찮아, 괜찮아."

그래도 아직 오빠가 남아있다는 사실 때문일까? 그 손길에 안심됐는지 지현은 더욱 크게 울음을 터트렸다.

마치 어린아이처럼 숨도 쉬지 못하고 꺽꺽거리며 우는 지현을, 민우가 가까이 다가가 꽉 안아줬다.

"괜찮아요, 지현씨. 괜찮아… 지금은 다 같이 있잖아요."

지금은 이라는 단어가, 나중에는 없을지도 모른다는 걸 내포하고 있었기에 굉장히 씁쓸하게 들려왔다.

'내가 죽으면 이제 지현이 혼자 남는다.'

벌어놓은 돈이 있고, 지현도 돈을 흥청망청 쓰는 사람은 아닌지라 그럭저럭 먹고는 살 수 있으리라. 그럼에도 속으로는 꼭 이기고 돌아와야겠다고 마음먹었다.

"있잖아… 오빠도, 민우씨도… 갑자기 떠나지 않을 거지? 나 진짜 주변에 아무도 없으면 살기 싫을 것 같아."

울먹이며 쳐다보는 동생에게, 굳은 다짐을 담아 "응." 이라고 대답해줬다. 민우 역시 "약속할게요." 라고 말했다.

⊕

가벡은 남은 시간 동안 본인이 모시는 신에게 참배했다.

"발쿠할에 가고 싶은 모양이지?"

"당연하다. 죽어서도 그분과 함께 싸울 수 있다면, 무한한 영광이지. 나는 그분의 칼이며, 또한 방패이니라."

"수고해라."

딱히 공감해 줄 수 있는 부분이 없었기에, 가볍게 어깨를 두드려주곤 밖으로 나왔다.

본인이 열렬히 신도이면서 다른 신을 죽이려고 하는 굉장히 아이러니한 행동이었지만, 그러려니 했다.

어차피 이 세상에 완벽한 존재란 있을 수 없는 법이었다.

✛

마지막으로 시연에게 사정을 설명했다.

결과는 말할 것도 없이 반대였다.

딱 봐도 죽으러 가는 건데, 이해할 수 있을 리 없었다.

"그냥… 그냥 도망치자. 지구로 가면 안전할 거야. 나도 이제 연구 거의 다 끝나가니까 전쟁이 일어나기 전에 도망쳐서, 눈 꼭 감고, 귀 꼭 막고 살자… 응?"

"미안."

그렇게 할 수 없다는 마음을 짧게 담아 사과하자, 시연이 커다란 울음을 터트렸다.

"너 진짜 못됐어… 사람 마음 이렇게 막 흔들어 놓고… 맨날 위험한 일이나 하고… 나쁜놈아… 난 네가 위험할 때마다 가슴이 찢어지는데… 넌 내 생각도 안 하고…."

"정말 미안하다. 이건 내가 아니면 아무도 할 수 없는 일이야. 그리고… 이 모든 일의 원흉을 내 손으로 끝내고 싶어."

"그게 왜 너야만 해!? 이 세상에 사람은 많잖아! 왜 자기가… 왜 자기가 정의의 사도가 돼야 하냐고. 그냥 나랑 같이 결혼해서, 평범한 애 아빠로 살면 안 돼?"

이기적인 생각이었으나, 또한 당연한 생각이기도 했다.

다들 세상을 구원해 줄 영웅을 원하지만, 그 가시밭길을 본인 혹은 본인의 주변 사람이 가기는 원치 않기 때문이었다.

한참을 달래고서야 시연이 울음을 그쳤다.

다 부어버린 눈으로 원망을 담은 눈초리만 보내는 그녀에게 작은 목소리로 속삭였다.

"시연아…."

"왜."

"돌아오면 나랑 결혼하자. 나 이제 헌팅도, 싸움도 전혀 안 할 테니까… 같이 애 잔뜩 낳아서 살자."

시연은 간신히 멈췄던 울음을 다시 터트렸다.

"이 개새끼야… 씨발놈아… 그런 말 하면… 독한 마음 먹었는데… 너 안 돌아오면 어떡해… 나 너 기다리다 늙어 죽으면 어떡해… 진짜… 난 이제 너 없으면 안 되는데…."

만난 이래로 시연이 처음으로 욕을 했다.

그만큼 속상했겠지. 이해할 수 있었다.

만약 오질 않는다면, 그저 '늦네.' 하는 심정으로 30대, 40대, 심지어 할머니가 될 때까지 기다리리라. 차라리 기다리는 게 '죽었다'고 생각하는 것보다는 편할 테니까.

"꼭 돌아와… 나 진짜 죽기 직전까지 기다릴 거니까…."

독한 눈으로 쳐다보는 시연을 꽉 안아줬다. 그걸 신호로 다시 한 번 시연 눈에서 수도꼭지가 터졌지만, 오랜 시간 동안 꽉 안아줬다.

마지막으로 지현에게 모든 카드와 통장을 넘기고 비밀번호까지 알려줬다.

"나 안 돌아오면, 그냥 죽었다고 생각하고 내가 모아둔 돈 조금씩 쓰면서 살아. 보사랑 아이덴티티는 절대 들어가지 말고, 그냥 너 하고 싶은 일 하면서 살아라."

이미 감정교류는 다 끝난 상태였기에, 지현은 올라오는 감정을 애써 참으며 고개를 끄덕였다.

"나는 헌터라 보험 안 들어뒀지만, 내가 네 이름으로 보험 많이 들어뒀다. 중도 해지하면 돈 안 들어오니까, 꼬박꼬박 내서 환급 타 먹고. 아프면 거기서 돈 받아다가 병원 가거나 치료받아라."

"알겠어…"

풀이 죽어있는 모습을 보니 괜히 마음이 아파 왔다.

"걱정하지 마. 돈 다 떨어지면 석중 할배 찾아가. 아마 잘 챙겨줄거야."

아마 욕 몇 마디 하긴 하겠지만, 거친 일 없이 옆에서 커피나 타게 시키며 연봉 1억은 쥐여 주리라. 차라리 그게 괜히 험한 일 하는 것보다 나았다.

"응…."

"아니, 너는 표정이 무슨 꼭 안 돌아올 것 같다? 이 년아, 너는 내가 그냥 콱 나가서 안 들어왔으면 좋겠지?"

너무 우울해 하는 것 같아서 툭 건드리자, 지현이 불같이 화를 냈다.

"아, 쫌! 하나밖에 없는 오빠라는 인간은 진짜 사이코패스인가, 꼭 이런 순간까지 그래야 돼!? 감정이 없지 그냥!?"

바락바락 대드는 모습을 보니, 그제야 '내가 없어도 잘 살겠구나.' 하는 생각이 들어 안심할 수 있었다.

물론 살아서 돌아올 생각이었지만, 그럼에도 최소한의 안전장치는 필요한 법이었다.

❖

그렇게 일행과 동료들의 정리가 모두 끝난 뒤 아쵸프무자에게 연락했다.

'준비는 끝났다. 내일 오전에 출발하지.'

돌아오는 목소리는 없었다. 단지 허공에 알겠다는 내용을 담은 고대어만 떠올랐을 뿐이었다.

– Nagu sulle meeldib. (뜻대로.)

171화 대규모 차원 이동.

NEO MODERN FANTASY STORY

다음날 오전 9시.

지현과 장례식장 같은 분위기 속에서 아침 식사를 했다.

"거 표정이 왜 그러냐. 생명 보험 안 들어놔서 그러냐?"

"오빠, 이런 날에는 그냥 닥치고 먹자."

피식 웃음이 나왔다. 욕할 기운이 남을 걸 보니, 속으로 정리가 모두 끝난 모양이었다.

"민우씨도 같이 가지?"

"그래. 왜? 걱정되냐?"

걱정되냐는 말에 지현은 작위적인 웃음을 지었다.

"흥, 그런 녀석 누가 걱정이나 할까 보냐. 조루 녀석."

조루라는 말에 순간 입에 넣었던 국을 뿜을 뻔했지만, 애써 삼키고는 지현을 뚫어져라 쳐다봤다.

"그 새끼가 너한테 뭘 짓 했냐?"

"그 성격에 무슨 짓은, 무슨. 내가 덮쳤다, 왜."

한숨을 푹 내쉬었다.

예상은 했지만 실제로 들으니 또 아득했다.

"걔 이제 내 남자친구니까, 죽이지 말고 살려서 데려와."

미친년아, 오빠는 걱정도 안 하냐고 물으려는 순간, 지현이 뒤에 쑥스럽다는 듯 '…오빠도.' 하고 덧붙였다.

빤히 쳐다보고 있자니, 지현이 욕을 내뱉었다.

"아, 뭘 봐. 밥이나 빨리 먹어. 이제 힘든 일 하러 갈 건데 속이라도 든든히 채워야 할 거 아냐."

✥

다음으로는 시연과 함께 시간을 보냈다.

"아… 어……."

아니나 다를까, 시연은 지훈을 보자마자 울먹거렸다.

마지막이라 눈물 없이 웃으며 보내줘야 한다는 걸 알면서도, 머리와 다르게 가슴이 말을 듣지 않는 모양이다.

"울면 화장 지워져. 저번처럼 검은 눈물 펑펑 쏟을 거야?"

"아니… 그래도…."

말없이 꼭 안아줬다.

"죽으러 가는 거 아니니까, 안심해."

"응… 진짜 안 돌아오면 내가 쫓아갈 거니까!"

"참 쓸 데 없는 걱정도 많이 한다. 나 돌아오면 뭘 먹여야 힘 좀 낼까 잘 생각이나 해둬."

시연은 힘없이 고개를 끄덕였다. 하지만 그것도 잠시.

시연은 입술을 다물곤 가져왔던 스포츠 백을 건네줬다.

"이게 뭐야?"

"열어 봐."

지이이익 –

지퍼를 열자 난생처음 보는 총과 라이딩 슈트 같은 옷 그리고 탄창과 유탄이 몇 개 들어있었다. 제일 먼저 총을 들자, 시연이 결의에 찬 눈으로 말을 이었다.

"아이덴티티랑 합작으로 만든 총이야. 원래는 외마연(외부 마법 연구원) 전용인데, 사용자의 마력에 감응해서 총알의 강도를 높여줘. 총알의 등급을 하나 더 높여준다고 생각하면 편할 거야. 자기도 마법 쓸 줄 아니까 가져왔어."

마법 공학 소총.

언젠가 각성자 물품 거래소에서 한 번 봤지만, 입이 떡 벌어지는 가격 때문에 꿈도 못 꿨던 총이었다.

비록 지훈이 지금 마력 부여와 주문 주입 이능을 가지고 있다고 한들, 어디까지나 '주문'에 한정된 능력이었다.

탄환 자체의 등급을 올리진 못했다. 아마 지훈의 능력과 총의 능력이 합쳐진다면, 엄청난 시너지를 불러오리라.

그다음으로는 슈트를 꺼냈다. 자세히 보니 잠수복처럼 생기기도 했지만, 소재는 고무가 아니었다.

"현재 인류가 가진 기술로 만들 수 있는 최고의 방어구야.

같은 부분에 연속해서 맞지 않는다면, 저격 소총으로 쏜 CR 탄 까지 막을 수 있어. 게다가 충격 흡수력도 뛰어나서 핀포인트 질량 공격만 아니라면 전부 흡수해. 내가 만든 거야."

시연은 갑자기 냉장고에서 계란을 하나 꺼내왔다. 이후 계란을 손에 쥔 뒤 테이블 위에 펼쳐져 있는 옷 위로 있는 힘껏 집어 던졌다.

계란이 깨져서 옷에 전부 흩뿌려져야 했지만…

퐁–

마치 침대에 떨어진 것 마냥 얌전하게 안착했다. 과연 완벽한 충격 흡수가 아닐 수 없었다.

해당 기술은 세드의 험난한 하늘을 뚫고 우주로 진입하기 위해 만들어진 기술이었다. 보통은 우주선 내부에 쓰이는 소재였으나, 시연은 지훈을 위해 이를 방어구와 접목했다.

저 정도 충격 흡수라면 탄환을 맞고도 버틸 수 있으리라.

"거기다가 자기한테 방사능, 산성, 화염, 전류도 필요할 것 같아서 넣었어. AED(Automated External Defibrillator, 자동 심장 충격기)도 넣어 놨으니까… 위급상황이 되면 알아서 작동할 거야. 아직 아이덴티티랑 합작이 안 맺어져서 마법 저항은 없지만… 그래도 쓸만할 거야."

시연은 절대 울지 않겠다는 듯 이를 꽉 깨물었다. 그 모습이 꼭, 전쟁 나가는 남편을 쳐다보는 부인 같아 보였다.

마지막으로 남은 물건을 꺼내봤다.

탄창과 유탄이었는데, 탄두가 초록색이었다.

색깔을 확인하자마자 동공이 크게 불어났다.

초록색이라면, 현생 인류가 쏠 수 있는 탄환 중 가장 강력한 물건. CR(크릴 나이트)였다.

"일반 탄창에 120발, 유탄은 5개야. 슈트에 꽂을 수 있게 해놨으니까, 잘 넣어놔."

설명을 다 듣자 시연은 한 번 입어보라고 권했다.

옷을 벗고 슈트를 집어 들자, 사타구니 부분에 관이 하나 달려 있는 게 보였다. 뭔가 싶자니, 시연이 설명해줬다.

"위험한 지형 많이 다닌다면서… 물 부족 하거나, 옷을 벗기 난감할 때도 있을 것 같아서. 배뇨랑 여과 시스템이야."

세세한 부분까지 신경 써 준 게 너무나도 고마웠다. 발끝부터 머리까지 모조리 뒤집어쓰자, 눈앞에 영상이 나타났다.

"나이트 비전이랑 열 감지도 넣었어. 왼쪽 관자놀이 부분 눌러서 바꿀 수 있어. 방독 필터는 24시간짜리 하나니까 주의해."

이 작은 옷에 저 기능들이 어떻게 다 들어갔는지 신기했지만, 궁금증보다는 일단 시연의 준비에 감사를 표했다.

아마 지훈이 사지로 간다는 것에, 모든 노력을 다해서 만들어낸 물건일 게 분명했기 때문이었다.

"고마워…."

"고마우면, 꼭 살아 돌아와. 나 그거 만든다고 예금 탈탈 털어서 거리에 나앉게 생겼어. 진짜 결혼할 때 집 안 사오면 멱살이라도 잡을 거라고!"

현재 받은 물건 가격만 따져도, 지구에 아파트 10채는 거

뜬히 사고도 남을 물건이었다. 그래도 부담을 주지 않으려고 저렇게 말하는 모습을 보니 고마웠다.

"그래, 꼭 기다려. 오래 걸리더라도 돌아올게."

꽉 안아준 뒤 일행이 기다리고 있는 곳으로 향했다. 시연이 따라오려고 했지만, 데려가면 괜히 마음 약해질 것 같아서 집에 있으라고 말했다.

❧

인적이 드문 한국 개척지 남쪽.

꽤 많은 인원이 북적거렸다.

'뭐 저렇게 많아?'

칼콘, 민우, 가벡, 석중 사람들, 스토커 일행 합쳐 대강 100명 내외라고 생각했거늘, 딱 봐도 300은 되어 보였다. 대충 외곽에 바이크 세우고 내리니, 낯익은 얼굴이 다가왔다.

"오래간만이군, 인간."

"달갑지 않은 인연이지만, 다시 한 번 보는군."

그가쉬와 겐피(겐포의 아들, 고블린)이었다. 도대체 부르지도 않은 녀석들이 왜 왔나 싶어 물어보니, 가벡이 가서 애기했다고 말했다.

아마 거기에 아쵸프무자까지 따라붙었겠지.

'빌어먹을… 숫자가 많다고 다 좋은 게 아니거늘….'

들어가자마자 누구 목이 먼저 날아갈지 모르는 상황에, 숫자만 잔뜩 불어난다는 건 퍽 달가운 일이 아니었다.

이는 곧 쓸 대 없는 사상자만 눈덩이처럼 불어날 수 있음을 뜻했기 때문이었다.

아무리 마음에 들지 않는 존재라고 한들, 지훈이 싫다는 이유 하나로 '뒈지던가 말던가' 할 정도로 미친놈은 아니었다.

"그가쉬 클랜은 이 싸움에 대한 대가로 강력한 아티펙트를 요구했다. 위대한 아쵸프무자는 이에 승낙했고 말이지. 서로 좋은 사이는 아니지만, 잘 싸웠으면 좋겠군."

털 덥수룩한 손이 악수를 권했기에, 대충 영혼 없이 잡고 흔들어줬다.

"나는 아버지의 원수인 네놈의 멱을 따고 싶지만, 우리 부족의 독립을 위해 협력하겠다."

겐피는 당장이라도 눈물 대신 살기를 흘릴 정도로 날카로운 표정으로 올려다봤다. 이에 '열심히 해라.' 라고 일축하고는 어깨를 두드려줬다.

그가쉬 클랜은 한국에서 지원받은 흑표 전차와 K2 및 기타 중화기로 무장한 일개 중대를 데려왔다.

현대 화기가 얼마나 힘을 보여줄지는 몰랐으나, 없는 것보다는 나았다.

그와 달리 겐피 부족은 겐피 포함 6명이 전부였다.

수적으로는 굉장히 적었지만, 겐피 본인이 C등급 각성자임은 물론 친위대 역시 실력이 좋을 게 분명했기에 그가쉬 클랜보다는 믿음이 갔다.

다음으로는 도본엡스코였다.

러시아에 있는 갱으로, 하수도 지도를 팔았던 녀석. 지훈이 녀석의 조카를 장애인으로 만들었기에 서로 으르렁거리는 사이였기에, 도대체 왜 여기 있나 싶었다.

"석중이 요청했다. 장갑차 열 대. 성공하면 그 다섯 배를 돌려준다고 했다. 네놈은 씹어먹어도 시원찮지만, 사업은 사업이지."

"아아, 그 새끼는 잘 있나? 미안하다고 좀 전해 줘. 사업은 사업이잖아. 그 녀석이 이해해야지. 그렇지 않겠어?"

했던 말을 그대로 돌려주자, 도본옙스코가 찡그렸다.

녀석은 장갑차만 인계한 뒤 사라졌다. 사업가다운 현명한 선택이었다.

중앙 쪽으로 향하다가 문득 엘프들과 마주쳤다.

빠르게 지나치려니 뒤에서 에르파차 형제가 붙잡았다.

"김지훈님!"

얼굴 보자마자 든 생각은 '너희였냐…' 였다.

"아쵸프무자님과 그 사자님께 도움이 될 수 있어 영광입니다. 거룩한 성전을 이끌어 주십시오."

갓 성인이 된 것 같은 어린 얼굴로 저런 말을 내뱉으니, 영 어울리지 않았다. 뒈지기 싫으면 집으로 꺼지라고 말을 해주고 싶었지만, 이미 여기까지 온 이상 들어먹지 않겠지.

그냥 포기하고는 고개만 끄덕여줬다.

'처음 봤을 때는 어린애였는데, 많이 컸군.'

지금도 꼬맹이라는 사실엔 변함없지만, 그대로 마법사용 장비를 착용하고 있는 모습이 나름 늠름해 보였다.

중앙에 도착하자 동료들과 석중이 기다리고 있었다.

"왔냐?"

"지훈, 왔어?"

"오셨습니까."

"왔니, 개 쓰애끼. 누가 주인공 아니랄까봐 늦는 거 보라."

순서대로 가벡, 칼콘, 민우, 석중이었다. 말 한 마디 한 마디에서부터 숨길 수 없는 존재감이 나타났다.

"거 좀 늦을 수도 있지, 보채기는. 준비는 끝났소?"

석중에게 묻자, 씩 웃으며 뒤를 가리켰다. 그곳에는 MES 포함, 장갑 스무대와 전차 2대 그리고 전투 헬기와 급유차량이 보였다.

"미친… 저딴 거 있으면 당장 레니게이드 갈아버리고 대장 노릇 하지, 뭐 한다고 꼭꼭 숨기고 있었소?"

"원래 고개 빳빳시 들메, 내 목 쳐달라고 아우성치는 꼴이디, 병시야. 사람은 딱 전차랑 헬기 쓰는 애들만 데려왔으이, 나머지는 알아서 몰으라."

"고맙소."

"다 외상이니까, 다녀와서 평생 일해서 갚으라."

질 나쁜 농담이 욕 한마디 내뱉어줬다.

아쵸프무자를 기다리는 동안, 일행과 얘기를 나눴다.

"클랜은 잘 다녀왔냐?"

"어, 잘 있더라. 내 아들도, 그녀도."

"뭐래."

"카크라가 이번 전투 끝나면, 같이 인간 땅으로 가자고 그러더라. 오래 기다렸대."

아마 칼콘이 그녀를 잊지 못했듯, 그녀 역시 칼콘을 잊지 못한 모양이었다.

"아무래도 클랜 내에 있으면 개개인간의 혼인이 불가능하니까, 인간 세상으로 와서 단둘이서 살고 싶나 봐."

"그래서, 뭐라고 대답했는데?"

"기다리지 말라고 했어. 죽을지도 모르니까."

쓸쓸한 웃음이 스쳤다.

"걱정하지 마라, 나는 죽어도 너는 살아서 돌아갈 거다."

"무슨 소리야, 지훈. 난 그 반대로 만들 건데."

이에 둘이 웃으면서 주먹을 쾅 부딪쳤다.

민우는 보자마자 바로 멱살을 잡으려다 말았다.

"너, 잤다며?"

앞뒤 다 잘라먹은 말이었으나, 화자와 청자 둘 다 그 뜻을 알았기에 민우는 얼굴이 새하얘졌다.

"아, 아니… 거기에는 깊은 사정이 있습니다. 저, 저는 거부했지만 지현씨가 강제로…."

샷건에 고무탄 넣고 쏴주고 싶었지만, 이미 일 터졌는데 뭘 어쩌겠는가.

"됐어, 새끼야. 잘 해줘라. 내 동생이 아무리 쌍년이지만, 알고 보면 좋은 여자다."

"네, 넵. 맞는 말씀이십니다."

"너는 절대 뒈지지 마라. 돌아와서 내 손으로 직접 조져야 하니까. 알간?"

분명 챙겨주는 말이었음에도, 민우는 온몸에 피가 마르는 것 같은 기분이 들었다.

가벡은 무릎을 꿇은 체 제 신에게 기도하고 있었다.

"열심이군."

"내 생에 가장 영광스러운 전투가 될 거다. 이기면 무한한 영광을 거머쥐게 될 테고, 죽어서도 발쿠할에서 그분과 영원히 함께할 수 있겠지. 이 어찌 기쁘지 아니할 수 있던가."

"근데 그가쉬는 왜 불렀지?"

"아쵸프무자께서 내게 신탁을 내리셨다. 병력이 필요하다고 하셨지. 그래서 내가 가서 직접 얘기했다. 겐피도 부족의 독립을 조건으로 협력하고 싶다고 하더군."

"너 정도 되는 투사라면, 가봐야 90% 이상 죽는다는 사실을 잘 알고 있을 텐데?

비꼬듯이 묻자 가벡은 섬뜩한 미소를 지었다.

"죽어서도 신과 함께하는데, 무엇이 문제란 말인가? 죽음은 그저 시작일 뿐, 절대 끝이 아니다."

"또라이 새끼."

말이 통하지 않았기에 고개를 젓고는, 힘내라고 어깨를 두들겨줬다.

"죽지 마라. 너는 아직 죽기에 아깝다. 이 세상에 너 같은 병신도 살아 있어야 재밌는 세상이 되질 않겠냐."

"내 죽음은 그분께서 결정하지만, 걱정은 고맙군. 너 역시 좋은 투사다, 김지훈. 함께 싸워 영광이다. 너와 가는 길엔 항상 승리가 묻은 피 냄새가 났다."

"거 표현 참 비위 상하게 하기는. 간다."

일방적인 인사를 건네곤 그에게서 멀어졌다.

적당히 기다리고 있자니 아쵸프무자가 나타났다.

"준비는 끝났어?"

"아직. 칼날 정글 주인과 최상위 관리자. 그리고 차원 여행자들은 어디 있지?"

"내가 알아서 챙겨 갈 거야."

"그렇다면 됐다. 바로 출발하지."

"어디로 떨어 나도 잘 몰라. 잘하면 들어가자마자 싸워야 할 수도 있어."

"그 정도는 예상했다. 가지."

아쵸프무자는 손 위로 점프 잼을 소환했다.

"D pookimise, suur twin platsenta. (대규모 차원 이동, 큰 쌍둥이의 태반.)"

말이 끝남과 동시에 300명이 넘는 인원들의 몸이 흐려지기 시작했다.

172화 접객실

NEO MODERN FANTASY STORY

여태까지 겪은 차원 이동과 달리, 온몸에 벌레가 기어 다니는 것 같은 불쾌한 느낌이 들었다. 오래 이어지면 정신병이 걸릴 것 같다는 생각도 잠시.

눈을 뜨자 거대한 저택이 보였다.

"접객 공간이네. 차원의 가장 바깥 부분으로 왔어. 마음 같아서는 정보를 전부 알려주고 싶지만, 나도 공습에 함께한 건 처음이야. 알려줄 수 있는 정보는 한정되어 있어. 알아 둬."

접객 공간. 집으로 따지자면 거실로 해당하는 부분. 하지만 눈에 보이는 건 말 그대로 끝없이 이어진 거대한 홀이었다.

300이 넘는 숫자에 차량과 헬기, 심지어 크기가 엄청나게 큰 칼날 정글의 주인까지 들어 왔음에도 공간이 남을 거로 거대했다.

그뿐만 아니라 홀 천장에는 맑은 밤하늘 같은 우주가 떠 있었고, 길고 긴 복도만 끝이 보이지 않게 늘어서 있었다.

그 거대한 모습이 미물들의 머리로는 이해할 수 없는 공간이라고 말하는 것 같아 강한 이질감이 들었다.

'여기서 시간을 잡아먹힐 수는 없다. 할 일이 많아.'

전진하려는 찰나 홀에 거대한 목소리가 울려 퍼졌다.

– 내 차원에 어서 오너라, 내 주머니 속 미물들이여. 아주 작아 눈을 치켜뜨지 않으면 볼 수 없을 정도로 가녀린 몸부림이라도, 너희는 내게 아주 큰 즐거움을 주는구나.

하즈무포카였다.

난생처음 들어보는 목소리임에도, 어디선가 들어본 것 같은 기시감이 들었다. 하지만 당장은 내용에 집중해야 했기에 귀를 기울였다.

– 너희가 이런 재미있는 재롱을 준비해 줬는데, 내가 어찌 가만히 있을 수 있을까. 나도 유희를 위해 접객을 준비했으니, 부디 재미있게 즐겨주길 바란다. 피와 비명이 난무하는 즐거운 연회가 되면 좋겠구나. 크히히히힉!

광기 들린 웃음이 끝남과 동시에, 주르륵 늘어서 있던 갑옷들 심지어는 시계와 탁자 그리고 촛대까지 움직이기 시작했다!

아무리 사람이 많이 모였다고 한들 현재는 합이 전혀 맞춰져 있지 않은 상태! 이대로 뒀다간 아군 사격 및 범위 공격에 서로 휩쓸릴 수 있었기에 조치가 필요했다.

그리고 지훈이 그 방법으로 선택한 건… 바로 민우였다.

"민우! 정신 감응으로 내 말 전달할 수 있어?"

급박한 상황이었기에 빠르게 물었다.

"300명… 자, 잘은 모르겠지만 해볼게요!"

"칼날 정글의 주인이 제일 앞서 나가고, 그 뒤로 전차와 마법사를 배치해. 무생물이라 총으로는 제압 불가능해. 먼저 대규모 화력으로 숫자를 줄여야 한다!"

말이 끝나자마자 민우가 눈을 꾹 감고 정신을 집중했다. 그러자 머릿속에 목소리가 들려왔다. 지훈의 말과 정확히 일치하는 내용이었다.

"그워어어어!"

성공했던 걸까?

그림자가 드리움과 동시에, 머리 위로 칼날 정글의 주인이 그대로 날아올랐다.

단순 도약으로 뭉쳐있던 300명을 그대로 건너뛴 것이다!

이후 쿵 하는 소리가 나는 듯싶더니, 칼날 정글의 주인은 주변에 있던 사물들을 전부 박살 내기 시작했다.

크기만 6M에 달하는 엄청나게 커다란 짐승.

엄청난 부피와 무게만 해도 아득한데, 거기에 피부와 손톱은 모두 낮게 잡아도 B등급 이상. 하찮은 물건들 따위 두부처럼 뭉갤 수 있었다.

그렇게 칼날 정글의 주인이 길을 여는 사이 마법사들이 오와 열을 맞춰 마법을 준비했다.

거기까지 걸린 시간이 3분.

이후 추가로 마법 영창이 2분.

- 마법 영창 시작! 마법은 불소나기! 3소절부터!

누군가의 외침을 시작으로 노래가사 같은 영창이 시작됐
다.

짧은 시간 내에 강력한 화력을 쏟아내는 현대전에는 어울
리지 않을 긴 준비 시간이었으나… 그 화력은 감히 비교를 할
수 없을 정도로 강력했다.

2분여 되는 영창 시간이 끝나자, 합창하던 엘프들이 모두
한 목소리로 소리쳤다.

- Ma viipas teile ja see vähendab defitsiit. (당신께서
손짓하시니, 불비가 내리나이다.)

화아아아아아아아 –

엄청난 화염 폭풍이 몰아쳤다!

이미 앞서나간 칼날 정글 주인과의 거리가 1km 남짓이었
는데, 그 안에 있던 모든 물건이 불에 휩쓸려 재로 변했다.

이게 바로 인간이 얕잡아 봤던 이종족의 저력이었고, 또한
인간을 패배 직전까지 몰고 갔던 마법이었다.

"전진! 칼날 주인이 뚫어놓은 길을 이용한다!"

⊕

얼마나 싸웠는지, 얼마나 지났는지도 가늠할 수 없었다. 그
저 끝없이 뭉갰고, 마법으로 모조리 쓸어가며 전진했다.

그렇게 싸움에 어느 정도 익숙해졌을 때쯤. 끝이 없을 것
같은 홀의 끝에 도착했고, 그 앞에는 계단과 함께 커다란 문
이 보였다.

"다음 공간으로 가는 문이야. 저길 건너야 해. 하지만 저 앞에는 수문장이 있으니 주의해."

아쵸프무자는 계단 위에 있는 의자를 가리켰다.

의자는 앉는 사람의 편안함과 안락함을 위해 만들어진 물건이라는 것을 부정하기라도 하듯, 검과 갑옷으로 잔뜩 뭉쳐진 기괴한 모습이었다.

그 의자에는 푸른 안광을 뿜어내는 갑옷이 앉아있었다.

원래대로라면 그 안에 뭔가가 들어있어야 했거늘, 안은 텅 비어있고 그저 검디검은 공간과 푸른 안광만 가득했다.

"저 녀석의 종족은 살아있는 물건(Living Things). 육체를 초탈한 종족으로, 물건에 영혼을 주입할 수 있는 반신이야."

아마 여태까지 막아섰던 물건 모두 저 녀석이 만들어 놓은 것이리라.

조심스럽게 다가가자, 의자에 앉아있던 녀석이 일어섰다.

"Kutsumata külaline keelduti. Enneolematu tagasi tööle…. (불청객은 사절이다. 여기서 돌아간다면 없던 일….)"

대화 따윈 필요 없었고, 돌아갈 생각은 더더욱 없었기에 바로 명령했다.

"각 전차 주포 발포! 목표는 문 앞 갑옷!"

말이 떨어지자마자 민우를 통해 명령이 전달됐고, 대지가 흔들릴 정도로 커다란 굉음과 함께 탄환과는 비교가 안 될 정도로 커다란 포탄이 날아갔다.

콰앙- 쾅쾅!

결과는 깔끔하게 명중.

몇 발은 빗나가 문에 처박혔으나, 저 중 한 발만 직격 해도 엄청난 피해를 받을 게 분명했다.

아니나 다를까 먼지가 걷히자 수문장의 모습은 온데간데없고, 걸레 조각이 된 철편만 나뒹굴 뿐이었다.

'끝났나?'

그랬다면 좋았겠지만, 이상할 정도로 쉬웠다.

'거인한테는 핵을 직격으로 꽂았는데도 살아있었다. 이렇게 쉽게 끝난다고?'

말이 되질 않았다.

그랬다면 애초에 아쵸프무자가 힘들게 다섯 번이나 공습을 올 필요도 없이, FS의 우월한 기술력을 바탕으로 원거리 무기만 잔뜩 꽂아넣으면 됐다.

- Esineb keha on seotud triviaalne, kanda kisendama terror. (하찮은 육체에 묶여있는 존재들이여, 공포에 부르짖으라.)

구구구구구구…!

목소리가 들려옴과 동시에, 저택이 요동치기 시작했다!

"젠장! 설마, 이 저택 자체가…!"

그제야 깨달을 수 있었다.

살아있는 물건. 만약 육체에 상관없이 존재할 수 있다면, 굳이 인간의 형상을 띨 필요가 없었다. 아마 갑옷은 접객 및 대화를 위한 인형 그 이상 그 이하도 아니었겠지.

"전 부대한테 전해! 이 저택 전체가 저 녀석의 본체다!"

"으허어!? 그, 그게 무슨!"

민우는 믿을 수 없다는 표정을 지었지만, 애써 진정하고는 전 부대에 얘기를 전했다.

하지만 저택이 쑥 꺼지는 게 빨랐기에, 얘기가 채 끝나기도 전에 후방에 있던 전차들이 구멍으로 빨려 들어갔다.

–콰앙…

작게 들리는 폭발음만 전차 부대가 끝장났다는 사실을 알려줬다.

"빌어먹을, 어떻게 해야 하지!"

실시간으로 부대가 궤멸당하는 중이었다.

만약 이 저택 자체가 수문장의 본체라면, 애초에 녀석의 배 속에 들어있는 꼴이었다.

오히려 생명체의 배속이라면 내장이라도 공격해 반항할 수 있었지만, 상대방은 무생물이었다.

이 거대한 저택을 먼지 하나 남기고 박살 낼 수 있으면 모를까, 그게 아니라면 절대 이길 수 없었다.

"달려! 이탈한다! 목표는 문! 싸워서는 이길 수 없다!"

현명한 선택이었다.

지훈 일행 포함 병력 대부분이 타고 있는 장갑차 20대가 일제히 달렸고, 엘프 마법사들은 날아서 이동했으며, 차원 여행자들은 단거리 도약으로 빠르게 이탈했다.

우으으으으– 콰직!

아무리 재빨리 이동한다고 한들, 바닥이 울렁거리는 곳을 뚫기는 쉬운 곳이 아니었다.

차량 행렬의 몸통이 갑자기 튀어나온 벽에 부딪히는 것을 시작, 2차, 3차 추돌까지 나며 많은 병력이 손실됐다.

백미러를 통해 차량들이 박살 나는 걸 보니 속이 쓰려 왔지만, 여기서 멈췄다가는 모두 죽는 꼴이었다.

"계속 달려! 그리고 엘프 마법사들은 계단 앞에 빗면 만들어! 차량이 통과해야 한다!"

"Annie luua silla minna, kui sa tahad seda. (원하는 곳으로 가기 위해 다리를 만들지어니.)"

계단 옆에서 갑자기 흙더미들이 올라오더니, 차량이 이동할 수 있게끔 계단을 모조리 덮어버렸다.

쾅- 드드드드드!

차량이 계단 위에 올라가자 거세게 흔들렸지만, 다행히 전복되는 일 없이 모두 올라갈 수 있었다.

"지훈! 전방에 문, 어떡해!"

운전하던 칼콘이 물어봤다.

어차피 멈추면 죽는다. 대답은 하나였다.

"들이받아!"

칼콘은 눈을 질끈 감고 엑셀을 꾹 눌렀다.

부르르릉- 콰아아-

뭔가에 부딪히는 느낌과 함께 장갑차에 타고 있던 인원의 몸이 전부 공중에 떠올랐지만…

우웅-

그나마도 잠시. 모두 사라져 버렸다.

지훈 일행이 사라지자 남은 병력이 일제히 계단을 지나 문으로 들어갔지만, 이미 그 수가 반으로 줄어있었다.

칼날 주인과 최상위 관리자는 차량 행렬과 헬기가 모두 지나갈 때까지 기다렸다가, 마지막으로 지나갔다.

✛

첫 이동이 몸 위로 벌레가 기어 다니는 것 같은 불쾌감이었다면, 이번에는 숨이 막힐듯한 답답함이 몰려왔다.

질식할 것 같은 기분이 들 때쯤 되자, 눈꺼풀을 뚫어버릴 듯 뜨거운 빛이 느껴졌다.

'끝난 건가?'

눈을 뜨니 저택은 어디 갔는지 없고, 앞에 광활한 사막이 펼쳐져 있었다.

"덥다…."

운전석에 있던 칼콘이 갑옷을 흔들며 투덜거렸다. 긴장이 풀리면서 꽉 조여뒀던 오감이 풀어진 모양이었다.

"얼마나 더 가야 할까요?"

묻는 민우의 목소리가 불안하게 떨렸다. 겨우 저택 하나 지나는데 1/3이나 줄어 버렸으니, 슬슬 무서울 법도 했다.

잘 모르겠다고 답하려는 순간, 창문 밖으로 아쵸프무자가 나타났다.

"나도 여긴 잘 모르겠어. 예전에 봤을 때는 없던 곳이었는데… 새롭게 만들어진 공간 같아. 보통 계층은 그 관리자의 능력과 닮았으니, 미리 조심해 둬."

장갑차 밖으로 나가 여기저기 널려있는 최대한 멀리 쳐다봤지만, 여기저기 널려있는 사구만 보일 뿐 아무것도 없었다.

모래.

그저 모래밖에 없었다.

"일단 이동한다. 계속 기다려 봐야 체력만 떨어진다."

그렇게 업화의 이동이 시작됐다.

[1차 피해 상황 집계]

전차 5대(그가쉬 클랜과 석중의 물건) 모두 파손.

장갑차 10대 파손 및 탑승 인원 모두 사망

그가쉬 클랜 측 인원 몰살.

언더 다크 한국 지부 인원 1/2 사망

엘프 마법사 부대 1/10 사망.

실질적인 부대 규모가 1/3로 줄어 들음.

[주요 인원 생존 현황]

그가쉬 – 사망 (전차 탑승 중 저택에 잡아먹힘)

지훈 – 생존

칼콘 – 생존

민우 – 생존

가벡 – 생존

스토커 – 생존

스프리건 – 생존

석중의 MES – 생존

에르파차 형제 – 생존

기토킨 – 생존

겐피 – 생존

올텅 – 정상

최상위 관리자 – 정상

칼날 정글 주인 – 생존

권능의 반지

173화 모래 폭풍

NEO MODERN FANTASY STORY

부르르르르-

거대한 사막.

장갑차 10대, 전투 헬기 1대, 엘프 마법사들, 차원 여행자들, 그리고 기계 2대와 곰 비스름한 거대 짐승 한 마리가 거대한 먼지 구름을 만들며 나아갔다.

굉장히 오랫동안 이동했음에도, 얼마나 왔는지 전혀 감이 오질 않았다. 시계는 하즈무포카의 차원에 들어올 때 고장 났고, 해는 이상하리만치 요지부동이기 때문이었다.

'여긴 도대체 시간이 어떻게 돌아가는 거야.'

아무리 더위에 질려 시간이 느리게 가는 것 같다고 할지라도, 최소 3시간은 지났거늘 해가 전혀 이동하질 않았다.

결국, 이동하다 못한 엘프 하나가 바닥에 풀썩 쓰러졌다.

숲에서만 살던 종족인 만큼, 내리꽂히는 직사광선에 저항이 전혀 없던 까닭이었다.

저대로 뒀다간 얼마 못 가 일사병으로 사망할 게 분명했다.

"전부 멈춰! 낙오자가 생기기 시작했다!"

결국, 차량을 전부 세우고 장갑차에 타고 있던 인원들과 엘프들을 교체했다. 엘프들은 전원 마법사. 굉장한 고급 인력을 전투도 하지 않고 어이없게 잃어버릴 수는 없었다.

"저희는 정말 괜찮습니다…."

에르파차 형제가 금방이라도 탈수가 올 것 마냥, 온몸에 땀을 뿜어내며 말했다. 당장 흘린 땀만 해도 2L가 넘었는데 괜찮다?

당연히 개소리였다.

"헛소리 그만하고 차에 올라타."

그나마 엘프들이 물을 만들어 낼 수 있어서 다행이었지, 아마 그것마저 없었으면 싸우기도 전에 전부 말라죽었을 게 분명했다.

"더럽게 덥다."

칼콘이 금방이라도 쓰러질 듯 말했다. 그 모습이 꼭 갑옷 속에서 서서히 익어가는 고기 같아 안쓰러워 보였다.

"나도… 쟤네들처럼 주머니 안에 들어가 있으면 안 돼?"

칼콘이 쳐다본 건 기토킨이었다.

"죄송합니다, 칼콘님. 이 능력은 저희 종족이 아니면 사용할 수 없습니다. 물건이라면 넣어드릴 수 있지만, 생명체는 불가능합니다."

기토킨은 고개를 꾸벅 숙이고는 허리에 차고 있던 가죽 주머니를 꽉 동여맸다. 현재 차원 여행자들은 이 환경을 버티지 못하고, 전원 주머니 안에 들어가 있는 상태였다.

일종의 포켓 플레인(주머니 차원)으로, 차원 간 이동이 자유로운 차원 여행자만이 가능한 대피 방법이었다.

아마 전투가 발생하면 전부 튀어나오겠지.

칼콘은 어쩔 수 없다는 말에 고개를 푹 숙였다. 갑옷을 벗고 싶어하는 눈치였지만, 언제 어디서 뭐가 튀어나올지 몰랐기에 꾹 참았다.

시간이 지날수록 일행은 더더욱 지쳐갔다.

이동이 얼마나 길어질지 몰랐기에 가져온 식수와 식량은 제한됐거늘, 적은 나타나지 않고 이동만 계속됐기 때문이었다.

이대로 갔다간 싸우지도 못하고 탈수로 다 죽게 생겼기에, 아쵸프무자에게 대안을 갈구했다.

"빌어먹을! 도대체 얼마나 이동해야 하는 거지?"

"나도 모르겠어. 내가 마지막으로 왔을 때, 이런 공간은 존재하질 않았어."

"도대체 할 수 있는 게 뭐지? 무능하군."

아쵸프무자는 분명 하즈무포카와 같은 신격을 가진 존재였다. 이는 곧 동등한 힘을 가졌다는 얘긴데 어째서 가만히만 있는지 이해할 수를 없었다.

비꼬듯 던진 말에 아쵸프무자는 눈을 꼭 감았다.

"여기는 하즈무포카의 차원이야. 다른 장소면 모를까, 녀석의 태반 안에선 내가 할 수 있는 게 거의 없어. 그리고 난 마지막을 위해 힘을 아껴둬야 해."

짜증이 밀려왔지만, 참았다.

아쿄프무자 본인도 억겁의 시간을 참아오며 이 싸움을 계속했다. 절대 지고 싶지 않을 게 분명하니 나름대로 최선을 다하고 있으리라.

열심히 하고있는 녀석에게 정도를 넘어선 비난을 하는 건 오히려 역효과였다.

결국, 탈수 직전에 엘프들이 비를 소환했다.

"Sweet kingitusi anda, et janused poole. (목마른 자에게 주는 달콤한 선물.)"

엘프 마법사들이 합창하자 하늘에서 구구궁, 소리가 나는 듯싶더니 비가 한두 방울씩 떨어지기 시작했다.

이에 일행 전부가 하늘을 향해 입을 쩍 벌리고, 비를 받아 마심은 물론 땀에 젖은 몸도 전부 씻어냈다.

헬기 기름이 거의 다 떨어졌기에, 차원 여행자들의 도움을 받아 헬기를 주머니 차원으로 집어넣었다.

"고맙군."

"당연히 해야 할 일을 해야 했을 뿐입니다, 사자님."

더 이동하자 모래에 드문드문 자갈이 섞이기 시작했다.

이에 몇몇은 곧 산악지형이 나올 거라며 기뻐했지만, 그 기쁨에 전혀 보답 받지 못했다.

이유는 간단했다.

"어… 당장 차 돌려!"

뒷좌석에 앉아있던 가벡이 갑자기 소리를 질렀다.

더위에 지쳐 시트에 앉아있던 터라, 무슨 소린가 싶어 앞유리 너머 사구가 널려있는 지평선을 쳐다보자…

하늘을 새까맣게 덮은 폭풍이 다가오고 있는 게 보였다.

'이런 미친!'

얼핏 봤음에도 엄청나게 빠른 속도로 이동하고 있었다.

좌측이나 우측으로 회피하려고 해도 폭이 거의 200km. 피하는 건 거의 불가능에 가까워 보였다.

"피해야 한다, 저기에 휩쓸리면 안 돼!"

"피할 수 있겠어!? 속도가 너무 빨라!"

"도망가다 맞으면 더 큰 피해를 입을 거야! 여기서 멈춰서 대비해야 해!"

"개소리! 대비한다고 해서 막을 수 있는 게 아니다!"

가벡과 칼콘이 말다툼하길 잠시.

둘의 시선이 결정권자인 지훈에게로 향했다.

회피와 방어 둘 중에 결정해야 했고, 고민 결과 방어하는 쪽이 더 현명해 보였다.

"빌어먹을, 차 세우고 엘프들에게 방어막 치라고 전해!"

폭풍에 차가 날아갈 수 있었기에 장갑차 10대를 전부 2열 종대로 바싹 붙여 주차했다. 엘프들은 차 벽 뒤에서 보호막을 영창 했고, 칼날 정글의 주인이 그 위를 몸으로 덮었다.

피해를 최소화하기 위해서였다. 아마 이로써 모래 폭풍에 직격한다고 해도 몰살당하지는 않을 수 있으리라.

"거의 5km까지 다가왔어! 지금 보호막 써야 해!"

칼콘의 외침과 동시에 엘프들이 합창했다.

"Vaata, painutada juures, las keegi saaks koju ilma vigastusi. (저희를 굽어보사, 그 누구도 다치지 않고 집에 돌아갈 수 있게 하소서.)"

우으으으응―

합창이 끝남과 동시에 일행 주변에 반투명한 막이 생겼고, 그 위로 모래 폭풍이 부딪혔다.

날카로운 바람 소리와 함께 바람이 갈라지기도 잠시…

'된 건가?'

휘우우우우우우―

두두두두두두두두두!

머지않아 보호막에 자갈들이 틀어박히기 시작했다. 폭풍에 휩쓸려 바닥에 있던 자갈들이 날아온 것이었다!

"사자님, 보호막이 곧 깨질 것 같습니다!"

멀리서 에르파차의 목소리가 들려오는가 싶더니…

쨍!

콰가가가각!

다다다다다다다다닥!

보호막이 깨짐과 동시에 차 장갑에 자갈 부딪치는 소리가 고막을 때렸다.

"안 돼! 엘프들이 저런 폭풍이 휩쓸렸다간 몰살이야!"

칼콘이 기겁하며 차 문을 열려고 했지만, 안타깝게도 풍압에 밀려 열 수 없었다.

자갈 섞인 모래 폭풍은 10분 이상 지속됐고, 지옥 같은 폭풍이 끝났을 때는 진짜 생지옥이 펼쳐져 있었다.

모래를 걷어내고 차에서 내렸다.

"빌어먹을…."

10대 나란히 주차해 놨던 차량 중 우측 날개 부분에 있던 차량 3대는 폭풍에 날아갔고, 차 벽 뒤에 있던 엘프들은 반으로 줄어들어 있었다.

칼날 주인의 몸으로 감싸났기에 다행이었지, 그나마도 없었다면 몰살당했을 게 분명했다.

폭풍을 맨몸으로 받아낸 칼날 주인은 별다른 외상은 없었지만, 짙은 피로감에 휩싸인 것처럼 보였다.

"에르파차!"

상황을 알아보기 위해 에르파차 형제를 불렀으나, 돌아오는 대답은 없었다.

목놓아 부르길 몇 분. 마법사 중 하나가 다가와, 폭풍에 휩쓸려 간 것 같다는 말을 전했다.

"씨발…."

마음속으로 온갖 감정이 휘몰아쳤다. 손으로 얼굴을 쓸어내리고 있자니, 아쵸프무자가 다가와 어깨를 토닥였다.

"네 잘못이 아니야. 그들은 그들의 선택으로 여기까지 온 거야. 임무를 완수하기 위해 영광스러운 책임을 진 거지. 아마 지금쯤 그들의 영혼은 다시 근원의 소용돌이에 섞여, 환생을 준비하게 있을 거야. 자책하지 마."

"닥쳐라… 환생? 환생할 거니까 목숨 따위 얼마든지 폭풍에 던져도 괜찮다는 건가? 네놈에게 있어서는 저들이 도구 그 이상, 그 이하로도 안 보이는 모양이지?"

혀끝에 독을 발라 찔렀다.

아쵸프무자는 대답하지 않았다.

슬픔이 몰려왔지만 어쩔 수 없었다.

죽은 사람은 이미 죽었고, 임무는 임무였다.

여기서 멈출 수는 없었다.

자갈을 지나자 사구들 너머로 거대한 문이 보였다.

끔찍한 사막이 끝날 거라는 뜻이었으나, 그 누구도 기뻐하는 이는 없었다. 문 옆에는 수문장 또한 있기 때문이었다.

어느 정도 전진하자 문 앞에 낯익은 인섹토이드 하나가 서 있는 게 보였다. 연구소에서 만났던 녀석이었다.

그뿐만 아니라 옆에는 전갈처럼 생긴 절지동물을 포함 네 마리의 짐승 또한 자리를 지키고 있었다.

하즈무포카의 하수인들이었다.

"곤란해. 위험한 녀석들이야."

아쵸프무자가 이를 꽉 깨물었다.

저 녀석들이 원래는 어떤 종이었는지는 모르겠지만, 적어도 외형을 통해 어떤 능력을 가졌는지는 짐작할 수 있었다.

섣불리 다가가지 않고 사정거리 밖에서 생각을 정리했다.

'곤충계랑 절지동물목인가.'

예전에 종족 변이를 훑어 봤던 내용 중 있던 녀석들이었다.

특히 연구소에서 봤던 인섹토이드 같은 경우 곤충 - 개미류 변이를 선택한 것 같았는데, 저 종의 특수변이는 바로 '집단사고'였다.

정신 감응의 일종으로 전 개체가 하나의 생각으로 움직이는 것을 말했다.

개인 개체로서의 집단 사고는 의미가 없으나, 저게 만약 무리로 적용되면 얘기가 달라졌다. 만약 개미군단 전체가 하나의 사고로 완벽하게 움직인다면?

끔찍했다.

그냥 달려들어도 힘든데 병법에 대열까지 갖춘 곤충들은 곤충 그 이상의 존재로 거듭난다.

'저 녀석도 분명 혼자 싸우지는 않을 거다. 주의해야 해.'

그 외도 전갈, 개미귀신, 뱀, 거미 등 종류가 다양했다.

최대한 거리를 유지하며 어떻게 싸워야 할지 생각했다.

[브리핑]

목표 : 인섹토이드 포함, 하즈무포카의 하수인들 제거 혹은 적의 공격 범위를 피해 문 안으로 진입.

지훈 일행 –

김지훈, 칼콘, 민우, 가벡. (정상)

스토커, 스프리건을 포함한 언더 다크 일행. (정상)

겐피를 포함한 고블린 부대. (정상)

엘프 마법사들. (부상, 탈진)

기토킨을 포함한 차원 여행자들. (정상)

올텅과 FS유적 최상위 관리자. (정상)

칼날 정글의 주인. (피로)

장갑차 7대, 전투 헬기 1대. (연료 부족)

MES 1대. (전력부족)

하즈무포카의 하수인들 -

개미 형태 인섹토이드.

개미귀신, 전갈, 거미, 뱀,

[작전 사안]

선두로 칼날 주인과 최상위 관리자가 돌진.

지훈 일행, 스토커 등 병력 대부분이 장갑차로 이동.

엘프 마법사와 차원 여행자는 후미에서 지원.

민우는 전투 헬기에 탑승해서 고공에서 지훈의 명령 하달 및 적 정신 감응

정리가 끝나자마자 일행에게 내용을 하달한 뒤, 들고 있던 총 중 AS VAL을 집어 들었다. 시연이 준 총에는 CR이 들어 있기 때문에 나중으로 미뤄뒀다.

'빌어먹을 새끼들, 각오해라.'

이를 꽉 깨물고는 돌진 명령을 내렸다.

권능의 반지

174화 사막의 끝

NEO MODERN FANTASY STORY

- 그워워워어!

온몸을 마비시킬 듯 날카로운 맹성!

적이었을 때는 그 무엇보다도 두려웠지만, 아군이 되자 그 무엇보다 든든한 존재. 바로 칼날 정글의 주인이었다.

정글 주인은 현재 주먹에 올텅과, 올텅이 안고 있는 FS 유적 최상위 관리자를 품어놓은 상태!

- 내 아이를 돌려줘!

정글 주인이 섬뜩한 비명과 함께 손에 들고 있던 올텅과 관리자를 하즈무포카의 하수인들에게 집어 던져 버렸다.

슈우우욱- 콰앙!

사람이었다면 그대로 내장이 곤죽이 됐을 충격이었지만, 다행히도 올텅과 최상위 관리자는 기계였다.

"아쵸프무자님과 그 사자님의 명령에 따라, 적을 배제합니다. 배제 프로토콜 실행. 최상위 관리자님께 제어 권한을 넘깁니다."

올텅은 말을 끝마치자마자 품에 안고 있던 커다란 원통 위에 손바닥을 올려놓았다.

위이이이잉-

그러자 기계 돌아가는 소리와 함께, 사람 몸통만한 원통이 개방. 그 안에 있던 최상위 관리자가 모습을 드러냈다.

- See on väljastpoolt näha, kui kaua aega! (이 얼마나 오래간만에 보는 바깥인가!)

최상위 관리자는 사람이 문명을 이루지 못했을 때부터, 우주까지 날아갈 때까지 유적에서 단 한 발자국도 나가지 못했었다. 그 설움을 깨는 한 마디였으나, 저 말 그 어디에도 기쁨이나 환희는 존재하지 않았다.

- Kas süüdlane hätta lõputu needus mind? (너희가 내게 끝없는 저주를 내리게 한 원흉이냐?)

분노와 증오. 최상위 관리자의 목소리에 들어있는 감정은 오로지 저 두 개밖에 없었다. 그리고 그 감정은 머지않아 광분으로 치환됐다.

- 위잉.

- 그즈즈즈즈!

강철도 그냥 녹여버리는 굵은 레이저가 순식간에 하즈무포카의 하수인들을 훑고 지나갔다.

저들 역시 만만한 존재들은 아니었기에, 양단되지는 않았으나 외골격에 옅은 상처가 남았다.

"Võimsus rünnak. (전원 공격.)"

이에 인섹토이드가 눈살을 찌푸린 뒤, 나머지 하수인들에게 공격 명령을 내뱉었다.

⊕

ㄷㄷㄷㄷㄷㄷㄷㄷ-

같은 시각.

사막 200m 상공.

민우는 헬기 위에서 망원경으로 서로 얽히고설키는 정글 주인과 최상위 관리자를 내려다봤다.

'난전이다. 다행히 작전대로 되어가고 있어.'

민우는 정신을 집중해 지훈에게 현재 상황을 보고했다. 동시에 지훈의 마음을 읽어, 다음엔 누구에게 어떤 지시를 내려야 할지 파악했다.

– 제일 멀리 떨어진 녀석에게 헬기로 미사일 꽂고, 엘프들한테 범위 마법 전개하라고 지시해.

– 잠시만요. 그럼 정글의 주인하고 최상위 관리자는요?

미사일이야 어떻게 조심하면 안 맞을 수 있다지만, 범위 마법의 경우 무조건 맞을 수밖에 없었다.

이에 대한 지훈의 대답은 간단했다.

– 맞아봐야 별 피해 없을 거다. 그냥 날려.

정글 주인의 경우 핵을 10발 이상 맞고도 살아남은 괴물중의 괴물이었고, 최상위 관리자는 유적(으로 만든 케이스) 안에만 있다면 무한으로 재생할 수 있었다.

괜히 지훈이 상대하지 않고 도망간 게 아니듯, 이는 하즈무포카의 하수인들에게도 동시에 적용됐다.

엄청난 저항을 가진 녀석과 지구전을 벌이던가, 무한히 재생하는 적과 술래잡기를 하던가.

물론 그 어느 선택을 하던 아군에게는 이득이었다.

민우는 지훈의 명령에 따라, 엘프들과 헬기 조종사에게 동시에 정신 감응을 시도했다.

"알겠다, 꽉 잡아."

조종사가 짧게 대답하고는, 곡예비행을 시작했다.

우위이이이잉-

헬기가 기울어지며 순식간에 측면으로 돌아갔다.

이후 헬기 조종사는 조심스럽게 측면을 겨눈 뒤, 바로 미사일을 발사했다.

"미사일 발사. 후폭풍 주의."

민우는 눈을 꼭 감고 귀를 막았다. 잠시 후 헬리콥터가 잠시 덜컹하는 것 같은 느낌과 함께…

슈우우우우- 콰앙!

하즈무포카의 전갈 하수인 몸통에 정확하게 틀어박혔다.

전갈 녀석은 꼬리가 잘렸으나, 아직 움직일 수 있는지 버둥거렸다. 그런 녀석의 머리 위에 미사일 다음으로 불 소나기가 쏟아졌다. 엘프들의 범위 마법이었다.

�솨아아아아아아-

굉장한 화력 덕분에 하즈무포카의 하수인들은 아무것도 해보지 못하고 얻어맞았지만, 화력전은 아직 끝나지 않았다.

"기관포 발사."

헬기에 달린 발칸포가 빙글빙글 돌며 20mm '포탄'을 토해내기 시작했다. 원래대로였다면 탄환을 발사해야 했지만, 기술의 발전은 포탄을 발칸으로 발사할 수 있게 만들었다.

폭음과 함께 화마가 치밀었다.

미사일과 마법으로 곤죽이 된 전갈과 거미 그리고 뱀은 초당 5발씩 뿜어져 나오는 엄청난 포탄들에 죽지 않기 위해 최대한 몸을 웅크릴 수밖에 없었다.

"아군 진입에 따라 다시 관측 포지션으로 돌아간다."

헬기는 탄환을 전부 토해낸 뒤 다시 상공으로 올라갔다.

민우는 서서히 높아지는 고도 사이로, 장갑차가 하즈무포카의 하수인들에게 가까워지는 것을 지켜봤다.

⊕

장갑차 7대가 진입과 동시에 기관총을 갈겨댔다.

안에 들어있는 건 겨우 OTN탄이었지만, 12.7mm짜리 탄두들이 하즈무포카의 하수인들을 두드렸다.

몸에 상처 하나 낼 수 없을 정도로 약했으나, 중요한 건, 움직임을 잡아둔다는 사실이었다.

아무리 갑옷을 입은 사람이 BB탄에 다치지 않는다 한들, 그게 기관총 수준으로 계속 날아오면 움직이기 힘든 것과 비슷한 이치였다.

안에 타고 있던 인원 중 제일 먼저 행동한 사람은 바로 스토커였다. 그는 차 위에 엎드려 모신나강을 겨눴다.

'이능 발동, 등속유지.'

스토커의 이능은 간단했다.

쏜 총알이 그 어떠한 외부 환경에도 반응하지 않고, 직선으로 나아가는 능력. 1km까지는 중력도 무시하기에 쏘는 순간 명중이라고 봐야 옳았다.

게다가 현재 장전된 탄환은 CR.

A등급도 관통하는 인류 최강의 탄환.

제아무리 강화 외골격을 가지고 있다고 한들, CR이라면 관통까지는 못해도 몸에 박힐 건 분명했다.

'딱 한 열 발밖에 없는 건데 말이지.'

타앙-

어깨가 나갈 것 같은 반동과 함께 초록색 탄두가 바람을 찢고 날아갔다. 결과는 명중. 전갈이 초록 피를 쏟아내며 쓰러졌다.

그 총성을 시작으로, 지훈 일행, 젠피, MES, 차원 여행자가 동시에 녀석들에게 달려들었다.

현재 정글 주인과 최상위 관리자가 하나씩 붙잡고 있었기에, 남아있는 하수인은 셋.

정확하게 세 팀으로 나눠서 달려들었다.

원래대로라면 전투 중 교신이 불가능한 상황이었으나, 민우가 계속해서 지훈의 생각을 모두에게 전달해 주고 있었기에 가능했다.

✥

전갈에게 젠피와 MES가 달려들었다.

젠피와 MES. 서로 합을 맞춰본 적이 없었으나, 어차피 둘 다 싸움에는 도가 튼 달인들이었다.

키이이잉– 키이잉!

MES가 돌진하자, 전갈이 손을 들어 막을 자세를 취했다. 이에 MES도 힘 싸움에 응했고, 서로가 손을 맞잡고 힘겨루기를 하는 사이…

젠피와 그의 하수인들이 전갈에게 달려들었다.

비록 그들이 가진 무기로는 전갈에게 피해를 줄 수 없을 게 분명했으나, 다행히도 전갈에겐 포격과 마법 그리고 저격으로 인한 상처가 많았다.

'이능 발동, 강화.'

젠피의 능력은 전투 능력치 3개(근력, 민첩, 저항)를 각 1등급씩 올려주는 거였다. 이렇게 높아진 신체 능력치를 바탕, 젠피는 다이너마이트로 손을 뻗었다.

원래라면 현대 폭탄에 밀려, 외지에 사는 부족들만 사용하는 물건. 하지만 그 위력만큼은 절륜했다.

차작!

허리띠에서 꺼내 들자, 미리 장치해 둔 장치와 마찰을 일으키며 다이너마이트 도화선에 불이 붙었다.

이후 젠피는 그 폭탄을 전갈의 몸에 꽂아넣고는 그대로 등을 돌려 도망쳤다.

퍼엉-

저항 능력치 A.

미사일에 직격해도 살아남을 수 있었던 건 오로지 외부 충격에 특화된 단단한 '외골격' 때문이었다.

게다가 내장을 최소화해 충격에도 금방 회복할 수 있고, 심지어는 뼈까지 퇴화시켜 오로지 근육으로만 신체 전부를 다룰 만큼 근밀도가 높고 강력했으나, 만약 자그마한 구멍이라도 뚫려, 내부 충격을 허용하는 순간…

퍽!

전갈의 몸이 순식간에 터져나갔다.

만약 헬기, 마법, 저격 지원이 없었다면 젠피와 MES는 무슨 짓을 해도 전갈에게 상처 하나 내지 못했을 게 분명했다.

하지만 원래 전쟁은 일대일로 하는 게 아니듯, 온갖 지원이 더해지자 A등급 7~9티어 쯤 하는 하즈무포카의 하수인도 손쉽게 잡아낼 수 있었다.

⊕

기토킨과 차원 여행자들.

숫자는 겨우 열이었으나, 그들은 각 개체 하나하나가 엄청나게 위험한 존재들이었다.

"Üks mõõde prügikasti, miks nad julgevad üritavad teotada Jumalat! (차원의 쓰레기들이 어찌 감히 신을 모독하려 드는가!)"

뱀은 차원 여행자들을 물리려 했지만, 기토킨은 아무런 변화 없이 굳건히 서 있었다.

"당신이 믿는 신들의 장난에 우리 종족이 너무나도 많이 희생됐습니다. 더 이상은 머리를 숙인 체 폭풍이 지나가기만을 기다릴 수는 없습니다."

뱀은 대화가 불가능하다는 걸 깨닫고, 공기 중에 독 안개를 뿜어냈다. 닿기만 해도 살을 녹여내는 극독이었으나…

웅–

우으으으으웅–

공기가 진동하는 소리가 나는 듯싶더니, 뱀을 중심으로 지름 3M짜리 반투명한 구가 생겨났다. 뱀은 독이 더는 퍼지지 않자 당황한 듯싶었으나, 그것도 잠시였다.

기토킨의 손짓에 따라 그 구가 작아지는 듯싶더니…

퍽!

뱀이 순식간에 고깃덩이로 변해버렸다.

❖

앞선 두 차례 전투 사이, 지훈 일행은 이미 거미를 반쯤 걸레 조각으로 만들어 놨다. 3쌍이던 팔은 이미 1쌍으로 줄어있었고, 온몸에는 상처가 가득했다.

"Kui vana poole…! (어찌 반쪽짜리가…!)"

거미가 비명을 지르며 달려들었지만, 가벡은 양쪽 손에 든 검으로 교묘하게 흘려버렸다. 쌍수는 방패를 포기한 만큼, 그에 필적하는 방어 수단이 필요했다. 그게 바로 기교였다.

병사나 기사 같은 양지에 있는 자들은 거의 사용하지 않는, 오로지 일격 필살에만 특화된 교묘한 눈속임 기술.

그게 바로 가벡이 사용하는 쌍수였다.

검 좀 다뤄본 사람이나 방진을 이루고 있는 병사에게는 전혀 통하지 않았지만, 이를 모르는 자에겐 굉장히 위협적이게 보였다.

결국, 거미는 가벡에게 신경 팔린 사이 지훈에게 총알을 여러 발 허용. 머지않아 바닥에 축 늘어졌다.

전투를 끝내고 중앙 쪽을 바라보니, 정글 주인의 몸이 새까맣게 변한 게 보였다.

'저건 또 뭐야?'

색깔이 변하는 능력이라도 있나 싶길 잠시. 자세히 보니 울렁거리는 게 꼭…

'개미?'

개미였다.

그것도 일반 개미가 아닌, 포미시드.

아무리 정글 주인의 몸짓이 커도 포미시드가 코나 귀로 들어가 내장을 공격하면 저항할 수가 없었다.

빠르게 지원을 가려는 찰나…

- 빌어먹을 개미 새끼!

정글 주인의 손이 하늘로 올라가더니, 이내 뭔가 퍽 하고
터져버렸다. 높이 7M에서 뭔가 빙글빙글 떨어졌는데, 인섹
토이드의 머리였다.

[2차 전투 결과]
장갑차 3대 파손 (모래 폭풍에 휩쓸림).
MES 작동 중지 (전력 부족).
헬기 파손 (연료 부족).

엘프 마법사 부대 1/2 사망.
언더 다크 한국 지부 인원 몰살.
실질적인 부대 규모가 1/2로 줄어 들음.

[주요 인원 생존 현황]
그가쉬 – 사망 (접객실에서 사망)
에르파차 형제 – 사망 (모래 폭풍에 휩쓸림)
스프리건 – 사망 (모래 폭풍에 휩쓸림)
석중의 MES – 작동 중지

지훈 – 생존
칼콘 – 생존
민우 – 피로
가백 – 생존

스토커 – 생존

기토킨 – 생존

겐피 – 생존

올텅과 최상위 관리자 – 가벼운 손상

칼날 정글의 주인 – 짙은 피로, 내출혈.

권능의 반지

175화 기괴한 정글 속에서

NEO MODERN FANTASY STORY

거대한 문이 열렸고, 다시 한 번 문을 넘었다.

늪 속으로 서서히 빨려 들어가는 것 같은 느낌이 드는가 싶더니 눈앞에 정글이 나타났다.

인간의 손 따위는 단 한 번도 닿지 않은 원시림. 지구나 세드에서는 볼 수 없었던 기괴한 식물들이 가득했다.

분명 뿌리와 가지 전부 다 기존의 나무인데, 나뭇잎 대신 사람 뇌처럼 보이는 물건이 달려 있었다. 조금 다를 게 있다면 색깔이 보랏빛이라는 것 정도일까.

그 외에도 오래 쳐다보고 있으면 정신병에 걸릴 것 같은 그로테스크한 식물들이 널려있었다.

칼콘이 식물들을 보고 있다가 방패로 툭 건드렸다. 그러자 나무 위에 열려있는 뇌 모양 나뭇잎이 퍼서석 소리와 함께

접혀버렸다. 민우는 그 모습을 보고 토악질을 해댔다.

'독!?'

현재 지훈의 슈트에는 방독면이 장착되어 있어 괜찮았지만, 혹시 독이 있을 경우 모래 폭풍과는 비교도 안 될 피해를 입을 게 분명했다.

"괜찮아?"

"어우… 비위가 너무 상하는데요."

칼콘이 민우의 등을 두드렸다.

다행히 독은 아니었던 모양이다.

환경 파악을 위해 잠시 이동을 멈추고 주변을 둘러보고 있으니, 하즈무포카의 목소리가 들려왔다.

– 프히학! 재밌구나, 재밌어. 이제 거의 다 왔으니 조금만 더 발버둥을 쳐 봐라. 어차피 머지않아 다 죽게 되겠지만, 어떤 모습으로 죽어갈지 궁금하구나!

광기가 섞인 목소리가 정글 안에 울리다가 사라졌다.

짜증을 참으며 반드시 죽여주겠다는 다짐을 하고 있자니, 옆에 아쵸프무자가 나타났다.

"여기는 하즈무포카의 정원이야. 그 녀석의 정신 나간 성향이 잘 드러나 있지. 저것뿐만이 아니라, 하수인도 많이 있을 테니까 조심해. 그리고 내가 알기엔 이게 마지막이야. 여기만 넘으면 하즈무포카에게 갈 수 있어."

그나마 다행은 정글 가운데에 길이 나 있다는 거였다.

그 모습이 마치 '이리로 오세요.' 하는 것 같아 함정의 냄새가 났지만, 그렇다고 나무와 관목으로 가득한 길로 갈 수는 없었다.

현재 일행의 주 이동수단은 장갑차.

정글로 가기 위해서는 무조건 내려야 했다. 그럼 그 안에 있는 짐을 모두 들고 가야 한다는 얘기인데, 그럴만한 인력도 없었고 여유도 없었다.

어쩔 수 없이 길 쪽으로 이동하기로 결정했다.

쿵, 쿵, 쿵, 쿵.

부르르르-

정글 주인을 선두로 그 뒤를 장갑차 저속으로 7대가 뒤따랐다. 이제 헬기도, MES도, 전차도 모두 없어진 까닭에 퍽 조촐해진 행렬이었다.

약 100km 정도 이동한 뒤 휴식을 취했다. 인원이 줄어들어 다행히 전원 모두 장갑차 안에서 쉴 수 있었다.

식사는 석중이 챙겨 준 MRE로 해결했다. 불행 중 다행은 식량을 싣고 있던 차량에 아무런 피해가 없었다는 것이었다.

만약 식량이 제일 먼저 없어졌다면 끝까지 가보지도 못하고 굶어 죽어야 할 판이었다.

다행히 휴식 중 습격은 없었다.

200km쯤 이동했을 때…

비틀, 쿠웅-

칼날 정글의 주인이 쓰러졌다.

크기가 너무 커 여태껏 상태를 한 번도 볼 체크할 수 없었기에, 그녀가 쓰러진 건 너무나도 갑작스럽게 느껴졌다.

"이봐, 괜찮나?"

얼굴 앞으로 다가가 말을 걸자, 지훈 머리보다도 큰 눈동자가 파르르 떨리며 열렸다. 그 모습이 꼭 금방이라도 생기가 꺼질 것 같이 서글펐다.

눈동자가 지훈을 뚫어져라 쳐다봤다.

예전에는 눈을 마주친 것만으로도 온몸이 칼에 꿰뚫리는 것 같은 섬뜩함이 느껴졌거늘, 지금은 너무나도 따뜻하고 사랑스러운 눈빛이었다.

이해할 수 없는 시선에 당황스러워하고 있자니, 머릿속에 정글 주인의 마음이 전해져왔다.

– 내 새끼… 드디어 만났구나… 고향을 떠나, 멀고 먼 곳까지 와서야… 드디어 만났구나. 잘 지냈니?

사경을 헤매고 있다가 환각을 보고 있는 모양이었다.

"정신 차려!"

얼굴에 난 털을 붙잡고 흔들며 깨워보려 했지만, 칼날 정글 주인의 눈동자는 서서히 생기만 잃어갈 뿐이었다.

그 사이 엘프가 허겁지겁 달려와 칼날 정글 주인의 몸을 조사했으나, 힘없게 고개를 절레절레 저었다.

"어떻게 된 거지?"

"영양실조에 내출혈입니다. 거기다가 뇌 속에도 개미 몇 마리가 들어갔던 모양이에요… 이미….."

"마법으로 치료할 수는 없나?"

엘프는 대답 없이 고개를 푹 숙였다.

정글의 '주인'이라는 수식어가 괜히 붙지 않듯, 칼날 정글 주인은 강력한 마법 저항을 가지고 있었다.

이는 적대적인 마법과 우호적인 마법을 가리지 않기에, 치료마법 역시 제멋대로 저항해 버렸기에 손을 쓸 도리가 전혀 없었다.

– 너무나도 사랑한다, 내 새끼. 네가 태어났을 때, 난 얼마나 기뻤는지 모른단다. 온 정글이 울릴 정도로 크게 웃었었지. 네가 죽었을 때 또한 온 정글이 찢어질 정도로 크게 울었단다….

– 내가 신과 거래해서라도, 너를 되찾고 싶었는데… 결국 이런 식으로 만나는구나. 나는 그래도 괜찮단다. 내 옆에 너만 있으면 전부 괜찮아… 이제는, 이제 다시는 떨어지지 말자….

칼날 정글의 주인은 지훈을 끌어당겨 얼굴에 비비는가 싶더니, 이내 움직임을 멈췄다. 지훈은 잠시 묵념했다가 정글 주인의 커다란 눈꺼풀을 닫아줬다.

한때 적으로 만났을 때는 그 무엇보다 두려웠지만, 아군으로 뒀을 때는 가장 든든했던 존재가 사라졌다.

굳이 전력으로 따지지 않더라도 항상 앞에서 보호해주던 존재가 사라졌다고 생각하니, 가슴에 큰 공허감이 느껴졌다.

조용히 있자니 아쵸프무자가 다가왔다.

"원래 대의에는 큰 희생이 필요한 법이야."

"…나는 녀석에게 보상을 약속했었다. 하지만 이제 성공해도 줄 수 있는 도리가 없군."

아쵸프무자는 조용히 고개를 저었다.

"아니, 만약 우리가 성공한다면 가능해."

"어떻게 그럴 수 있단 말이지?"

"시간을 돌릴 거야. 하즈무포카의 방해만 없다면, 전부 기억을 가진 채로도 가능해. 그럼 저 녀석도 그렇게 원하던 제 자식과 만날 수 있겠지. 그건 사라진 모두에게도 똑같아."

모 아니면 도라는 얘기였다.

성공하면 모든 걸 되돌릴 수 있음은 물론, 보상까지 얻을 수 있지만 실패하는 순간 모두 물거품이 된다.

어깨 위로 무거운 중압감이 느껴졌지만 애초에 이 정도는 예상했던 바였다.

"다시 출발한다. 아직 갈 길이 멀다."

식어가는 칼날 정글의 주인을 뒤로했다.

길 끝에 도착하니 거대한 문과 함께 수문장들이 보였다.

어지간히 얕보이고 있던 모양인지, 아니면 하즈무포카가 기습을 허용하지 않았는지 모두 얌전히 기다리고 있었다.

하수인들의 숫자는 총 열다섯.

다섯을 상대로도 힘들게 이겼는데, 그 세 배의 숫자였다.

게다가 현재로써는 전투 헬기로 화력 지원을 받을 수도 없거니와, 가장 든든했던 칼날 정글의 주인도 사라졌다.

'이길 수 있을까?'

가슴 속으로 회의감이 떠올랐지만, 흩어버렸다.

어차피 이길 확률이 한 자리 숫자도 되지 않는 것 따윈 처음부터 알고 있었다.

살면서 가끔은 불가능할 것을 알면서도 달려들어야 할 때도 있듯, 지훈에게 있어서는 지금이 마음을 비우고 싸우는 것에 집중해야 할 때였다.

"전열을 가다듬어. 곧 전투가 시작된다."

[브리핑]
목표 : 문 앞에 있는 하수인들을 모두 제거하거나, 그들을 피해 문 안으로 진입.

[전력 상황]
지훈 일행 –
김지훈, 칼콘, 민우, 가벡. (피로)
스토커 (정상. 남은 탄환 7발)
겐피 (피로함)
엘프 마법사들. (부상, 탈진)
기토킨을 포함한 차원 여행자들. (피로)
올텅과 FS유적 최상위 관리자. (가벼운 손상)
장갑차 7대. (반파)

[전열]
최상위 관리자 (최전방)
김지훈, 가벡, 칼콘 (전방)
차원 여행자들 (전방)
민우 (후방)
스토커, 겐피 (후방)
엘프 마법사들 (최후방)

[작전 사안]

재생력이 뛰어난 최상위 관리자가 선두로 진입.

지훈 일행과 차원 여행자들이 하수인들을 저지.

장갑차 7대를 이용해 차벽을 만들어 방어막 형성.

겐피는 차벽 앞에서 폭발물을 이용해 저항.

스토커와 민우는 차벽 위에서 저격 및 정신감응 지원.

엘프 마법사들은 차벽 뒤에서 범위마법 지원.

　브리핑이 끝나자마자 올팅이 최상위 관리자가 들어있는 통을 든 채 느린 속도로 걸어갔다. 달리는 것 자체가 불가능했던 이유였다.

　그 뒤로 민우가 빠진 지훈 일행, 그리고 차원 여행자들이 뒤따랐다.

⊕

　민우는 그 모습을 보며 불안한 듯 입술을 깨물었다.

　스토커가 그 모습을 보더니 민우의 등을 부드럽게 쓸었다.

　"진정해, 꼬마야. 여기 올 때 이미 각오했잖아?"

　"그렇긴 한데… 이길 수 있을까요? 열다섯이나 되는데."

　"이기고 지는 게 무슨 소용이람. 어차피 참모 아니고서야 승패는 상관없는 거야. 병사는 그저 열심히 싸우고 살아남기만 하면 되는 거지. 죽지 않기 위해, 그리고 동료가 죽게끔 내버려 두지 않기 위해 최선을 다해."

초등학생을 달래는 듯한 목소리였다. 화날 법도 했거늘, 민우는 그 얘기에 오히려 마음이 안정되는 것을 느꼈다.

"그래요, 살아남죠."

스토커는 씩 웃더니 방아쇠를 당겼다.

목표는 최상위 관리자에게 달려드는 하수인이었다.

타앙-

타앙-

퍼서서서석!

득달같이 달려오던 하수인의 머리에 초록빛 섬광이 꽂히는가 싶더니, 그대로 쓰러져 바닥에 얼굴을 갈았다.

이에 올텅은 그 하수인을 밟고 계속 전진했다. 이동 속도가 느린 만큼, 한 번 프로토콜을 실행하면 그 자리에서 움직일 수 없었던 것. 최대한 적진 깊숙이 이동해야 했다.

그 사이 지훈 일행과 차원 여행자들이 올텅과 최상위 관리자가 이동할 수 있게끔 길을 터줘야 했다.

"Ma vannun Protector(수호자의 맹세)!"

칼콘이 방패를 활성화하곤, 올텅에게 달려드는 네발짐승처럼 생긴 하수인을 들이받았다.

힘으로 따지자면 하수인 쪽이 압승이었지만, 공중에 있었던 탓에 손쉽게 밀려났다.

- 전이계 이능 사용 감지.

– 매우 위험한 이능입니다, 주의하십시오!

머리에 경고가 울리는가 싶더니, 네발짐승이 산탄총에 맞기라도 한 양 몸에 작은 구멍이 잔뜩 생겼다.

차원 여행자들이 공간을 비틀어 버린 거였다.

당장 몸에 구멍이 잔뜩 생긴 것도 치명상이거늘, 차원 여행자들은 그것으로 만족하지 못했는지 2차 공격을 가했다.

네발짐승은 결국 올텅에 닿지도 못하고 오체분시 됐다.

– 범위 마법 전개 감지.

그 다음으로는 엘프들이었다.

이번에는 불 소나기 정도로는 부족하다고 판단했는지, 아예 하늘에서 운석이 떨어지기 시작했다.

"젠장! 저거 떨어지면 날아간다. 칼콘, 버텨!"

칼콘이 방패를 내려놓자마자 가벡과 함께 달라붙어 등을 세게 밀었다. 혼자서는 버틸 수 없지만, 힘을 합치면 날아가지 않을 수 있었다.

콰콰콰콰쾅–!

충격과 함께 엄청난 후폭풍이 불었지만, 올텅은 그에도 쓰러지지 않고 묵묵히 걸어갔다. 그렇게 하수인들의 중간에 도착했을 때쯤…

"배제 프로토콜 실행."

– 위이이잉.

– 그즈즈즈즈!

동체 시력으로는 쫓을 수도 없을 정도로 빠른 속도로 레이저가 주변을 휩쓸었다. 마치 라이트 볼처럼 레이저를 쏟아내길 몇 초.

다음으로는 전기장을 뿜어냈다.

– 파지지지지지지직!

눈에 보일 정도로 시퍼런 전기들이 미친 듯이 춤을 췄다.

칼콘과 가벡 그리고 차원 여행자. 그 누구도 감히 들어갈 엄두도 내지 못했지만, 지훈은 스스럼없이 진입했다.

바이저 앞으로 푸른 전류가 보였다. 생명체의 몸을 태우고, 근육까지 비틀어 버리는 죽음의 안무였으나, 오로지 지훈만 그 안을 움직일 수 있었다.

– 전류에도 저항이 있어.

'고맙다, 시연아.'

이를 꽉 깨물고는 아스발을 들었다. 안에 들어있는 MN 탄환에는 모두 마력을 입혀둔 상태.

'이능 발동, 주문 주입. plahvatus(폭발). 주문 변형, 피탄과 함께 발동.'

안에 들어있는 탄환은 모두 30발. 가속과 신체 능력 강화를 모두 사용한 뒤, 가까운 녀석부터 모조리 박아넣었다.

10발에 한 놈씩, 총 3놈 제거하자 전기 충격이 멈췄다.

남은 하수인 총 10마리.

'최상위 관리자가 3마리 정도는 시간을 끌어 줄 거다. 차원 여행자들이 3마리. 겐피와 스토커가 1마리 정도는 처리해 줄 터. 남은 건 모두 내가 막아야 한다.'

이를 꽉 깨물었다.

권능의 반지

176화 오라, 달콤한 죽음이여.

NEO MODERN  FANTASY STORY

"Vihma sajab tema viis südame mädaniku lõputusse oodata, see haguna magusam kui tahes hõrgutisi. Tule, O magus surm! (무한한 기다림 속에 썩어가던 마음에 내리는 비는, 그 어떠한 산해진미보다 달콤하구나.)"

올텅. 아니 정확하게는, 올텅이 들고 있던 케이스 안에 들어있던 최상위 관리자가 부르짖었다.

지훈 포함, 여섯의 반지 사용자가 지나갈 동안 3만 년을 기다렸다. 그에게 있어선 아무리 끔찍한 전투라고 할지라도, 마음을 부패시키는 지독한 외로움보다는 달콤했다.

– 그즈즈즈즈!

– 타타타타타탕!

이미 평소 상태의 구 모양이 아닌, 레이저 광학 렌즈와

기관총 그리고 레일건까지 모두 꺼내놓은 터렛의 모습.

최상위 관리자에게서 쉴 새 없이 레이저, 기관총 탄환, 그리고 금속 탄자가 미친 듯이 쏟아져 나왔다.

양이 많았던 만큼 각자의 위력은 약했으나, 쏟아지는 화마에 하즈무포카의 개들은 움직이지 못하고 방어에만 집중했다.

하지만 모두가 그런 것은 아니었고, 개중 몇몇은 화망을 우회해 최상위 관리자를 지나가는 녀석들도 있었다.

◈

최상위 관리자를 지나 늑대를 닮은 영장류가 달려왔다.

온몸에 은빛 털이 나 있고, 눈에는 붉은 안광을 뿜어내는 꼴이 꼭 전설에 나오는 웨어울프 같아 보였다.

"그르르르륵!"

늑대가 왼팔을 방패 삼아 돌진을 시도했다. 태클로 넘어뜨린 뒤 주둥이와 손톱을 이용해 마무리하려는 심보리라.

"칼콘! 하나 온다, 준비해!"

말이 끝나기 무섭게 칼콘이 방패를 들어 올리며 양손으로 버텼다. 그 뒤로 가벡이 칼콘의 등을 밀어 힘을 더했다.

"Puujuure. Tellimus muutmist, liikumise ja vabastamise korraga. (나무뿌리. 주문 변형, 움직임과 동시에 마법 해제.)"

마법을 시전하자, 굵은 뿌리가 칼콘과 가벡의 다리를 휘감았다. 원래는 상대방의 움직임을 봉쇄하는 마법이었으나,

쓰기에 따라서는 방어를 견고하게 해주기도 했다.

쿵!

늑대가 방패에 부딪힘에 따라 방패가 크게 휘청거렸지만, 서로 힘을 합친 까닭에 넘어지지 않을 수 있었다.

"Sitt! (젠장!)"

늑대는 욕설을 내뱉으며 뒤로 벗어난 뒤 그냥 지나치기 위해 우회했지만… 가벡이 뛰쳐나가 가로막았다.

"여긴 못 지나간다."

"Trivia on midagi halvem rass! (하찮은 종족 따위가!)"

늑대가 부르짖으며 가벡에게 달려들었다.

이미 가벡의 동체 시력과 육체 능력을 아득히 뛰어넘은 속도. 원래대로였다면 바로 육편이 되야했지만, 지훈이 그걸 허용하지 않았다.

'이능 발동, 집중.'

집중이 발동됨에 따라 시간이 느려지기 시작. 그 사이 등에 메고 있던 소총을 꺼냈다. 시연이 살아 돌아오라며 챙겨줬던 물건이자, 인류의 모든 과학력이 들어간 물건이었다.

– 외부 아티펙트에서 마력 감응 감지. 저항할까요?

'하지마. 이능 발동, 주문 주입. 분해. (lagunemine.)'

방아쇠를 당기자 몸 안에서 마력이 빠져나가는 느낌과 함께 초록색 탄두가 날아갔다.

CR(크릴 나이트).

가장 강력한 탄두인 만큼, 생산과 유통 그리고 판매까지 모두 국제적 감시를 받는 물건이었다. 암시장에서 구하려면 발당 4~20억.

아파트 한 채가 우스운 만큼 그 위력은 발군이었다.

퍼억! 퍼서서서석!

가벡을 덮치려던 늑대 몸통에 탄환이 꽂히는가 싶더니, 커다란 마력 반응과 함께 몸에 커다란 구멍이 뚫렸다.

"꺽!"

심장, 폐, 위, 간, 장. 생명체로써 생존에 필수적인 내장이 한순간에 모두 사라져 버렸다. 원래는 쇼크에 즉사해야 정상이었지만, 그럼에도 늑대는 버둥거리며 살아남으려 애썼다.

"죽어라. 싸구려 늑대."

그 위로 가벡의 두 칼이 떨어졌다.

늑대를 끝내자 다음으로 토끼와 소를 섞어놓은 것 같은 녀석이 다가왔다. 다리는 토끼 같은 역관절에, 머리에는 커다란 귀와 더불어 날카로운 뿔이 달려 있었다.

거리 500M.

'오기도 전에 끝내주마.'

탕!

저격을 시도했지만, 녀석이 그 총알을 피해버렸다.

'미친?'

총알의 속도는 약 초속 945M. 시속으로 따지면 3,402KM였다. 음속을 아득히 뛰어넘은 속도다.

우연이라 생각하고 한 발 더 쐈지만, 이번에도 빗나갔다.

'설마… 보고 피했다고?'

한 번 더 쏘고 싶었지만, 그러기엔 시간이 부족했다.

"뿔 달린 녀석이 돌진해 온다, 막을 준비해!"

원래 하나를 얻으면 다른 하나를 포기해야 하듯, 빠른 반사 신경을 얻었다면 육체적으로 뭔가 하자가 있을 터.

방패로 막고 나서 육탄전에 돌입하면 됐다. 총을 바닥에 던지듯 내려놓고, 업을 짊어지는 자를 꺼냈다.

"곧 충돌한다, 버텨!"

칼콘, 가벡과 힘을 합쳐 방패를 밀었지만… 녀석은 그걸 비웃기라도 하듯 바로 앞에서 뛰어넘었다.

휘익—

머리 위로 드리우는 그림자를 보자, 머리가 새하얘졌다.

이 뒤로는 겐피, 민우, 스토커, 엘프들이 있었다. 모두 근접 전에는 취약했기에, 단 하나만 접근을 허용해도 끔찍한 피해를 낳을 게 분명했다.

'이런 썅…!'

　　　　　　　　　　✧

　

민우는 지훈의 마음을 살피고 있다가 토끼가 넘어오는 걸 확인했다. 마음이 다급해졌다.

'지훈 형님의 총을 피했다면, 저격총도 피할 수 있을 거야. 더 빠른 공격이 필요해!'

바로 엘프들에게 정신 감응을 시도했다.

– 차벽 앞에 적 접근! 빠른 마법 필요!

이에 엘프들이 바로 영창을 시작했다.

"Üks, kes on tagasihoidlik esinemine, O karistuse taevasse. (하늘에 계신 분이시여, 미천한 존재에게 징벌을.)"

한 소절짜리 짧은 주문이었으나, 많은 마법사가 동시에 영창하자 얘기가 달라졌다.

순식간에 공중에 먹구름이 드리우기 시작했다.

'젠장, 거의 다 왔는데!'

민우는 속이 타기 시작했다. 빠른 공격을 요구했는데도, 먹구름만 모일 뿐 공격의 기미는 보이지도 않았기 때문이었다.

타타타타탓!

결국, 토끼가 스토커의 총알을 피하고 겐피를 무시한 뒤 차벽을 건너뛴 순간…!

꽈릉!

먹구름에서 벼락이 떨어졌다. 초속(!) 2,600km짜리 물건이었던 만큼, 결과는 당연히 명중이었다.

토끼가 아무리 날고 기는 반사 신경을 가졌다고 한들 공중에서는 힘을 발휘할 수도 없거니와, 혹여 땅에 있더라도 저 벼락은 보고도 못 피했을 게 분명했다.

결국, 토끼는 공중에서 바싹 익어 바닥에 낙법도 없이 꼴사납게 떨어졌다. 그 위로 엘프들이 마법을 난사했고, 결국 머지않아 숨통이 끊어졌다.

벌써 제압한 하수인만 일곱.

피해 없이 거의 반이나 제거했기에 이길 수 있다는 생각이 들었으나 그건 오산이었다.

물을 막던 댐도 아주 조그마한 구멍에 순식간에 무너지듯, 전열이 무너지기 시작한 건 순식간이었다.

편광능력. (displacement).

투명화의 하위호환으로 빛을 굴절시켜 본인의 모습을 다른 곳에 투영시키는 능력.

저 능력 하나로 모든 비극이 시작됐다.

"surema! (죽어라!)"

– 그즈즈!

최상위 관리자가 검푸른 표범을 레이저로 긁었지만, 그저 힘없이 통과될 뿐 아무런 영향을 주질 못했다.

최상위 관리자는 뭔가 잘못됐음을 느꼈지만, 현재 그가 붙잡아 놔야 할 적들이 많았기에 어쩔 수 없이 통과시켰다.

타타타탓!

검푸른 표범은 늑대나 토끼와는 반대편. 곧 차원 여행자들 측으로 달려나갔다.

"적 포착. 공간 왜곡으로 제거합시다."

기토킨이 표범을 보며 말하자, 나머지 차원 여행자들이 동시에 능력을 사용했다.

우으으으응– 퍽!

순식간에 표범이 있던 공간이 일그러졌지만, 표범은 잠시 일렁거렸을 뿐 아무런 피해를 받지 않았다.

"어, 어?"

기토킨은 당황하며 다시 공격했지만, 똑같았다.

실체는 다른 곳에 있고, 모습만 저 장소에 보이니 당연한 결과였다. 일대일로 만났다면 그 사실을 금방 알아채고 대응했겠지만, 여기는 전쟁터였다.

다음 적을 대비하기 위해 빠르게 처리하려 했던 까닭에, 그 사실을 인지하지 못했고… 그 치명적인 실수는 적의 접근을 허용했다.

퍼서서석!

분명 표범은 아직 100M밖에 있음에도 차원 여행자들이 순식간에 갈라지기 시작했다.

앞발 한 번 휘둘러서 3명.

10명 죽이기는 데 필요한 시간은 겨우 5초 남짓이었다.

기토킨은 믿을 수 없다는 듯 그 모습을 쳐다봤으나…

흐릿–

아주 잠깐 눈앞에 검푸른 그림자가 나타났다 사라졌을 뿐이었다. 그게 다였다.

퍼석.

실제로는 표범에 물린 거였지만, 다른 이가 봤을 땐 그저 허공에 있던 기토킨의 머리가 떨어진 것으로밖에 안 보였다.

표범은 차원 여행자들을 모두 처리하고 난 뒤, 바로 차벽 쪽으로 달려갔다. 겐피는 차원 여행자들이 무참히 뜯겨 나가는 것을 보곤 이를 꽉 깨물었다.

본인의 힘으로는 절대 막을 수 없는 짐승이라는 것을 깨달았기 때문이었다. 이에 입고 있던 가죽 갑옷을 벗자, 그 안에는 C4가 잔뜩 붙어있는 조끼가 드러났다.

"미, 미친 새끼! 민우, 내려가! 휘말리면 죽어!"

스토커는 그걸 보자 기겁을 하며 차 벽 아래로 내려갔다. 저게 폭발했다간 폭발에 휩쓸리기 때문이었다.

겐피는 앞에 달려오는 표범을 보며 눈을 감았다.

적이 달려오는데 눈을 감는 건 자살행위였으나, 이미 앞서 당한 차원 여행자들로부터, 저 모습이 허상이라는 걸 꿰뚫어 봤기 때문이었다.

'와라, 짐승.'

겐피는 입술을 꽉 깨물었다.

그가 아쵸프무자와 거래한 것은 바로 부족의 독립. 하지만 그가쉬가 죽은 시점에서 부족의 독립은 확실하게 됐기에, 더는 미련이 없었다.

'내 아버지가 그랬듯, 나는 내 부족을 위해 내 한 몸. 피 한 방울, 근육 한 조각까지 모조리 바칠 것이다!'

온갖 소음 속에도 겐피의 귀에는 표범 달려오는 소리밖에 들리질 않았다. 이내 그 소리가 바로 코앞까지 다가왔을 때…

C4 기폭 스위치를 눌렀다.

꾹!

콰아아아아아앙–

표범은 C4에 휩쓸렸다.

죽지는 않았지만, 한동안 능력을 사용하지 못할 정도의 부상. 몇 분 정도면 원래대로 돌아올 수 있었지만, 스토커는 그 틈을 놓치지 않았다.

단 한 발의 총성. 그 무엇에도 속도를 늦추지 않는 총알은, 표범의 머리를 시작 온몸을 헤집은 뒤 땅에 틀어박혔다.

철컥, 틱!

노리쇠를 당겨 재장전한 뒤 다음 타겟을 찾으려는 찰나…

"이봐요! 위, 위에! 새!"

스토커는 무슨 소리인가 싶어 고개를 들자, 코앞에 거대한 발톱이 무언가를 움켜쥐기 위해 파르르 떨리는 게 보였다.

스토커는 그 모습을 보며 허탈하게 웃었다.

'아… 이건 예상 못 했네. 이렇게 끝날 줄은 꿈에도 몰랐어. 큰일 났네, 이러면 나가린데 말이야…'

콰각!

거대한 새가 스토커를 낚아 하늘 위로 올라가더니, 도중에 방향을 바꿔 그대로 바닥에 꽂아버렸다.

꽤 거리가 있음에도 퍽 소리가 크게 났다.

"아, 아…"

차벽 위에 서 있던 민우는 반쯤 정신이 나갈 지경이었으나, 안타깝게도 그게 끝이 아니었다.

하늘 다음에는 땅이었다. 차벽 뒤에 있던 땅이 무너지더니, 그 위에 서 있던 엘프들이 순식간에 빨려 들어갔다.

개중 몇몇은 날아서 도망가려 시도했으나, 거대한 혓바닥이 튀어나와 모조리 잡아갔다.

"아, 안 돼!"

민우는 애써 정신감응을 시도했으나, 땅밑에 있는 녀석에게 닿기는 무리였다. 절망스러운 눈으로 죽어가는 동료들을 쳐다보고 있자니, 구멍에 껴 버둥거리는 엘프가 외쳤다.

"다, 당신은 여기서 죽으시면 안 됩니다. 부디… 사자님과 함께 이 성전을 끝내주십시오…! Täpsustada üleminek. (지정 전이.)"

"자, 잠깐만 내가 도와줄…!"

채 말이 끝나기도 전에 민우의 몸이 사라져버렸다.

⊕

"빌어먹을…! 빌어먹을!"

갑작스럽게 나타난 목소리에 등을 돌려보니, 민우가 금방이라도 울음을 터트릴 듯 욕을 내뱉고 있었다.

"뭐야, 너 언제 왔어!"

칼콘이 깜짝 놀라 묻자, 민우가 상황을 설명해줬다. 후열 전멸이라는 소식에 일행의 눈에 짙은 좌절이 드리웠다.

'차원 여행자들도 모두 죽었다. 이제 남은 건 최상위 관리자와 우리밖에 없는 건가…'

현재 남은 하수인은 뒤로 통과한 새와 땅굴 포함 여섯. 절대로 이길 수 없는 숫자였다.

'젠장, 여기서 포기해야 하는 건가…!'

희망의 끈을 놓으려는 순간…

최상위 관리자의 목소리가 들려왔다.

- Katta ole, pane mind läbi punkti ring kasutajad. Mine lõpetada see needus. (엄호하지, 나를 두고 지나가라 반지 사용자. 가서 이 저주를 끝내라.)

생각할 시간 따위 없었다.

뜻을 이해한 순간 바로 달렸다.

"달려, 새끼들아! 이탈한다!"

칼콘의 방패를 선두로, 앞에 달려오는 녀석들은 모조리 막으며 돌진했다.

쿵! 쿵! 쿵!

몇몇 하수인들이 지훈 일행을 막으려 달려들었지만, 최상위 관리자의 레일건이 모두 저지했다.

우으으응—

콰과과과광!

최상위 관리자를 중심으로 360 전방향에 레이저와 포탄이 쏟아지는 가운데, 오로지 지훈 일행 주변만 잠잠했다.

폭음 속을 달리길 5분.

하즈무포카에게 가는 마지막 문에 당도했다.

"앞에 문!"

"들이받아!"

모두 한마음으로 달렸고, 칼콘의 방패를 시작으로 일행이 전부 문 안으로 빨려 들어가듯 사라졌다.

그 모습을 조용히 지켜보던 올텅이 말했다.

"Puuduvad veel madal. Nüüd ma pean tegema? (남은

탄량이 없습니다. 이제 어떻게 할까요?)"

　최상위 관리자는 웃음기 섞인 목소리로 광기를 뿜어냈다.

　- Mitte ootama surma. Väga mugav, magus surm.
(죽음을 기다려야지. 아주 달콤하고, 편안한 죽음을.)

[2차 전투 결과]
지훈 일행을 제외한 모든 병력 전멸.

[주요 인원 생존 현황]
그가쉬 - 사망 (접객실에서 사망)
에르파차 형제 - 사망 (모래 폭풍에 휩쓸림)
스프리건 - 사망 (모래 폭풍에 휩쓸림)
석중의 MES - (배터리 부족으로 인해 작동 중지)
칼날 정글의 주인 - 내출혈 및 뇌 손상으로 사망
기토킨 - 편광능력 하수인에게 사망
젠피 - C4 폭발로 인한 폭사
스토커 - 추락사
최상위 관리자 - 알 수 없음.

지훈 - 생존
칼콘 - 생존
민우 - 피로
가벡 - 생존

권능의 반지

177화 아쵸프무자와 하즈무포카 그리고 유혹.

NEO MODERN FANTASY STORY

무의식 속에 이상한 목소리가 들렸다.

- Aktiveeri võimu, aeg peatub. (권능 발동. 시간 정지.)

⊕

불유쾌했다.

마치 거대한 짐승의 식도를 통과하듯 온몸에 끈적끈적하고 미지근한 액체가 잔뜩 들러붙은 것 같은 느낌이 들었다.

꿀럭, 꿀럭 하고 몇 번 이동하자…

퉤-!

거대한 입이 지훈을 토해냈다.

가까스로 넘어지지 않은 뒤 자세를 잡았다. 눈에 전장과는 거리가 먼, 재즈 바라고 해야 옳을 것 같은 풍경이 펼쳐졌다.

딴– 따라라, 딴. 따따따–

무대 위에선 검은 양복을 입은 악단이 마음을 편안하게 만들어 주는 선율을 뿜어내고 있었다.

그뿐만 아니라 형광등의 반쯤 되는 조도를 가진 노란 간접등은 애기하기 적당한 분위기를 만들어냈다.

"왔어? 늦었네."

목소리가 난 쪽으로 고개를 돌리자, 검은 드레스를 입은 붉은 머리 여자가 앉아있었다. 독특하게도 오른쪽 얼굴이 일그러진 여자였다.

'아쵸프무자? 아니다, 달라!'

짙은 그을음 냄새를 맡자 순간적으로 사고가 멈췄다.

대신 바로 들고 있던 총으로 여자를 향해 발사했다.

타아아아아–

원래대로라면 그대로 CR 탄이 여자를 꿰뚫어야 했지만, 이상하게도 총은 불을 뿜어내던 그대로 멈춰버렸다.

"봤던데로 난폭하네. 예절도, 기품도 몰라. 확실히 여태까지 봤던 반지 사용자와는 다르네. 그래서 신선해. 꼭 클래식 곡조에 섞인 불협화음 같아."

"누구냐, 너."

생긴 건 아쵸프무자와 같았지만, 이상하게도 흉터 위치가 달랐다. 아쵸프무자가 왼쪽이 일그러져 있고, 그에 따라 가르마도 왼쪽으로 탔다면 앞에 있는 여자는 모두가 반대였다.

흉터, 가르마 전부 오른쪽이다.

여자가 재미있다는 듯 미소를 지었다.

"아쵸프무자(Achophoomzhah)가 아무런 얘기도 하지 않았나 봐? 반가워, 나는 하즈무포카야(hahzmoohpohca). 아쵸프무자의 큰 쌍둥이지."

아쵸프무자. A Cho Phoo m zhah.

하즈무포카. Hah Z Moo Hpoh Ca.

'잠깐만, 뭐?'

일종의 아나그램으로, 이름이 정확하게 반대였다. 어렴풋하게 이름이 비슷하다고는 느끼고 있었지만, 설마 같은 이름일 줄은 예상도 못 했다.

"몰랐다니, 그게 더 재밌네. 네 과거를 둘러보다 안 건데, 마법서 펼쳤을 때 내 이름 적혀있지 않았어?"

과거 마법을 처음 배우려고 했을 때를 말하는 거였다.

– 마법은…것으로, 시간과 백열의 신 hahzmoohpohca(하즈무포카)가 처음 엘프에게 … 전해진다.

설마 저런 사소한 일상에서 이런 중요한 문제가 지나갔을 줄은 꿈에도 몰랐다.

"동생이 마지막으로 준비한 자리인 만큼, 나도 이번에는 재밌게 즐겨보고 싶어. 와서 얘기 좀 하는 게 어때?"

"좆이나 까라. 피차 얘기하려고 만난 게 아닐 텐데?"

제안에 욕설로 대답하자, 일순간 하즈무포카의 얼굴에 짙은 화마가 일었다가 사라졌다.

"istuvad. (앉아.)"

딱 한 마디.

그 말이 끝나자마자 눈앞이 일그러지더니, 바로 앞에 테이블과 하즈무포카가 보였다. 본인이 태어난, 본인의 수족 같은 공간이었으니 당연했다. 아마 말로 뭐든 할 수 있으리라.

하즈무포카는 테이블 위에 거울을 하나 올려놓았다.

"네 친구들이 지금 어떻게 되고 있을지 궁금하지 않니?"

"무슨 개소리지?"

돌아오는 대답 없이, 그저 거울에 영상이 맺히기 시작했다.

칼콘이 보였다.

✦

똑같은 장소, 똑같은 음악, 똑같은 여자.

지금과 비교했을 때 딱 다른 점이 하나 있다면, 바로 지훈 대신 칼콘이 있다는 사실이었다.

"너는 지금 네가 뭘 하려는지 알고 있니?"

칼콘은 대답하지 않았다.

"신을 죽이려고 하는 거야. 그게 얼마나 큰 파장을 일으킬지 한 번도 생각해 본 적 없어?"

칼콘은 대답하지 않았다.

"네가 태어나고, 자란 차원은 내 소유야. 만약 내가 죽으면 어떻게 될까? 모두 사라져 버리지 않을까?"

칼콘은 대답하지 않았다.

"모두 사라져 버리면 카크라도, 크락도 죽어."

칼콘이 움찔거렸으나, 여전히 대답은 하지 않았다.

"네가 사랑하는 여자가, 네가 사랑하는 여자가 낳은 자식이 죽는 거라고. 그래도 괜찮아?"

칼콘이 고개를 돌렸다. 여전히 대답은 하지 않았다.

"잘 생각해. 지금이라면 모두 없던 일로 할 수 있어."

칼콘이 고개를 숙였다. 눈도 감았다.

하지만 대답은 하지 않았다.

"동료랑 사랑하는 사람. 둘 중 누가 더 소중해?"

역시나 돌아오는 대답은 없다. 이에 하즈무포카는 비릿한 미소를 지은 뒤 모습을 바꿔버렸다.

오크 암컷, 카크라로 말이다.

"아, 아… 카크라?"

"크라카투스 콘투레 보더워커… 정말로 날 죽일 거야?"

하즈무포카, 아니 카크라의 눈에 눈물이 맺혔다.

"난 당신을 그렇게나 사랑하는데… 기다리겠다고 말했는데, 당신은 내가 죽어도 상관없는 거구나?"

"나, 나는… 그런 게…."

카크라는 순간 품에서 칼을 뽑더니, 제 목을 찔렀다. 피 분수를 뿜으며 꺽꺽댔다.

"네가… 네가 날 죽인 거야… 네가… 네가 날…."

"아니야. 나, 나는… 나는 그저 지훈을 위해…."

"네 얄량한 전우애가 나를 죽인 거라고! 살인자! 네가 날 죽였어! 네가 내 아들을 죽였어! 그리고 모두를 죽일 거야!"

"아— 아아아악!"

칼콘이 절규하기 시작했다.

"지금이라면 막을 수 있어. 김지훈을 죽여. 반지 사용자를 죽이라고! 그럼 모두 죽지 않아. 모두 예전처럼 잘 살 수 있어! 내가 약속할게. 죽여. 죽여버리라고!"

칼콘이 눈물 가득한 눈으로 카크라를 쳐다봤다.

"정말…? 정말 약속할 거야?"

"그래. 약속해."

칼콘은 말없이 고개를 숙였다.

그런 그의 눈에 고민이 가득했다.

⊕

민우는 테이블에 앉아 조용히 음악을 즐겼다. 하즈무포카는 그런 민우가 재밌다는 듯 웃었다.

"뭐하니?"

"음악 들어."

"나랑 얘기는 안 하고?"

민우는 얘기를 안 하느냐는 말에 하즈무포카를 슬쩍 쳐다보곤 비릿한 미소를 지었다.

"몸으로 하는 얘기면 모를까, 입으로는 딱히 생각이 없네."

"그래? 왜?"

"정신계 능력자한테 정신 감응. 너무 식상하지 않아?"

"너는 이게 정신 감응이라고 생각하니?"

"어."

"멋대로 생각해. 하지만 내가 재밌는 얘기를 하나 꺼내볼까 싶거든, 한 번 듣기나 해봐."

"유쾌한 얘기면. 아니면 하지 마, 음악 듣는 데 방해돼."

하즈무포카는 마치 모래성을 무너뜨릴 것에 잔뜩 기대한 여자아이 같은 미소를 지으며 입을 열었다.

"몬스터 브레이크 아웃 기억나?"

민우의 눈썹이 꿈틀거렸다. 어찌 잊을 수 있을까.

"어떤 한 아이가 있었어. 그 아이는 부모님 손을 잡고, 강남에 쇼핑하러 갔지. 부모님이 좋은 패딩을 사준다고 했거든. 근데 이게 웬일이람? 포탈이 열려 버렸네?"

포탈에서 몬스터가 쏟아져 나왔다. 그리고 그 날 민우의 부모님이 죽었다.

"있잖아, 그때 네 부모님을 죽인 종족이 뭔지 기억해?"

대답하진 않았지만 단 한 번도 잊은 적 없었다.

오크.

오크였다.

빌어먹을 돼지 새끼들.

"지금이야 기억이 흐릿하겠지만, 난 그게 누군지 알고 있어. 너도 보면 참 흥미로울 거야."

하즈무포카가 테이블 위로 거울을 올려놓자, 그 위로 민우 생애 제일 끔찍한 날이 투영되기 시작했다.

– 아, 안 돼! 우리 민우는 죽이지 마! 제발!

민우 어머니가 비명을 지르며 막아섰지만, 오크는 그런 그녀를 무참히 낭자했다.

"저게 누굴까, 참 궁금하지 않니?"

민우는 가슴 속에서 듣고 싶지 않은 마음과, 또 한편으로는 꼭 알고 싶다는 마음이 충돌하는 것을 느꼈다.

"내가 보여줄게."

거울 속 시점이 돌더니, 오크의 얼굴이 드러났다. 아는 얼굴이었다.

"카, 칼콘…? 어째서…."

"카즈가쉬 클랜의 방패병. 칼콘. 지금까지 네가 동료로 생각하고, 믿고 의지했던 녀석이지. 근데 이걸 어쩌니? 알고 보니 그 동료가 네 부모님을 죽였네!?"

민우는 정신이 나간 듯 입만 어버버거렸다.

"거, 거짓말… 이건 거짓말이야!"

"아니야. 진짜야. 이걸 봐."

하즈무포카의 거울이 다시 한 번 일렁거리더니, 지훈과 칼콘이 침공 전날 대화했던 순간을 비췄다.

– 한 가족을 만났어. 애 아빠가 몸을 던져서 막더라? 죽였어. 그리고 나니까 애 엄마가 나타났지. 죽였어.

"꼭 누구 애기랑 닮지 않았니?"

"이, 이건 조작이야! 조작이라고!"

민우가 거울을 집어 던지자, 쨍 소리가 나며 깨져버렸다.

피부를 찌를 듯 불편한 소리가 뛰어다님에도, 하즈무포카의 입에는 그저 미소만 걸려있을 따름이었다.

"말은 그렇게 하면서, 머릿속은 확신하고 있잖아?"

민우가 일순간 멈춰 서서 하즈무포카를 쳐다봤다.

"칼콘을 죽여. 그럼 내가 네 부모님을 되살려줄게. 지구로 돌아가서 부모님과 함께 즐겁게 살아. 더는 세드에 관심 가지지 말고, 너 하고 싶은 거 하면서 살면 되는 거야."

"그게… 가능해?"

"나는 하즈무포카. 신이야. 그딴 일도 못 할 것 같아?"

민우의 눈에 복잡한 감정이 휘몰아쳤다.

⊕

가벡은 테이블 위에 차려진 음식을 허겁지겁 집어 먹었다.

"배가 많이 고팠구나, 불쌍한 아이."

"신께서 내려주신 음식입니다. 어찌 남길 수 있겠습니까."

비록 적이라 할지라도, 광신도인 가벡에게 있어서는 '신' 그 자체로 경배해야 할 대상이었다.

"너는 신이 그렇게 좋니?"

"좋다는 말은 옳지 않습니다. 저는 그저 거룩한 존재만을 바라보며 살았습니다. 신은 제 전부이며, 제가 죽어서도 저를 거둬주시는 분이십니다."

하즈무포카는 씩 웃으며 가벡의 머리를 쓰다듬었다.

"발쿠할에 가고 싶구나?"

발쿠할. 버그베어가 믿는 신의 전장으로, 그들은 전투 중 죽으면 발쿠할에서 영원히 신과 함께할 수 있다고 믿었다.

"제가 만약 그곳에 갈 수 있다면, 그보다 더한 영광을 없을 것입니다!"

"있잖아, 만약에 내가 너를 반신으로 만들어 준다면?"

반신. 반쪽이라도 신은 신이다.

가벡의 눈동자가 터질 듯 부풀어 올랐다.

"그, 그게 무슨 말씀…."

"내가 너를 새로운 존재로 만들어 줄게. 버그베어가 아닌, 아예 새로운 종족으로. 너는 알파가, 그 일족의 신이 되는 거지. 네 자손, 네 종족 모두가 네 이름을 부르짖을 거야."

"하, 하하…?"

"네가 발쿠할에 가길 원하듯, 네 종족 모두가 네가 있는 곳으로 가길 염원하겠지. 그럼 이제 더는 영광을 바라지 않아도 돼. 네가 영광을 나눠주는 존재가 되는 거야. 어때, 멋지지 않아?"

하즈무포카가 잠시 말을 멈추자, 가벡이 마치 약을 갈구하는 환자처럼 재촉했다.

"저, 정말입니까…? 그게 가능하단 말입니까?"

"신은 거짓말을 하지 않아. 네가 딱 한 가지. 내 부탁을 들어준다면 말이지."

"그, 그게 무엇입니까! 제가 무엇을 하면 되겠습니까!"

"김지훈. 반지 사용자를 죽여."

✥

그걸 마지막으로 거울 속 영상이 사라져버렸다.

"불쌍한 아이. 이제 네 편은 아무도 없네?"

"이제 자위 끝났으면, 혓바닥질 그만하고 싸우지. 보고 있기에 비위 상하는군."

"하하, 역시 이번 반지 사용자는 신선해. 네 선임자 대부분이 여기서 무릎을 꿇었는데 말이야."

지훈은 말없이 탄창을 갈았다.

'남은 CR은 90발. 마력도 딱 그만큼이다.'

하즈무포카는 흥이 식었는지 어깨를 으쓱였다.

"그래도 괜찮아. 아직 재미있는 건 많이 남았으니까. 여기서 벗어나면 일단 네 동료를 죽여야 할 거야. 기다려 줄 테니까 천천히 해. 좌절 섞인 비명도 지르고, 눈물도 흘리고. 다 끝나면 내가 직접 상대해 줄게."

"내 손으로 직접 네 멱을 따주마."

"자, 그럼 이제 본 게임을 시작할까?"

- Aktiveeri võimu. (권능 발동.)

178화 누군가는 책임을 져야 한다.

NEO MODERN FANTASY STORY

원래 없었던 것이기라도 했던 양, 재즈바 따위는 순식간에 사라졌다. 대신 그 자리에 기괴한 모습들이 채워졌다.

바닥 타일은 사람 얼굴로 되어 있고, 벽에는 수 없이 많은 눈들이 박혀 피눈물을 흘리고 있었으며, 천장 샹들리에 대신엔 이름 모를 짐승의 머리가 박혀 있었다.

재빨리 정신을 차리자 일행들이 보였다. 괜찮냐고 물어보기에 앞서, 가벡이 바로 칼을 뽑더니 달려들었다.

"미안하다, 원한은 없다."

눈앞으로 A등급 짜리 쌍검이 날아들었다.

소켈로는 찔러 들어오는 점 공격과 거켈로는 베어 넘기는 선 공격이 동시에 들어온다!

맞았다가는 어디 하나 내어줘야 할 게 분명했기에, 빠르게 뒤로 뛰어 피했다.

퍼서석!

바닥을 밟자 불쾌한 느낌과 함께 타일로 박혀있던 얼굴들이 비명을 질러댔다. 마치 귀를 강간당하는 것 같은 짜증. 계속 듣고 있다간 귀에서 고름이 나올 것 같았다.

'빌어먹을!'

가벡은 놓치지 않겠다는 듯 다시 한 번 달려들었으나…

쨍!

칼콘이 막아섰다.

"가벡, 너 지금 뭐하는 거야!"

두 병기에서 기괴한 소리가 나며 거친 힘겨루기가 시작됐지만, 그것도 잠시.

"카—알—콘! 이 개새끼야!"

민우가 칼콘에게 달려들어 목을 조르기 시작했다.

신체 능력은 칼콘이 압도적으로 높았으나, 현재 칼콘은 가벡과 힘겨루기를 하고 있던 상태!

버티다 못 한 칼콘이 가벡을 포기하고 뒤로 물러섰다. 가벡은 칼콘과 민우 따위 관심도 없다는 듯 바로 지훈을 향해 달려왔다.

타타타탓!

아군으로 있을 때는 그렇게나 든든하던 쌍검이, 적으로 돌변하자 굉장히 매서운 태풍처럼 느껴졌다.

'젠장, 쏴야하나!?'

집중과 가속을 이용하면 쏠 순 있었으나… 여태까지 함께해

온 시간 때문에 그럴 수 없었다.

"정신 차려, 이 새끼야!"

"나는 지극히 정상이다. 죽어라, 김지훈."

대화 따위는 철저히 배제한 살기가 뿜어져 나왔다. 받아낼 수 있는 물건이라도 있으면 싸워봄직 했으나, 현재 지훈에게는 A등급 아티펙트를 막을만한 물건이 전무했다.

술래잡기하는 사이 민우가 칼콘에게 소리를 질렀다.

"개 같은 새끼…! 네가, 네가 우리 부모님을..!"

머리와 꼬리 다 잘라내 버린 말이었지만, 칼콘은 저 말을 듣자마자 무슨 뜻인지 전부 이해할 수 있었다.

"네, 네가 설마…?"

탈영은 물론이오, 종족까지 등지게 만든 원인.

평생을 사죄해야 할 사람이 눈앞에 있었다.

'왜 하필… 지금 여기서….'

칼콘은 민우가 원한다면 목숨 따위 내어 줄 수 있을 만큼 커다란 죄책감을 느꼈지만, 안타깝게도 지금은 아니었다.

당장은 먼저 처리해야 할 일이 있었다.

칼콘은 민우를 떼어내려 했지만, 그보다 앞서 민우가 목을 조르던 손을 풀어버렸다. 대신…

뻑!

코에 민우의 주먹이 틀어박혔다.

"왜 얘기 안 했어! 왜, 왜!"

"미안해, 나는… 나는 몰랐어. 네가 그 아이인 줄…."

도망가기 위한 변명이 아닌, 진심이었다. 그 모습을 보자 민우는 순간 불같던 마음이 확 가라앉는 것을 느꼈다.

칼콘은 본인 손으로 부모를 죽인 아이와 하하호호 웃으며 같이 다닐 수 있는 사이코패스가 아니었다.

자기가 먼저 불편해서 떠났거나 도리어 싹을 자르기 위해 먼저 죽였으면 죽였지, 절대 함께하지는 못할 게 분명했다.

'진짜… 몰랐던 건가.'

마음은 여전히 칼콘에게 정신 감응을 걸어 이 세상에서 가장 끔찍한 죽음을 선사하라고 외쳤지만, 뇌는 차갑게 식었다.

고개를 돌리자 지훈과 가백이 싸우고 있는 게 보였고, 그 반대편에는 하즈무포카가 송곳 위에 앉아 흥미롭다는 듯 지켜보고 있었다.

마치 예상했다는 듯 말이다.

그 모습을 보자 원망의 화살이 그쪽으로 향했다.

따지고 보자면 부모님이 죽은 직접적인 이유는 칼콘이었지만… 그 근본에는 하즈무포카가 있었다.

'만약 포탈이 열리지 않았다면, 부모님도 돌아가시지 않으셨겠지. 일단 지금은 저 새끼 먼저 죽인다.'

마음이 정해지자 행동은 빨랐다.

"나중에 다시 얘기해, 이 새끼야."

민우는 칼콘에게 등을 돌렸다. 용서는 아니었다.

분노를 뿜어내야 할 순위가 달라졌을 뿐이었다.

"미안해, 나도 나중에 다시….."

"닥쳐. 지금은 일단 싸워."

대화는 그걸로 끝났다.

칼콘이 돌진해서 가벡을 들이받았고, 가벡은 낙법을 친 뒤 하즈무포카를 보호하듯 슬금슬금 경계하며 이동했다.

"얘기 끝났냐."

숨 돌릴 틈이 났기에, 지훈은 나머지 둘에게 물었다.

"네, 형님."

"응, 끝났어."

"너희가 하즈무포카에게 무슨 얘기를 들었는지 다 알아. 그래도 나와 함께 싸울 수 있겠냐?"

민우는 고개를 끄덕였으나, 칼콘은 잠시 망설였다.

"만약 저 녀석을 죽이면⋯ 세드가 멸망해?"

"아니, 아쵸프무자가 뒤처리를 해 줄 거다. 걱정하지 마."

칼콘은 그걸로 됐는지, 눈동자에 있던 망설임이 사라졌다.

셋의 눈동자가 서로를 훑어, 마음을 알아챘다.

이제 저 오만한 신을 땅으로 끄집어 내리기만 하면 됐다.

"칼콘, 앞에 막아. 민우, 후방 지원."

둘이 대답을 맞추며 순식간에 진열을 맞췄다.

정신 감응 따위는 필요도 없었다. 마치 원래 한 몸이었던 양 너무나도 자연스러웠다.

만드라고라를 시작으로,

그가쉬 클랜,

페커리 사냥,

러시아 하수도,

아쵸프무자의 창고,

연예인 호위,

연구팀 호위,

FS 유적,

칼날 정글,

일본 개척지.

모두 함께였다.

그 간의 경험은 모두를 하나로 만들기에 충분했다.

"준비 끝났냐?"

침묵이 긍정을 대신했다.

가벡에게 달려들 준비를 하고 있던 찰나, 조용히 지켜보고 있던 하즈무포카가 입을 열었다.

"뭐야, 숫자가 안 맞잖아. 사실 반지 사용자 말고는 전부 필요 없었어. 칼콘, 민우. Poisid surra. (너네 죽어.)"

하즈무포카가 성의 없는 손짓으로 크락과 민우를 가리켰지만, 아무런 일도 벌어지지 않았다.

"왜 이래?"

지구에 공기가 있는 게 당연하듯, 이 공간에서는 곧 하즈무포카의 말이 전부였다. 마음만 먹으면 미물 따위 말 한마디로도 죽일 수 있어야 정상이었다.

하즈무포카가 고개를 갸웃거리며 몇 번 더 죽으라고 중얼거렸지만, 칼콘과 민우는 여전히 멀쩡하기만 했다.

비명과도 같은 하즈무포카의 짜증이 올리는 사이, 방 한구석에서 한 여인이 나타났다.

일그러진 왼쪽 얼굴에 붉은 머리.

아쵸프무자였다.

"오랜만이네, 언니."

그녀는 유유히 하즈무포카에게 걸어갔다.

"어, 어째서 네가 여기에? 너는 여기에 올 수 없을 텐데?"

"그랬었지. 한때 내가 신이었을 때는."

의미심장한 말 한마디에 하즈무포카의 얼굴이 부풀었다.

"설마… 너…."

"난 이제 신이 아니야. 머지않아 너와 함께 아무것도 아닌 존재가 되겠지. 왜냐하면, 난 내 신격을 증발시키는 대가를 치러서라도 널 막을 거거든."

"미친년! 돌았구나! 겨우 게임, 게임이잖아! 이렇게까지 하면서까지 이기고 싶었어? 신격을 포기하면서까지!?"

아쵸프무자가 씁쓸한 미소를 지었다.

"넌 아직도 이게 게임 같니?"

"그게 아니면 뭔데. 여긴 내 세상이고, 저 안에 있는 생명체들은 전부 내 소유야! 내가 어떻게 쓰던 내 자유라고!"

"그 하찮은 게임에 얼마나 많은 존재가 죽었는지 알아?"

"그딴 거 알 바 뭐야? 어차피 근원으로 모두 돌아가 환생하잖아. 그저 수레바퀴가 돌듯, 모두 다시 시작할 뿐이라고!"

아쵸프무자가 한숨을 내뱉었다.

대화가 통하지 않을 거라는 것 따윈 알고 있었다.

단지 다시 과거처럼 잘 지낼 수 있을까 하는 일말의 희망으로 물었거늘, 왜 그랬을까 하는 후회가 스쳤다.

"하즈무포카, 우리는 너무 멀리 왔어.

"닥쳐, 꺼져! 내 공간에서 나가! 당장!"

하즈무포카가 소리를 질렀으나, 아쵸프무자는 사라지지도 나가지도 않았다. 그저 서서히 걸어 하즈무포카를 껴안았다.

"처음부터 내가 말렸어야 했는데, 전부 내 잘못이야."

아쵸프무자의 얼굴에 씁쓸함이 지나갔다. 이후 아쵸프무자는 하즈무포카 바로 앞까지 다가가 입을 열었다.

"닥쳐, 너 따위가 뭘 안다고 그래? 지금 하려는 짓 당장 그만둬! 이런 거 하나도 재미없어! 알아!?"

"우리 이제 그만하자. 이 지겨운 게임도, 썩어 문드러져 가는 삶도 모두 그만두고 근원으로 돌아가자."

아쵸프무자가 그 말을 마지막으로 하즈무포카를 껴안았다.

– tühistamine. (말소.)

아쵸프무자는 이 장소까지 올 때까지 아껴뒀던 힘들 모조리 개방했다. 무한히 반복되는 끔찍한 저주이자, 누군가에겐 그저 게임밖에 되질 않는 싸움을 끝내기 위해서였다.

본디 같은 신격을 가진 존재끼리는 서로가 서로에게 간섭할 수 없었으나, 그건 어디까지나 일반적인 얘기였다.

하나의 존재에서 분화된 존재. 쌍둥이는 달랐다.

상대가 곧 나였고, 내가 곧 상대였기에 모든 걸 내려놓는 순간 상대도 반강제로 모든 걸 내려놔야 했다.

콰아아아아아아–

불, 빛, 바람.

그 어느 단어로도 설명할 수 없는 기운이 엄청난 기세로 일행을 후려쳤다. 일행뿐만이 아니라, 주변에 있던 구조물까지 모조리 날려버렸다.

"끄아아아악!"

가벡 역시 그 힘을 이기지 못하고 어디론가 날아가 버렸다.

"빌어먹을, 버텨! 휩쓸리면 어디까지 날아갈지 모른다!"

오로지 지훈 일행만 서로의 힘을 합쳐 버텼을 뿐이었다.

몇 초, 몇 분, 몇 시간.

얼마나 견뎠는지도 몰랐다.

단지 눈을 떴을 땐 지훈 일행과 하즈무포카 그리고 아쵸프무자밖에 없는 무의 공간이 나타났다. 마치 블랙홀 안에 들어오기라도 한 듯, 모든 게 검디검은 암흑만 가득했다.

그저 경계만 하고 있자니, 아쵸프무자가 말했다.

"나와 함께 하즈무포카를 죽여, 김지훈. 지금이라면 가능할 거야."

총을 겨누긴 했으나, 쉬이 쏠 순 없었다.

둘이 나눈 얘기로 봤을 때, 지금 쏘면 둘 다 영원히 사라져 버릴 가능성이 컸다.

"괜찮겠나? 이거 말고 다른 방법이 있을지도 모른다."

하즈무포카가 쏘지 말라고 비명을 질렀지만 무시했다. 지훈이 듣고 싶은 건 오로지 아쵸프무자의 의견뿐이었다.

"다른 방법은 없어. 그리고 이 방법도 시간이 어느 정도 지나면 무용지물이 되어 버려. 어서 나를 쏴."

그 순간 지훈은 아쵸프무자가 왜 본인에게 모든 걸 걸었는지 알 수 있었다. 아마 자기 죽일 수 있는 녀석을 원했겠지.

"후회하지 않겠나?"

"없어. 수 없이 생각했고, 검토해서 나온 의견이야. 그리고 누군가는 이런 짓을 벌인 책임을 져야 해."

더 이상 묻지도, 말을 걸지도 않았다.

그저 하즈무포카가 도망가지 못하게 꽉 안고 있는 아쵸프무자를 향해 방아쇠를 당겼다.

타타타타타탕-

총알이 날아오는 아주 짧은 시간 사이에, 아쵸프무자는 지훈을 향해 복잡한 감정이 섞인 미소를 지었다.

'미래를, 앞으로 세드가 나아갈 미래를 부탁해. 처음엔 혼란스럽겠지만, 필요한 정보는 그 반지 안에 전부 넣어 놨어.'

퍼버버버벅!

총알이 아쵸프무자와 하즈무포카를 동시에 꿰뚫었다.

179화 최종화.

하나의 총알이 두 신을 꿰뚫는 순간, 모든 것이 멈췄다.

마치 영화 필름이 끊어지기라도 한 양 시야 앞은 암전되고, 몸은 하늘에 붕 뜨기라도 한 것처럼 가벼웠다.

몸이 뜬다?

좀 이상했다.

어떻게 잘 표현을 할 순 없었지만 마치 무거운 옷을 벗어 버리듯, 육체마저 초탈한 것 같은 기분이 들었다. 눈을 아래로 내려 몸을 쳐다보려 했지만, 아무것도 보이질 않았다.

'뭐지?'

본인 몸이 사라졌다는 건 어떻게 보면 매우 끔찍한 일이었으나, 이상하게도 그런 기분은 전혀 들지 않았다.

오히려 포근한 기분이 들었다.

– 혼란스러워하지 말라, 내 떨어져 나간 일부이자 다시 내가 될 파편이여. 내가 곧 너이고, 네가 곧 나일지어니.

소리가 난 방향으로 마음을 돌리자 거대한 빛 덩어리 느껴졌다. 태양처럼 밝고, 끊임없이 꿈틀거리는 게 꼭 거대한 소용돌이처럼 느껴졌다.

그 소용돌이 주변으로 작은 빛 덩어리들이 빨려 들어가기도, 떨어져 나가기도 했다. 끊임없이 반복되는 모습을 보고 있으니 깨달을 수 있었다.

근원.

아흐마.

수레바퀴.

모든 것의 시작이자, 끝.

수없이 많은 이름으로 불리지만, 그 뜻은 하나로 통하는 존재가 바로 앞에 있었다.

'내가 왜 당신 앞에 있는 거지. 죽은 건가?'

– 죽는다는 표현은 옳지 않다, 또 하나의 나여. 단지 시간이 지나 네 삶이 끝나면 다시 내게 돌아올 뿐이다. 그리고 너의 삶 또한 아직 끝나지 않았다.

'그럼 왜 내 앞에 나타났지?'

– 네가 신을 죽였기 때문이다.

'그래서, 보복이라도 할 생각인가?'

– 필멸자로 태어나, 내가 직접 만든 세상들을 관리할 존재를 죽인 존재다운 대답이구나. 하지만 틀렸다. 하나가 없어지면 다른 하나가 나타나듯, 신이 죽었다면 그 자리를 차지할

새로운 존재가 필요하다.

이해할 수 없는 얘기였으나, 저게 끝이었다.

친절한 설명 따위는 없었다.

— 말해보아라, 또 다른 작은 나여. 네가 제일 염원하는 게 무엇이냐? 네 마음속 근원에는 무엇이 있느냐?

'모든 걸 끝내고 싶다. 여태까지 뒤도 돌아보지 않고 계속 달려왔다. 이제 결승점을 넘었으니 전부 정리하고 집에 가서 맥주나 한잔하고 싶군. 그러니 개 같은 소리는 짧게. 이게 내 마음속 제일 깊은 염원이다.'

지훈의 말에 근원이 작은 파동을 일으켰다.

부르르 떠는 모습이 어찌 보면 분노 같기도 했으나, 그와는 조금 달라 보였다. 굳이 비교하자면 웃는 것 같달까?

— 알겠다. 인간으로 태어나 신을 죽인 존재, 김지훈. 내가 생각하지 못한 변수였으나, 이 또한 나쁘지 않구나. 하지만 네가 그리고 쌍둥이 신이 깨어놓은 인과율은 반드시 복구되어야만 한다. 까닭에 너는 내가 새로운 신을 낳을 때까지, 그 대리를 맡아라.

'잠깐, 그게 무슨 소리지?'

돌아오는 대답은 없었다. 단지 근원의 소용돌이가 크게 휘몰아치는 듯싶더니, 지훈을 집어삼켰을 뿐이었다.

✤

이후 무슨 일이 일어났는지는 아무도 몰랐다. 단지 시간에서 초탈한 지훈만이 여러 가지 일을 하며 지냈다.

이제는 사라진 아쵸프무자와 하즈무포카의 소유물들을 파악하고, 근원이 맡긴 신의 대리자 일을 제대로 수행하기 위해 권능을 수련했다. 그렇게 억겁이 시간이 지나갔을 때, 지훈이 비로소 입을 열었다.

"Aktiveri võmu, Aeg kontrolli. (권능 발동, 시간 제어.)"

말이 끝나기 무섭게 멈춰있던 시간이 뒤로 돌기 시작했다.

빠르게 뒤로 돌아가는 시간의 흐름 속. 지훈은 느린 움직임으로 주머니를 집었다. 하즈무포카의 주머니이자, 세드라고 불렸던 주머니 차원이었다.

"피곤하다, 집에 가자."

⌖

......

......

......

"이봐, 지훈! 언제 출발할 거야?"

누군가 몸을 툭 건드는 느낌과 함께, 익숙한 목소리가 들려왔다. 굉장히 오랜 시간이 지났음에도 절대 잊을 수 없었던 목소리. 칼콘이다.

"이미 다녀왔어."

"잉?"

"형님, 긴장된 건 알겠지만 그게 무슨…."

다녀왔다는 말에 칼콘과 민우가 뭔 개소리냐는 표정을 지었다. 아마 지금 시간대에서는 출발도 하지 않은 상태였기에, 오히려 저게 당연할 수도 있었다.

"됐어, 집에 가자."

설명해 줄 수도, 권능을 발휘해 지나갔던 시간 사이에 있었던 일을 모두 깨닫게 해 줄 수는 있었지만, 그만뒀다.

지금 당장은 세드에 돌아왔다는 기분을 만끽하고 싶었다.

그렇게 하즈무포카를 죽이기 위해 모였던 병력 들은 본인이 출발했고, 또한 죽었다는 사실조차 기억하지 못한 채 흩어졌다. 다들 김이 샌다는 표정을 지었지만, 오로지 지훈만 그 모습을 보며 안도의 한숨을 쉬었다.

'다들 죽지 않아서 다행이다.'

◈

집으로 돌아가자 지현이 엉뚱한 표정을 지었다.

"놓고 간 거 있어?"

지훈 입장에서는 억겁의 시간을 지나 돌아온 거였지만, 지현 입장에서는 나간 지 반나절도 안 돼서 돌아왔으니 당연한 반응이었다.

"어, 오라질 동생년 하나 놓고 갔지."

"아! 진짜, 마지막까지 이럴래?"

"됐고, 통장하고 카드 내놔 이 년아."

설명할 것도 없이 통장하고 카드를 모조리 뺏었다.

아직 소비 습관이 제대로 들지 않은 동생 손에 뒀다가는 쥐도 새도 모르게 증발 될 수도 있었기 때문이었다.

사실 아쵸프무자와 하즈무포카의 물건이 전부 지훈 소유가 됐기에 이제 돈 따위는 휴짓조각만도 못해졌지만, 그래도 그건 그거였고 동생 교육은 교육이었다. 괜히 돈 펑펑 쓰게 내버려 뒀다간 애가 망가질 게 분명했다.

통장과 카드를 압수한 뒤 침대에 누웠다.

형언할 수 없는 편안함이 몰려옴과 동시에, 그제야 돌아왔다는 현실감이 엄습했다.

"씨발… 존나… 힘들었다."

딱 3단어. 그것도 그중 2단어가 욕이었지만, 저 한 마디가 지훈의 마음을 제일 잘 대변하는 말이었다.

한동안 침대에 누워있자니, 갑자기 눈물이 나올 것 같았기에 슥 닦아내고는 지현을 불렀다.

"야!"

"왜."

"와봐, 빨리! 급해!"

"아, 왜!"

"와보라고!"

지현이 후다닥 달려왔다.

"왜 그래?"

"가서 맥주 좀 가져와."

지현이 '씨발놈아!' 하고 욕을 내뱉었지만, 지훈은 그 모습을 보며 훈훈한 미소만 지었다.

'진짜 돌아왔구나… 이제 전부 끝났다….'

◈

시연은 지훈이 돌아오자마자 말없이 끌어안았다.

가끔은 백 마디 말 보다, 단 한 번의 포옹이 더 값지다는 것을 알기 때문이었다.

"수고했어. 힘들었지?"

"응, 많이."

"이제 나랑 같이 있자. 어디 가지 말고."

등살을 파고드는 시연의 손가락이 부르르 떨렸다.

그 진동에서 사랑하는 남자가 몸 성히 돌아왔다는 안도감과 다시 한 번 얼굴을 볼 수 있다는 행복이 묻어나왔다.

둘은 그렇게 오랜 시간 꽉 끌어안고 있다가 떨어졌다.

"있잖아, 시연아. 예전에 내가 했던 말 기억나?"

둘이 했던 수없이 많은 대화 중 어떤 말을 얘기하는 걸까, 시연은 고개를 갸웃거렸다.

"어떤 거?"

– 돌아오면 나랑 결혼하자.

굳이 저 말을 입에 담을 필요는 없었다. 단지 손 위로 작은 선물 상자를 소환한 뒤, 한쪽 무릎을 꿇었다.

"백시연씨."

"으, 응? 갑자기 왜 그래?"

시연은 갑자기 변해버린 분위기에 당황했으나, 지훈은 말을 멈추지 않았다.

"내가 잘난 사람도 아니고, 멋진 사람도 아니지만 내 여자 하나는 행복하게 해줄 수 있다고 생각해. 여태까지 속도 많이 썩이고, 잘못도 많이 했지? 미안해."

사과가 끝나자마자 손에 있던 선물 상자를 열었다. 그 안에는 이 세상 그 어느 보석보다도 아름다운 반지 한 쌍이 들어 있었다.

"앞으로 계속 네 옆에 서서 속죄하며 살아가고 싶은데… 그러려면 평생도 부족할 것 같아. 나랑 함께 있어 줄래?"

시연은 그 말을 듣자마자 울먹거렸다.

"이번에는 진짜 참으려고 했는데… 너 진짜… 이러면…."

"참지 않아도 돼. 우는 모습도 예쁘더라."

결국, 시연이 눈물을 떨어뜨렸다.

"나 요즘 너무 많이 우는 것 같지 않아?"

"결혼하고 나서는 다시는 흘릴 일 없을 테니까, 지금 미리 울어 둔다고 생각해."

그 말에 시연이 행복한 눈물을 잔뜩 토해냈다.

✧

지훈은 칼콘과 민우를 한 자리에 불러냈다.

"그 날 이후로 오래간만이네. 다들 잘 지냈냐?"

"응. 조만간 클랜에 한 번 더 다녀오려고 준비하고 있어."

"예, 저는 뭐 지현씨랑… 잘 지내고 있죠."

민우는 머리를 긁적이며 고개를 돌렸다.

아마 최근 들어 지현이 아침에 들어오거나 외박을 하는 일이 잦았는데, 아마 저 녀석 때문이리라.

한 대 쥐어박을까 싶었지만 그만뒀다.

지금은 그것보다 더 중요한 얘기가 있기 때문이었다.

칼콘이 민우의 부모님을 죽였다.

일행 모두가 알게 된 사실이었지만, 지금은 시간을 되돌린 까닭에 칼콘과 민우 둘 다 모르고 있던 사실이었다.

예전에야 짐작만 하고 있었기에, 괜히 파냈다가 폭탄에 불 지피는 것 같아 그만뒀지만… 지금은 확실해진 사실이었기에 해결해야만 했다.

상처도 내버려 두면 곪듯, 이 문제도 똑같았다.

"직설적으로 얘기할게. 칼콘, 너 서울 침공 때 기억 나냐?"

칼콘이 씁쓸한 얼굴로 얘기를 이어나가자, 민우의 표정이 점점 더 어두워지기 시작했다.

"둘 다 적당히 짐작했으리라고 본다. 너희 둘이서 해결해야 할 문제지만… 내가 조금 끼어들자면, 칼콘은 그 문제로 클랜을 나왔고 평생을 사죄하면서 살았다. 그래서 죄 없는 사람은 절대로 죽이지 않으려고 했고."

칼콘, 민우 둘 다 말없이 고개를 숙였다.

무슨 생각을 하는지는 알 수 없었다.

"잘 됐으면 좋겠다. 그럼 얘기들 나눠."

둘만의 시간이 필요할 것 같아 자리에서 일어섰다.

위험한 일이 생길 수도 있었지만, 미래에서도 서로 죽이지 않았듯 이번에도 서로 잘 해결할 수 있을 거라는 믿음이 있기 때문이었다.

⊕

하즈무포카에 대항해 힘을 보태줬던 모든 존재에게는 그에 합당한 보상을 줬다.

그가쉬에게는 원하는 대로 아티펙트를 제공했다.

강력한 물건을 줬다가는 괜한 분란을 낼 것 같아, C~B등급 아티펙트를 10개 정도 제공했다.

"내 노력에 합당한 대가로군."

가슴을 쫙 펴고 당당히 말하는 그가쉬에게 '너 들어간 지 30분 만에 죽었다.'라고 말을 하려다 말았다.

그가쉬는 이 아티펙트로 전쟁을 하려 시도했으나, 핵을 필두로 한 한국 정부의 무력시위에 꼬리를 말고 포기했다. 쥐에게 황금 발톱을 달아준다고 한들, 쥐는 어디까지나 쥐였다.

겐피 부족은, 겐피가 원하던 대로 독립했다.

그가쉬는 본인들이 지배하던 부족이 빠져나가자 '이런 건 거래 내용에 없었다.'며 항의했지만, 이에 지훈이 무력을 보여주자 입을 싹 닫아버렸다.

황금을 탐하다 호랑이의 노를 사면 황금을 쓰기도 전에 죽을 게 분명했기 때문이었다. 그가쉬는 분명 탐욕스럽고, 멍청한 녀석이었지만 눈치까지 없진 않았다.

젠피 부족은 독립 후 리뱃 주변으로 이주했다.

인간들의 영토와 가까웠기에 충돌에 대한 우려가 있었지만, 다행히 젠피의 훌륭한 통치로 화합을 이룰 수 있었다.

이후 젠피 부족은 고블린 특유의 작은 몸을 이용해 리뱃 광산에서 일하기 시작했다는 소문을 들을 수 있었다.

'폭탄 쓰던 녀석 답네. 어울린다.'

가벡은 신이 되길 원했으나, 실질적으로 들어주기 불가능한 부탁이었기에 아티펙트를 회수하지 않는 선에서 봐줬다.

평생을 발쿠할에 가길 원했던 가벡이었다.

아마 그로서는 반신으로 만들어 주겠다는 제안을 거절할 수가 없었겠지. 어렴풋이 이해는 할 수 있었지만, 그래도 역시 배신에 대한 용서는 되지 않았다.

하지만 가끔은 묻어둬야 더 좋은 것도 있었기에 그냥 입 다물고 보내줬다.

마지막에 실수했다고 한들 큰 피해를 받은 것도 아니었고, 그간 같이 다닌 추억이 더 컸기 때문이었다.

좋은 추억의 끝에 피비린내를 남겨놓고 싶지는 않았다.

"이제부터 뭐 할 생각이냐?"

"너희가 헌팅 그만둔다니, 이제 나도 뭘 해야 할지 모르겠군. 클랜으로 돌아갈 수도 없고 말이지. 용병이나 할까 싶다."

쌍검을 쓰는 버그베어 용병.

덫도 어느 정도 다룰 줄 알고, 총도 적당히 쏘니 아마 인기가 좋을 게 분명했다. 게다가 손에 든 아티펙트도 A등급이지 않던가. 어디 가서 푸대접받진 않을 터였다.

"생각해 둔 곳은 있냐?"

"지구에 있는 소말리아라는 곳에 가볼까 생각 중이다. 거기에 있는 오우거 헬레이저 강습 부대가 그렇게 강력하다고 하더군. 싸워보고 싶다."

"들어간 지 5분 만에 발쿠할 가봐야 정신 차리지."

"그렇다면 그거 나름대로 영광이다."

약 2년 정도 후에, 소말리아에 있던 드 휼라 전복과 함께 그 1등 공신으로 가벡의 얘기가 뉴스에 나왔다.

피식 웃으며 솜씨 좋네 하고 말았다. 그 이후로는 소식을 들을 수 없었다. 원하던 대로 발쿠할에 간 걸까?

알 수 없었다.

차원 여행자들은 보상을 원하지 않았다.

그들의 목적은 단지 신들의 싸움 속에서 동족이 희생되는 것을 막는 것. 그게 다였기 때문이었다.

이에 뭐라도 손에 쥐여주고 오려고 했지만, 기토킨이 한사코 반대했기에 어쩔 수 없이 맨손으로 돌아왔다. 대신…

"너희가 날 도왔듯, 언젠가 너희가 위기에 처하면 나도 너희를 도와주겠다. 약속하지."

맹약을 남겨줬다.

엘프들 역시 보상을 원하지 않았다.

그들은 본인들의 의지로 성전에 참가했다는 것에 의의를 두는 것 같았다. 역시나 차원 여행자들처럼 대화가 통하지 않았기에 어쩔 수 없이 맨손으로 돌아왔다.

"다시 한 번 고맙습니다, 사자님."

에르파차 형제는 지훈에게 고개를 숙였지만, 딱히 인사받을 게 없었기에 손만 휘적거려 쫓아냈다.

"원래 인생 삽질하면서 사는 거 아니겠냐. 앞으로 안 그러면 되지. 됐어, 임마."

에르파차는 추후 외교관으로 인간과 엘프 사이를 조율하는 일을 맡았고, 그 형은 유명한 용병으로 이름을 떨쳤다.

러시아에 있던 도본옙스코에게는 장갑차 10대 만큼의 돈을 보내줬다. 마지막 보는 순간까지 조카 이름을 읊으며 으르렁거렸지만, 가볍게 무시해줬다.

"네가 그렇게 속이 좁으니까 삼류인 거다, 멍청아."

석중은 보상으로 A등급 아티펙트를 요구했다.

"아니, 할배. 잠깐만. 언제는 아들이라면서? 아들놈 죽으러 가는데 공짜로는 못 도와주는 거요?"

"미친놈 보라? 니는 이럴 때만 아들 소리니, 호로 쓰애끼야! 거는 거고, 이는 이다. 빨리 아티펙트 내 논나!"

누가 장사꾼 아니랄까봐, 역시 거래에는 에누리가 없었다. 이에 아쵸프무자의 창고에서 포션을 하나 건네줬다.

석중이 원한 건 보나 마나 A등급 무기였을 게 분명했지만, 그딴 거 던져줬다가 무슨 괴상한 사건을 벌여놓을 게 안 봐도 훤했기 때문이다.

"하이고, 쳐묵고 디지라 이기니?"

"거 혓바닥이 뭐 이리 길어. 그냥 처마시쇼 좀."

얼마 후 석중이 휠체어에서 일어났다며, 도대체 이 약 뭐냐는 전화가 걸려왔지만, 그냥 웃고 말았다.

가끔은 모르는 게 약일 때도 있는 법이었다.

스토커는 지훈에게 괴상망측한 것을 요구했다.

"나랑 결혼하자."

"지랄. 좆이나 까 잡숴, 이 미친놈아. 뭔 보자마자 프로포 즈야. 거기다가 내가 남자 싫다고 몇 번을 말하냐, 앙!?"

스토커는 입맛을 다시며 '그거 말곤 없는데.' 하며 중얼거 렸다. 이에 적당히 현금으로 보상해 줬다.

아마 언더 다크 한국 개척지부장으로 있다 보면, 여기저기 돈 나갈 게 불 보듯 뻔했기 때문이었다.

"뭐 이것도 나쁘진 않네."

"고마웠다. 죽지 말고 오래오래 잘 살아라."

"어머, 자기 지금 나 걱정 해주는 거야?"

"됐다. 말을 말자, 이 새끼야."

칼날 정글의 주인에게는 제 새끼의 생명을 찾아줬다.

"Aktiveeri võimu, omal kontrolli. (권능 발동, 고유시제 어.) 이제 됐어, 내일쯤이면 깨어날 거다."

민우의 부모님 같은 경우는 시체도 없었기에 살려내는 게 불가능했지만, 주인의 새끼는 아니었다. 아직 시체가 남아있 었기에 그 존재의 시간 자체를 돌려 버리면 됐다.

근원에 들어간 영혼을 끄집어내는 일이라 꽤 어렵기도, 불 쾌하기도 했지만, 정글 주인이 기뻐하니 그걸로 만족했다.

"내 새끼… 다시는 헤어지지 말자, 다시는…."

이후 칼날 정글의 주인은 새끼와 함께 인간의 손이 닿지 않 는 깊고 깊은 미개척지로 사라졌다.

간혹 미국 개척지 주변에서 사람 말을 할 줄 아는 거대 짐승이 나타난다는 소문이 돌긴 했으나, 그 실체를 본 이가 없어 말 그대로 소문만 무성했다.

FS 유적 최상위 관리자에게는 영원한 안식을 줬다.

현 시간대에서는 불가능한 일이었기에, 만 년 전으로 되돌아가 아쵸프무자가 남겼던 말 자체를 철회했다.

"유적 같은 거 필요 없으니까, 삽질하지 마라."

신탁보다는 폭언에 가까웠지만 FS들은 그래도 잘 따른 모양인지, 다시 되돌아오니 FS 유적이 사라져 있었다.

'만들어지지도 않았을 테니, 지금쯤 환생 몇 번 해서 잘 먹고 잘살고 있겠네.'

원래 유적이 있던 장소를 내려다보며 중얼거렸다.

"그래서, 죽음은 달콤했냐? 이 빌어먹을 깡통 새끼야."

가볍게 불어오는 미풍이 이상하게 퍽 달콤하게 느껴졌다. 이에 픽 웃어버리고는 자리를 떠났다.

◈

보상이 끝난 뒤 지훈은 평화로운 생활을 즐겼다.

그러다 가끔 주머니 차원 안에서 대형 사건(핵전쟁, 종족 멸종, 타 차원의 침입, 고대종 각성 등)들이 터질 기미가 보일 때마다 나서서 일을 처리하며 시간을 보냈다.

시연은 지훈이 신이 된 것을 몰랐기에, 지훈이 자리를 비울 때마다 투덜거렸지만, 딱히 크게 성을 내지는 않았다.

그렇게 5년이 흘렀다.

지훈은 시연과 함께 지구로 돌아와 시골로 귀농했다.

아무래도 여태껏 사람과 부대끼고 살았음은 물론, 피와 살이 튀는 전장에서 너무 오래 살았기 때문에 도시 생활에 염증이 났기 때문이었다.

시연의 직장 때문에 발목이 걸릴까 싶었지만, 이제 시연이 보사에게 아쉬운 게 아니라, 전 세계에 있는 연구 기관이 시연에게 아쉬웠기에 딱히 문제가 되지는 않았다.

"여보, 오늘 칼콘하고 민우씨 놀러 오는 날이지?"

"그리고 거기에 딸려서 악마 하나 따라오겠지."

"에이, 아가씨한테 악마가 뭐야, 악마가."

"그 년은 진짜 악마도 삶아 먹을 년이라니까?"

지훈은 프라이팬에 소금을 뿌리며 대답했다. 이에 시연이 슬쩍 미안하다는 듯 웃었다.

"미안해, 여보. 원래는 전부 내가 준비해야 하는 건데."

"됐어, 만삭 임산부가 무슨 요리야. 내가 할게."

원래 요리에는 소질이 전혀 없던 지훈이었지만, 헌팅을 그만두고 나서는 새로운 취미 거리가 필요했다. 이에 사진, 커피, 자동차 등 여러 취미를 만들었지만, 그중 요리도 있었다.

시연의 자존심에 상처를 내지 않기 위해 티는 내지 않았지만, 아마 실력으로 따지자면 지훈 쪽이 월등하리라.

지훈은 프라이팬에 뚜껑을 덮고는 슬쩍 시연을 쳐다봤다.

클래식에 동화를 읽으며 태교를 하는 시연을 보고 있자니, 문득 '이게 행복이구나.' 싶었다.

노을 무렵 민우-지현 부부가 도착했다.

"아, 진짜. 왜 이런 시골 촌구석에 사는 거야! 오는데 시간 엄청나게 오래 걸렸잖아!"

현재 민우-지현 부부는 한국 개척지 서구에 살고 있었으니, 아마 포탈 시간 맞추랴 서울에서 렌트해서 차 몰고 오랴 고생이 이만저만이 아니었으리라.

"이 년아. 너는 오자마자 불평이냐!"

지현을 한 대 쥐어박으려 들자, 민우가 슥 끼어들었다.

"형님, 제 여자 때리지 마시지 말입니다."

"지랄을 해라, 새끼야. 지랄을."

이에 항상 준비해 뒀던 물건을 꺼내 쏴버렸다.

팡! 팡!

바로 장난감 샷건이었다.

"너 이 자식아, 그래. 내가 언젠가 한 번 샷건으로 조져야겠다고 생각했는데, 오늘이 그 날이네. 잘 걸렸다."

BB탄을 쏴주고 있자니, 문이 열리며 칼콘이 들어왔다.

"어? 민우 형이랑 지현 누나 먼저 와 있었네?"

칼콘 입에서 툭 튀어나온 형이랑 누나 소리가 꼭 호랑이 점심에 낀 브로콜리마냥 안 어울렸지만, 그러려니 했다.

아마 화해의 과정에서 생긴 변화이리라. 뭐 칼콘이 인간 사회에 적응해가고 있다는 증거였기도 했고 말이다.

"먼 길 오느라 수고했다. 배고프지? 밥부터 먹자."

지훈, 시연, 칼콘, 민우, 지현 모두가 야외에 마련된 테이블에 앉았다. 맛있는 음식, 좋은 술을 마셔가며 즐거운 얘기가 한참 이어졌다.

"지훈 형 기억 나? 민우 형 처음 만났을 때!"

"그때 저 녀석 바지에 오줌 지렸었지."

"아니, 이 양반들아. 봐봐, 처음 보는 사람이 금방이라도 죽일 것 같은 눈빛으로 총 겨누고 있으면 무섭잖아! 내가 정상이고, 당신들이 비정상이라니까?"

민우가 항변하자 지현이 끼어들었다.

"맞아, 오빠가 얼마나 지랄 맞게 굴었으면 우리 그이가 그랬겠어! 전부 오빠 잘못이야!"

순간 딸 키워봐야 보약 들어다 남자친구한테 나른다는 말이 왜 나왔는지 깨달음은 물론, 왜 동네 어르신들이 '딸은 키워봐야 허사다.' 하는지 한 방에 알 수 있었다.

"됐다, 됐어. 말을 말자."

이후 그뿐만 아니라 만드라 고라, 칼날 정글 등…

그간 함께 목숨을 걸고 헤쳐온 추억들을 꺼내놨다.

나중에 자식에게 들려주면 '웃기지 마요, 아빠가 어떻게 그랬어? 거짓말이죠? 그걸 어떻게 믿어.' 할 얘기들밖에 없었지만, 실제로 모두 헤쳐왔던 이야기들을 말이다.

어느 정도 얘기가 이어지자, 남자 수다에 지친 여자 둘은 슬쩍 자리를 피해 잠자리에 들었다.

술을 벗 삼아 정신없이 얘기를 나누기도 잠시. 자연스럽게 침묵이 내려앉을 무렵 지훈이 입을 열었다.

"있잖아, 나 갑자기 궁금한 거 생겼다."

칼콘과 민우가 지훈을 쳐다봤다.

"너희들 시간을 되돌릴 수 있으면 뭐하고 싶냐?"

"당연히 로또 가득 사서 부자… 는 됐고, 별생각 없네요. 이미 재밌는 인생 살았고, 지금 삶에 그냥저냥 만족해요."

"나도 똑같아. 어차피 시간은 흐르게 내버려 두라고 있는 거지, 마음대로 주무르라고 있는 게 아니잖아. 이미 살아온 인생도 충분히 재미있었고."

대답에 지훈이 따스한 미소를 지었다.

"있잖냐, 나랑 다녔던 거 재미있었냐?"

칼콘과 민우는 아무런 말 없이 당연하다는 표정으로 대답을 대신했다. 지훈도 그 표정을 보곤 씩 미소를 지었다.

"고맙다, 새끼들아."

〈완결〉